Anna Campbell

Originaire de Brisbane, en Australie, elle a commencé la rédaction de son premier roman alors qu'elle n'était encore qu'étudiante. Diplômée de littérature, elle a exercé divers métiers et beaucoup voyagé ; elle a notamment vécu plusieurs années en Angleterre. Puis elle a choisi de revenir à ses premières amours : l'écriture et le continent australien, où elle vit désormais. Auteur de romances historiques, ce dont elle a fait sa spécialité, elle a reçu en 2007 le prix Romantic Times de la meilleure romance. Ses deux premiers livres, *L'amour fou* et *L'inaccessible*, se caractérisent par des intrigues très sombres et sensuelles.

# L'inaccessible

*Du même auteur
aux Éditions J'ai lu*

L'amour fou
*N° 9388*

# Anna
# CAMPBELL

# L'inaccessible

*Traduit de l'anglais (États-Unis)
par Viviane Ascain*

# AVENTURES & PASSIONS

Vous souhaitez être informé en avant-première
de nos programmes, nos coups de cœur ou encore
de l'actualité de notre site *J'ai lu pour elle* ?

Abonnez-vous à notre *Newsletter* en vous connectant
sur **www.jailu.com**

Retrouvez-nous également sur Facebook
pour avoir des informations exclusives :
**www.facebook/pages/aventures-et-passions**
et sur le profil *J'ai lu pour elle.*

*Titre original*
**UNTOUCHED**

*Éditeur original*
Avon Books, an imprint of HarperCollins Publishers, New York

© Anna Campbell, 2007

*Pour la traduction française*
© Éditions J'ai lu, 2013

# Remerciements

Tout d'abord, un grand merci aux nombreuses lectrices qui m'ont contactée après mon premier livre, *L'amour fou*, pour me dire à quel point elles avaient aimé l'histoire de Verity et de Kylemore. Avoir l'assurance que ces personnages qui me sont tellement chers ont su trouver le chemin de leurs cœurs constitue vraiment un grand encouragement pour un jeune auteur.

En ce qui concerne *L'inaccessible*, j'aimerais remercier toute l'équipe d'Avon Books, et plus particulièrement Lucia Macro, mon extraordinaire éditrice, ainsi que sa merveilleuse assistante, Esi Sogah. Une fois de plus, les illustrateurs ont déployé tout leur talent et dessiné une couverture splendide. Je tiens aussi à remercier le service commercial pour tout le travail qu'ils ont fourni sur mon premier livre et pour les efforts qu'ils ont poursuivis sur le second. Ma reconnaissance va également à mon agent, Paige Wheeler, de Folio Literary Management.

Mes consœurs et amies, et tout particulièrement Anne Gracie, Christine West, Vanessa Barneveld, Sharon Arkell et Kandy Shepherd, ne m'ont jamais marchandé leurs encouragements. Surtout, j'aimerais remercier pour sa patience Annie West, ma critique préférée, qui est toujours un puits de sagesse, de sagacité et de patience. Tu es la meilleure, ma chère AW !

Je dédie ce livre dont le héros est un homme d'honneur à un autre homme d'honneur, Leslie, mon père bien-aimé.

# 1

*Somerset, 1822*

— J'ai jamais vu une putain comme celle-là !

C'est cet accent du Yorkshire à couper au couteau qui acheva de tirer Grace de son évanouissement. Malgré les élancements douloureux qui martelaient sa pauvre tête, elle avait reconnu les inflexions du pays natal.

Si elle était de retour à la ferme de Ripon, pourquoi ces crampes d'estomac si pénibles ? Pourquoi était-elle incapable de remuer les pieds ou les mains, se demandait-elle, la gorge nouée par la peur.

Elle devait à tout prix se rappeler. Il fallait faire un effort...

Rien à faire. Impossible de percer le voile noir qui s'était abattu sur elle.

— C'est une pute, y a pas de doute ! renchérit une seconde voix masculine. Qu'est-ce qu'elle ferait sur le port, si c'était pas une pute ? Tu l'as entendue demander le *Coq et la Couronne*. Elle voulait lever un client aux poches bien remplies, c'est certain !

Une prostituée ? Ce n'était certainement pas d'elle qu'ils parlaient. Personne ne pouvait confondre la respectable Grace Paget avec une femme qui se vendait dans les rues.

D'instinct, elle réprima toute mise au point intempestive. Il valait mieux que ses ravisseurs la croient toujours inconsciente. Feignant l'évanouissement, elle tenta de surmonter la migraine qui lui battait les tempes et de réfléchir calmement.

Des détails insignifiants, tous plus troublants les uns que les autres, ne faisaient qu'accroître sa confusion. Il faisait jour, elle devinait la lumière à travers ses paupières closes. Elle était étendue sur le dos, les bras le long du corps, étroitement ligotée sur une sorte de banquette capitonnée. Des liens de cuir immobilisaient ses poignets et ses chevilles tandis qu'une solide courroie écrasait sa poitrine, l'empêchant de respirer à son aise.

L'air lui manquait et une sueur glacée perlait à son front malgré la douceur de la température, mais elle s'efforça de demeurer aussi immobile qu'une statue.

Des souvenirs confus, d'une violence inouïe, lui revenaient par bribes, en dépit de la migraine et la nausée qui la torturaient. Une peur atroce l'empêchait de mettre un peu d'ordre dans ses idées.

Luttant contre la terreur qui l'étouffait, elle se força à respirer calmement. Où était-elle ? Puisqu'elle ne pouvait pas ouvrir les yeux, elle était bien obligée de se fier à ses impressions. Aucun bruit de circulation ne lui parvenait. Elle se trouvait donc à la campagne, ou dans un quartier paisible de la ville. Une âcre odeur de sueur et de crasse se mêlait à de doux effluves printaniers.

— Aucune pute qui se respecte ne se montrerait avec ces affûtiaux tout noirs, intervint le premier homme, plein de scepticisme. Et les putes portent pas d'alliance !

— C'est peut-être une débutante, mon grand. Et peut-être que la bague fait partie du costume. Les beaux messieurs du *Coq et la Couronne* sont bien capables d'aimer les mijaurées ! Et si c'est une oie blanche, tant mieux ! Lord John nous a demandé de trouver une petite pute bien propre, pas un vieux tableau défraîchi !

Aussi incrédule qu'horrifiée, Grace n'en croyait pas ses oreilles. Elle avait beau porter des vêtements usés jusqu'à la trame et des souliers troués, elle appartenait à la bonne société, et on la traitait avec déférence. Les hommes n'accostaient pas la respectable Mme Paget pour une rapide étreinte sous un porche ou derrière un buisson.

Mais si ces brutes s'étaient donné la peine de l'enlever, ils voulaient sans doute plus qu'une rapide étreinte.

L'avaient-ils violée pendant qu'elle était inconsciente ?

Cela, elle ne pourrait jamais le supporter.

Autant qu'elle pouvait en juger, ses vêtements n'étaient pas en désordre et sa pauvre robe élimée semblait intacte. Ils ne l'avaient apparemment pas touchée, du moins pas encore.

Qu'allait-il se passer, maintenant ? L'atroce vision de ces canailles la violant à tour de rôle lui donna la nausée et il lui fallut prendre sur elle pour ne pas se débattre en hurlant.

Quand ils l'avaient enlevée, elle avait crié de toute la force de ses poumons et s'était débattue avec l'énergie du désespoir, elle s'en souvenait maintenant.

Elle se souvenait de tout.

Son cousin Vere lui avait offert le gîte et le couvert pour la sauver du ruisseau, mais il n'était pas venu la chercher à l'arrivée de la malle-poste, à Bristol. Elle l'avait attendu des heures, avant de se décider à partir à sa recherche, en vain. À sa place, elle avait rencontré ces deux incarnations du démon.

Monks et Filey...

Ils avaient même eu le toupet de se présenter à elle en bonne et due forme.

Elle s'efforça de se remémorer chaque détail de cette brève mais terrible rencontre dans la nuit qui commençait à tomber. Elle avait demandé son chemin à ces deux brutes et, rassurée par cet accent du Yorkshire qui lui était si familier, avait accepté leur compagnie jusqu'au relais de poste. Elle avait si peur, perdue dans le dédale des ruelles du port, que toute aide lui avait paru bienvenue.

Comment avait-elle pu se montrer aussi naïve ?

Ils s'étaient jetés sur elle dans un coin sombre et, pendant que Filey l'immobilisait, Monks lui avait fait avaler une copieuse dose de laudanum. Elle sentait de nouveau sur son visage l'haleine fétide de Filey, une puanteur insoutenable, tandis qu'il se penchait vers elle.

— Ouais, elle m'a tout l'air d'une oie blanche. On dirait qu'elle s'est échappée du couvent ! Elle est suffisamment gironde pour plaire au marquis mais je te le dis et je te le redis, pour moi, c'est pas une pute.

— Ne va pas chercher midi à quatorze heures ! Elle fera la putain jusqu'à ce que le milord en ait assez d'elle. J'espère qu'elle connaît tout de même un ou deux trucs pour donner du bonheur à un gars, sinon elle tiendra pas le mois !

— On aurait dû se la faire pendant qu'on pouvait, regretta Filey, mettant le sang-froid de Grace à rude épreuve.

— C'est ça, et on aurait eu le guet sur le dos ! Quand le marquis en sera fatigué, ce sera ton tour d'en profiter. Allez, on y va ! Les effets du laudanum vont plus durer très longtemps et si elle se réveille et qu'elle voit ta face de carême, elle va être dans un bel état quand on la livrera à milord Tête Fêlée.

— Je m'en bats l'œil ! Elle a une belle paire de nichons. Et je te parie que sa fente est encore mieux.

Une abominable odeur de sueur et de gin manqua faire défaillir Grace. Muette d'effroi, elle sentit une main brutale défaire à la hâte son col montant et s'emparer d'un de ses seins pour le palper sans ménagement. Le gredin était tellement excité qu'il ne la sentit pas se raidir de dégoût.

Le cœur battant à tout rompre, la jeune femme étouffa à grand-peine le cri d'horreur qui montait de sa gorge.

C'était un cauchemar, cela ne pouvait pas réellement arriver, pas à elle...

— Touche pas à la pute, Filey ! aboya Monks. Si le marquis apprend que tu te l'es faite avant lui, il te découpera en rondelles.

— Il a pas besoin de le savoir, se gaussa la canaille en resserrant son emprise sur le sein de Grace.

— Tu t'imagines qu'elle ira pas cafarder ? Moi, j'ai jamais vu une pisseuse la fermer !

— Ouais, t'as peut-être raison, maugréa Filey en retirant sa main, après un pincement particulièrement douloureux.

Cela n'avait duré que quelques petites minutes mais s'il l'avait pelotée pendant des heures, Grace ne se serait pas sentie plus sale ni plus humiliée.

Elle retint sa respiration jusqu'à ce qu'elle entende enfin la porte se refermer et que la puanteur s'atténue peu à peu.

Enfin seule, elle ouvrit les yeux pour regarder autour d'elle.

Elle se trouvait dans une pièce plutôt agréable, aux murs tout blancs, percés de deux portes. La première était fermée mais l'autre, à sa grande surprise, donnait sur un paisible jardin inondé de soleil. L'ensemble évoquait plus une maison de famille qu'un lupanar. On ne l'avait tout de même pas enlevée en pleine rue et amenée jusqu'ici pour assouvir les coupables appétits d'un libertin !

Les effets du laudanum commençant à se dissiper, il lui fallut bien se rendre à la cruelle évidence : un aristocrate dépravé comptait abuser d'elle avant de l'abandonner à ses sbires.

Il lui fallait à tout prix s'évader avant le retour de ses geôliers et avant que ce mystérieux lord John, qui avait commandé « une petite pute bien propre » vienne voir ce que ses affidés lui avaient amené.

Même si elle retrouvait peu à peu sa vivacité d'esprit, le goût de laudanum lui desséchait la bouche. Elle mourait de soif et aurait donné sa vie pour un verre d'eau.

Ce qu'elle désirait par-dessus tout cependant, c'était retourner au *Coq et la Couronne* pour attendre son cousin Vere.

Des sanglots dans la gorge, elle entreprit de se défaire de ses liens.

— Cela ne servira à rien de vous débattre, intervint une voix masculine depuis la porte du jardin. Je suis bien placé pour le savoir, j'ai essayé de briser ces courroies suffisamment souvent…

Éblouie par le soleil qui entrait à flots dans la pièce, elle ne distinguait rien d'autre qu'une haute silhouette à la carrure impressionnante.

La voix était calme et grave, aussi douce que le miel des abeilles de sa ferme du Yorkshire, mais ce baryton aux accents si distingués l'effraya plus que toutes les plaisanteries salaces de Monks et Filey. Soudain, elle réalisa le sens des paroles que l'inconnu venait de prononcer.

— Vous aussi, on vous a attaché à cette table ?

— Bien entendu, affirma le nouveau venu comme s'il s'agissait d'une évidence.

La silhouette se précisa et elle se trouva face à un jeune homme de vingt-cinq ans environ, vêtu d'une chemise blanche et d'une culotte de cheval en daim. Il était grand et très mince, mais extrêmement vigoureux.

Jamais Grace n'avait rencontré un aussi bel homme et, malgré sa frayeur, elle ne put s'empêcher de remarquer son grand front, sa chevelure de jais rejetée en arrière, son nez aquilin et ses hautes pommettes. Avec ses yeux obstinément baissés, il lui faisait penser à un ange attendant les instructions du Tout-Puissant, comme on en voit sur les vitraux des églises.

À cela près qu'aucun ange n'aurait observé avec une telle curiosité un corps féminin exposé à son regard.

L'inconnu menait son inspection avec méthode. Il détailla les longues jambes et les hanches pleines avant de s'attarder sur la poitrine de Grace, jusqu'aux boutons défaits du corsage.

La jeune femme avait vécu la peur au ventre suffisamment longtemps pour savoir qu'il n'y avait qu'une seule attitude possible : faire face.

— Vous êtes lord John, je suppose ?

— Non. Lord John est mon oncle.

— Puisque vous n'êtes pas lord John, vous pouvez m'aider ! Votre oncle m'a fait amener ici pour...

Sa voix s'étrangla dans sa gorge. Les mots lui manquaient, même si elle était convaincue qu'aucune expression, aussi crue soit-elle, ne pourrait choquer cet ange lascif.

L'ombre d'un sourire se dessina de nouveau sur sa bouche parfaite, assez grande pour être expressive, fine et sensuelle à la fois.

— Pour son amusement ? suggéra-t-il avec une pointe d'ironie en se penchant vers elle.

— Oui, souffla Grace, raide de frayeur sous les courroies de cuir. Vous devez m'aider à m'échapper.

— Je *dois* ? répéta-t-il en effleurant de sa main aristocratique la joue de la jeune femme, qui tourna la tête comme s'il l'avait piquée. Mignonne !

Il avait beau la terrifier, il constituait sa seule chance de salut avant l'arrivée de ce mystérieux lord John.

— Je vous en prie, monsieur, aidez-moi ! plaida-t-elle avec moins de véhémence, cette fois.

— Voilà qui est mieux, beaucoup mieux.

Le monstre s'amusait d'elle ! Il s'amusait d'elle depuis qu'il avait fait son apparition.

— J'en appelle à votre sens de l'honneur, monsieur. Vous ne pouvez pas... Je vous supplie de m'aider.

— Je savais que vous finiriez par trouver l'intonation juste ! triompha-t-il. Vous m'en voyez touché, madame. Cette légère fêlure dans votre voix est vraiment du grand art. Toutes mes félicitations !

— Je proteste, monsieur ! Vous parlez comme si j'étais une actrice qui répète son rôle.

— Vous m'en direz tant ! Quelle audace de ma part, même s'il est évident que vous avez été choisie tout spécialement pour ce rôle.

Il la lâcha et s'écarta d'un air de dégoût, en proie à une grande agitation. Grace savait qu'elle avait échoué, mais elle décida de jouer son va-tout et de faire une dernière tentative.

— Votre oncle veut me violer ! Vous ne pouvez pas m'abandonner à mon sort !

— Votre stratagème me charme, madame. Vous pourriez presque me convaincre si nous ne savions pas l'un et l'autre que vous êtes ici pour mon usage, et non pour celui de mon oncle. À moins qu'il ne vous ait lui-même dicté votre texte ?

— Vous êtes fou ! souffla-t-elle, abandonnant tout espoir.

Avec un petit rire sans joie, il se retourna pour la première fois vers elle. Il avait de grands yeux bruns pailletés d'or, magnifiques... et le regard le plus froid qu'elle ait jamais croisé.

— Mais bien entendu, chère madame. Il n'y a pas le moindre doute là-dessus : je suis complètement, incurablement fou.

# 2

Que son oncle aille au diable, et qu'il y reste !

Le cœur débordant d'amertume, il contemplait la jeune femme ligotée sur la table comme une victime innocente offerte en sacrifice à un cruel dieu païen. Par quel prodige lord John avait-il pénétré ses pensées les plus intimes et deviné le désir qui le rongeait ? Pour satisfaire ce besoin, Matthew s'était inventé une femme de lune et d'ombre, une femme qui répondait en tout point aux rêves solitaires qui le tourmentaient.

Comment son oncle l'avait-il su ?

S'il le connaissait si bien, comment Matthew pourrait-il l'emporter un jour ?

Les grands yeux outremer ombragés par de longs cils noirs s'étaient détournés de lui. Cette femme était une excellente comédienne, mais il était prêt à parier que sa terreur n'était pas feinte.

Et cela lui convenait tout à fait. Tant qu'elle avait peur, sa réflexion serait altérée. Si elle n'était pas en état de réfléchir correctement, elle commettrait des erreurs. Et si elle commettait trop d'erreurs, lord John la renverrait.

Il y avait au moins deux choses au monde sur lesquelles Matthew pouvait compter : le cynisme de son oncle et son absence de scrupules.

Malgré lui, son regard se porta sur la gorge fragile de la jeune femme, puis descendit, inévitablement. Le haut de sa robe était défait, dévoilant la naissance de deux globes d'albâtre qu'un sculpteur n'aurait pas reniés.

Le jeune homme serra les poings et les dents. Décidément, mieux valait se débarrasser d'elle, et le plus vite serait le mieux !

— C'est une plaisanterie, j'imagine, risqua-t-elle d'une voix mal assurée.

— Pas le moins du monde, chère madame !

— Je suppose qu'appeler à l'aide serait inutile...

Comme le reste de sa personne, sa voix basse et douce était surprenante, et son accent distingué résonnait comme une divine musique aux oreilles de Matthew.

— Vous pouvez toujours essayer. En ce qui me concerne, cela n'a jamais servi à quoi que ce soit. Vous avez déjà toute mon attention. Quant à Monks et Filey, ils ont sans doute reçu l'ordre de nous laisser seuls et de n'intervenir sous aucun prétexte. On peut même raisonnablement penser que vos cris constitueraient pour eux une sorte de récompense de leurs efforts.

— Je ne leur ferai pas ce plaisir, dans ce cas.

— Je vous félicite de votre sagesse.

Cette étrange créature était décidément aux antipodes de ce qu'il avait imaginé lorsque son oncle lui avait dévoilé son répugnant projet. Quand lord John avait proposé de lui fournir une prostituée pour l'aider à passer le temps, Matthew s'était imaginé une professionnelle endurcie par des années de pratique et, même si la solitude le rongeait, il était certain de résister sans difficulté aux charmes frelatés d'une fille de joie trop apprêtée.

Il avait montré trop d'assurance et sous-estimé l'habileté machiavélique de son tuteur.

Non seulement lord John avait évité les clichés, mais il avait trouvé la perle rare.

La perfection, même.

Il devait à tout prix échapper à l'emprise de ce regard outremer s'il voulait résister à son insistante supplique. Comme un automate, il se dirigea vers la porte.

— Attendez ! Ne partez pas ! Ne me laissez pas seule ici ou au moins, détachez-moi ! Je vous en conjure !

— Je pense qu'il est préférable pour moi de vous garder entravée, lança-t-il par-dessus son épaule.

Pour la libérer, il aurait fallu la toucher, et le souvenir de sa joue satinée lui brûlait encore les doigts.

— Je vous en prie ! Je crois que je vais être malade, souffla-t-elle, tandis que sa poitrine se soulevait convulsivement au rythme de sa respiration hachée.

— Votre petite comédie est sans effet sur moi, je vous préviens ! gronda-t-il, furieux d'être aussi troublé.

Elle gémit.

— Mais je ne joue pas la comédie !

Le visage de la prisonnière avait effectivement pris une teinte livide que la moiteur de son front et les grands cernes qui soulignaient ses yeux rendaient plus inquiétante encore.

Peut-être était-elle sincère, après tout ?

À regret, il retourna vers cette maudite table où il avait passé tant d'heures si pénibles, tout en se maudissant de céder à son bon cœur. Cette catin était une ennemie ou plutôt, elle n'était qu'un jouet entre les mains de ses ennemis.

Il défit cependant ses liens à la hâte.

— Monsieur, je crois que..., balbutia-t-elle, pâle comme un linge, dès qu'elle se trouva assise sur la table.

Il en était certain maintenant que, sur ce point au moins, elle ne simulait pas. Il parcourut la pièce du regard et finit par trouver ce qu'il cherchait.

— Tenez ! intima-t-il en lui tendant une grande coupe en porcelaine de Chine.

Elle bredouilla ce qui pouvait passer pour un remerciement et saisit précipitamment la coupe, juste à temps pour se soulager. Malgré ce qu'il savait d'elle, en la voyant si malade, Matthew ne put se retenir d'éprouver une profonde pitié. Quand les spasmes se calmèrent enfin, il s'assit à ses côtés et passa le bras autour de ses épaules pour l'empêcher de tomber.

Il avait beau faire, il ne pouvait rester insensible à la chaleur et aux courbes si douces de ce corps gracile, si différent du sien. L'échancrure de son corsage défait lui dévoilait au moindre mouvement la rondeur émouvante de deux seins de neige. C'était une ruse habile, tenta-t-il de se convaincre pour mieux lutter contre le désir d'en voir davantage.

Tremblant comme une feuille, elle se laissa aller contre son épaule, visiblement épuisée, et il sentit de petites mèches échappées de sa coiffure en désordre lui chatouiller le menton.

— Reposez-vous un instant, proposa-t-il.

Gentiment, il la débarrassa du récipient souillé. Si, malgré la violence des spasmes, elle avait si peu vomi, c'était parce qu'elle avait l'estomac vide. Le corps qu'il tenait dans ses bras était si mince et si fragile qu'il avait l'impression de pouvoir le briser aussi facilement qu'une brindille.

— Ce doit être le laudanum qu'ils m'ont donné la nuit dernière, murmura-t-elle d'une voix éteinte. Je ne l'ai jamais bien supporté.

Du *laudanum* ? Ce mot évoquait pour lui de pénibles souvenirs. Il les chassa à la hâte pour reporter toute son attention sur sa mystérieuse compagne et sur son profil aristocratique. Elle était belle, très belle, il l'avait tout de suite remarqué, même s'il avait fait de son mieux pour l'oublier.

L'ovale de son visage aux hautes pommettes lui rappelait les madones de la Renaissance italienne qu'il admirait tant dans les livres que son oncle lui fournissait obligeamment pour compenser le voyage sur le continent qu'il n'avait jamais pu faire.

Un peu de couleur revenait peu à peu sur ses lèvres pulpeuses, apportant une touche sensuelle à cette beauté éthérée. À elle seule, cette bouche suffisait à justifier tous les rêves érotiques de Matthew.

Elle était décidément très habile. En moins de temps qu'il ne fallait pour le dire, elle l'avait amené là où elle voulait. Lord John avait dû bien la chapitrer. Quant à savoir pourquoi une femme aussi belle, distinguée et dotée de tant de talents en était réduite à se prostituer à un fou tel que lui, c'était un mystère...

S'il ne faisait pas attention, il était capable de se laisser prendre à cette comédie de la vulnérabilité et de l'indomptable courage face à la peur. N'importe quel directeur de théâtre serait prêt à lui faire un pont d'or, il en aurait mis sa main à couper. Et n'importe quel libertin ne demanderait qu'à se l'attacher pour des services plus intimes.

— Tenez ! grommela-t-il en lui tendant son mouchoir tandis qu'elle fouillait fébrilement dans ses poches.

— Je vous remercie.

— Pouvez-vous rester assise sans aide, maintenant ? questionna-t-il d'un ton rogue.

Il aurait donné tout l'or du monde pour faire preuve de calme et de détachement, mais c'était tout simplement au-dessus de ses forces. Cela faisait des années qu'il retenait sa colère, mais cette fois-ci l'énigme qu'elle représentait le mettait dans une rage qu'il ne pourrait pas dominer bien longtemps.

— Je crois que oui.

À peine s'était-elle libérée de son étreinte que sa chaleur et son parfum si féminin de rose et de lavande lui manquèrent. C'était encore un nouveau mystère. Aux arômes capiteux de jasmin et de patchouli censés affoler les sens, cette catin préférait des senteurs fraîches et discrètes, assorties à ses manières distinguées.

Il maudit encore une fois son oncle, tout aussi vainement, en voyant les mains délicates de la jeune femme agripper le rebord de la table.

Depuis qu'il était tout petit, Matthew avait toujours recueilli tous les animaux malades ou blessés. Lord John avait dû penser que le meilleur moyen de soumettre son neveu était de profiter de cette indéfectible sympathie pour les faibles et les malades.

L'inconnue lui faisait maintenant face pour la première fois depuis qu'il l'avait détachée. Sous l'effet du laudanum, ses pupilles s'étaient réduites à la taille de têtes d'épingle, entourées de deux grands lacs d'indigo.

Son oncle avait réussi un coup de maître, décidément. Droguée, elle faisait une victime encore plus pathétique et Matthew devait faire des efforts constants pour se rappeler que la malheureuse n'était qu'une habile comédienne jouant son rôle à la perfection.

— Je suis désolée du dérangement et de l'embarras que je vous cause, monsieur.

Ses manières policées et la gêne qu'elle éprouvait d'avoir été malade devant un inconnu étaient celles d'une dame de la meilleure société, et il aurait dû lui dire qu'elle perdait son temps. Il savait pertinemment ce qu'elle était : une catin, ainsi que son oncle le lui avait promis.

— Cela n'a pas d'importance.

Comment aurait-il pu lui en vouloir ? Quand il s'était trouvé dans la même situation, il avait plus d'une fois perdu le contrôle de ses fonctions physiques. C'était pour cette raison que la grande coupe de porcelaine ne se trouvait jamais loin de cette table où on l'avait attaché si souvent – même si, heureusement, cela faisait longtemps qu'il n'avait pas subi cet affreux traitement.

— Vous m'avez témoigné beaucoup de gentillesse, et je vous en remercie.

D'où tenait-elle ce pouvoir de fascination qu'elle exerçait avec tant d'aisance ? Il avait été heureux pendant les brèves minutes où il l'avait enlacée, mais cela faisait des années qu'il n'avait pas reçu, ni donné, le moindre geste de tendresse. Il s'agissait donc d'une satisfaction purement animale, sans rapport aucun avec la femme qu'il avait tenue dans ses bras.

— Je suis capable de beaucoup de choses, chère madame, et même parfois de gentillesse, rétorqua-t-il d'un ton sec en se levant.

Il la vit changer de couleur.

Pendant quelques instants, son indisposition avait fait oublier sa peur à la jeune femme, mais maintenant elle se souvenait qu'elle se trouvait enfermée seule avec un dément, et sa frayeur la reprenait.

D'une main tremblante, elle rassembla les pans de son corsage ouvert.

Quelle grande tragédienne ! Que faisait une actrice comme elle dans ce coin perdu du Somerset ? Sa place était sur une scène de Drury Lane, devant un public en délire !

— Il faut sortir d'ici ! murmura-t-elle, plus pour elle-même qu'à son intention, en se dirigeant d'un pas incertain vers la porte du jardin.

— Il n'y a nulle part où aller. La propriété est entourée de murs infranchissables. Filey et Monks gardent la seule entrée, et je doute que mon oncle vous relève de votre contrat alors que la pièce ne fait que commencer.

Elle le dévisagea de ses grands yeux de porcelaine comme si elle ne comprenait pas de quoi il parlait, tandis que son pas se faisait plus incertain.

— Nom de Dieu !

Il se précipita, juste à temps pour la rattraper et, une fois encore, la délicate senteur de lavande vint enivrer ses sens.

— Je vous en prie, monsieur, surveillez votre langage ! murmura-t-elle d'une voix mourante.

La tenir de nouveau dans ses bras le troublait tant qu'il fallut à Matthew un moment avant de comprendre ce qu'elle venait de lui dire. Comme si elle n'avait pas d'autres sujets de préoccupation que ses manières !

— Voulez-vous me poser à terre, je vous prie ? souffla-t-elle.

— Si je vous repose, vous allez vous effondrer à mes pieds.

Il s'attendait à des protestations, mais elle était à bout de forces. L'année avait été éprouvante pour lui et il avait perdu beaucoup de sa vigueur, mais elle était si légère ! Ce corps frêle, cette robe aussi démodée qu'élimée, ces chaussures craquelées... Tous ces signes de misère lui sautèrent encore une fois aux yeux.

Il fit de son mieux pour ignorer la façon dont ses seins pressaient contre sa poitrine et l'installa confortablement sur un canapé.

— Allongez-vous, lui conseilla-t-il en lui glissant un coussin sous la tête.

— Ne me touchez pas ! supplia-t-elle tandis qu'une larme s'échappait de ses paupières closes.

— Vous ne risquez rien ! rétorqua-t-il le plus sèchement qu'il put, ému malgré lui par son évidente détresse. Vous êtes trop faible pour me résister, de toute façon.

Il ne devait à aucun prix se laisser attendrir. C'était une ennemie à la solde de son oncle, il ne pouvait pas se permettre de l'oublier, se répéta-t-il en allant chercher un cognac.

— Nom de Dieu ! jura-t-il entre ses dents en la voyant à peine capable de soulever la tête.

Elle lui jeta un regard plein de réprobation mais le laissa l'aider à boire une gorgée. Elle toussa, et il la reprit dans ses bras pour lui permettre de reprendre son souffle. S'il était là, lord John serait aux anges. Lui qui avait fait le serment de ne jamais toucher une femme envoyée par son tuteur, voilà qu'il dorlotait son émissaire comme s'il s'agissait d'une princesse menacée par un dragon.

Et il n'avait fallu à cette fille que quelques minutes pour se retrouver dans ses bras !

Il ne pouvait que s'incliner devant tant de savoir-faire.

Enfin, pour être honnête, il devait bien admettre que, jusqu'à présent, il avait admiré tout ce qui la touchait de près ou de loin, sauf le fait qu'elle était du côté de son oncle et non du sien.

— Allons, buvez ! lui intima-t-il en lui prenant des mains le verre qu'elle était sur le point de lâcher.

— Vous m'y invitez si gentiment, comment pourrais-je refuser ? Puis-je avoir un peu d'eau, s'il vous plaît ?

— Vos désirs sont des ordres, madame ! Je ne suis ici que pour vous servir, s'inclina Matthew en ajoutant une crâne insolence à la liste des qualités qu'il admirait déjà chez elle.

Il aurait tout donné pour la voir sourire, mais elle restait de marbre. Déçu, il alla lui chercher le verre d'eau demandé. Que lui importait le sourire d'une catin, après tout ? Il s'était donné suffisamment de mal pour l'empêcher de s'évanouir...

— Je vous remercie.

Toujours cette politesse irréprochable... Un de ses protecteurs avait dû lui apprendre les bonnes manières, à moins qu'elle ne soit la fille déchue d'une bonne famille. Elle s'exprimait à la façon des gens du monde, et elle en possédait les manières raffinées.

Quand elle était dans ses bras, il n'avait pas manqué de remarquer la souplesse de sa taille, la courbe voluptueuse de ses hanches et les douces rondeurs de sa poitrine généreuse, sans oublier son parfum si enivrant malgré sa discrétion.

Cette femme restait un mystère pour lui et, partagé entre l'étonnement et le ressentiment, il ne savait comment se comporter avec elle. Une envie furieuse de jurer, de l'insulter, d'exprimer sa colère et sa frustration en saccageant la pièce le dévorait.

— Vous avez faim ? s'entendit-il demander.

Elle ferma les yeux, visiblement épuisée, et prit une profonde inspiration, comme pour rassembler ses forces. Fasciné, il ne pouvait détacher les yeux de ses seins qui se soulevaient au rythme de sa respiration hachée. Elle n'avait pas une forte poitrine, mais son extrême minceur en faisait ressortir la rondeur pleine de promesses. Les mains de Matthew se courbèrent comme pour en épouser la forme.

— Depuis combien de temps n'avez-vous pas mangé ? insista-t-il.

— J'ai pris un peu de pain et de fromage hier matin...

— Je vais voir ce que je peux vous trouver, proposa-t-il, soulagé de trouver un prétexte pour s'échapper.

Jamais il ne s'était trouvé face à un tel péril. Matthew possédait une volonté de fer, et c'est cette volonté qui lui avait permis de se maintenir en vie. Pourtant, une demi-heure en compagnie de cette inconnue avait suffi à le subjuguer alors qu'elle était bien trop malade pour éprouver ses charmes sur lui.

À ce train-là, quand elle aurait retrouvé la santé, il lui suffirait de cinq minutes pour le réduire en esclavage.

Il n'était pourtant pas dit qu'elle l'emporterait si facilement.

Cela faisait des années qu'il bataillait contre son oncle sans jamais rendre les armes, ce n'était tout de même pas cette petite brindille qui allait le réduire à néant.

— Je suis désolée, mais vous allez une fois encore devoir vous contenter de pain et de fromage.

Comme la jeune femme ne répondait pas, il la crut endormie. Elle paraissait épuisée. À pas de loup, il fit le tour du canapé pour poser son plateau.

Le divan était vide.

Si elle tentait de s'enfuir, elle n'irait pas bien loin. S'évader de cette propriété était absolument impossible, il était bien placé pour le savoir, après toutes les tentatives qu'il avait faites.

Même une grosse somme d'argent ne pouvait décider cette fille publique à partager la couche d'un fou comme lui...

Il ne pouvait pas la blâmer. Quand il l'avait recrutée, son oncle avait dû lui faire miroiter la lune. Il savait à quel point son tuteur pouvait se montrer persuasif quand il avait décidé de séduire ou de manipuler quelqu'un. Chez John Lansdowne, séduction et manipulation ne faisaient qu'un.

Eh bien, qu'elle essaie de fuir tant qu'elle voudrait, elle se fatiguerait vite et reviendrait d'elle-même ! Et si elle ne revenait pas, que lui importait, après tout ? Il voulait se débarrasser de cette intruse, et aurait donc dû s'estimer heureux.

Elle allait tomber entre les mains de Monks et Filey, qui la ramèneraient là où ils l'avaient trouvée, et c'en serait fini de cette sinistre farce.

Ses geôliers avaient dû se donner beaucoup de mal pour trouver cette catin, et ils seraient sans doute fort mécontents de la voir changer d'avis. Et tous deux pouvaient se montrer extrêmement inventifs quand il s'agissait d'exprimer leur mécontentement. Il gardait sur le corps d'innombrables cicatrices, preuves de leur créativité.

La jeune femme se trouverait à leur merci.

Cela lui apprendrait à vouloir l'espionner et à intriguer contre lui pour le compte de son tuteur. Elle avait bien mérité ce qui allait lui arriver !

Matthew prit un livre mais deux grands yeux bleus implorants l'empêchèrent de concentrer son attention sur les vers latins.

Pouvait-il vraiment abandonner cette jeune femme sans défense aux sbires de son oncle ?

— Nom de Dieu ! jura-t-il en refermant son livre.

Les remontrances de la jeune femme à propos de son langage lui revinrent en mémoire. Elle ne manquait pas de courage, mais toute sa bravoure ne suffirait pas à la sauver.

Il faisait une sottise, il le savait pertinemment, mais il ne pouvait pas s'en empêcher. Il bondit sur ses pieds et se mit à la recherche de cette courtisane tombée du ciel.

# 3

Désespérée, Grace s'arrêta pour reprendre son souffle. Depuis la maladie de son mari, elle avait eu tout le temps de se familiariser avec le désespoir, mais jamais encore il n'avait pénétré si douloureusement jusqu'au tréfonds de son âme.

C'est à peine si elle avait osé croire en sa chance lorsque son étrange compagnon l'avait laissée seule. La peur lui avait donné des ailes. Elle avait rassemblé les forces qui lui restaient et s'était précipitée dehors. Depuis, elle cherchait avec obstination un moyen de s'échapper.

Mais il n'y avait aucune issue.

Le beau marquis fantasque n'avait pris aucun risque en lui laissant la possibilité de fuir. Très haut et uniformément lisse, le mur d'enceinte de la propriété n'offrait pas la moindre prise. Niant l'évidence, elle avait plusieurs fois tenté de l'escalader, mais il lui avait bien fallu admettre ce qui sautait aux yeux.

Quelqu'un s'était donné beaucoup de mal pour que ce jeune homme reste à tout jamais prisonnier, et elle avec lui.

La muraille délimitait un petit domaine entièrement boisé, à l'exception d'un très beau jardin et d'un vaste verger, bien entretenus tous les deux, qui jouxtaient la maison. En d'autres circonstances, elle aurait trouvé l'endroit charmant mais, au milieu de ce cauchemar éveillé qu'elle était en train de vivre, la végétation luxuriante de ce début de printemps lui apparaissait comme une menace supplémentaire.

Ce qui la terrifiait le plus, c'était la froide efficacité de celui qui avait fait ériger ce mur d'enceinte. Cette prison demandait beaucoup d'argent, des ressources inépuisables, une grande intelligence et une détermination à toute épreuve. Elle était l'œuvre d'une personne suffisamment puissante pour enlever une jeune femme innocente, et suffisamment immorale pour la retenir autant qu'il lui plairait.

Les limites de cette propriété étaient infranchissables. Elle n'avait vu qu'une seule entrée, un impressionnant portail de chêne consolidé par de massives barres de fer et cadenassé avec d'énormes chaînes. Des granges, des écuries, des étables et un petit cottage flanquaient cette unique issue.

Assis sur un banc devant la chaumière, ses geôliers se repassaient un broc de grès à grand renfort de plaisanteries et de rires gras. Des buissons où elle était tapie, elle ne pouvait saisir leurs paroles, mais il ne fallait pas être grand clerc pour deviner qu'ils glosaient sur ce que le marquis était en train de lui faire.

Elle n'avait pas la naïveté de s'imaginer que leur ébriété avancée lui permettrait de s'échapper. Elle avait vécu assez longtemps à la campagne pour connaître ce genre d'hommes, même si elle n'en avait jamais rencontré d'aussi répugnants, et elle savait que l'alcool n'assoupissait pas ces brutes mais les rendait encore plus hargneux.

Voilà qu'elle était revenue à son point de départ, aussi éloignée du salut que lorsqu'elle avait cru fuir le beau dément au sourire de glace et aux yeux de braise.

Elle pourrait mourir entre ces murs sans que personne n'en sache rien. Affolée, à bout de forces, tenaillée par la faim et la soif, elle se laissa tomber sur les genoux. Même si ses pauvres jambes consentaient à la porter, où pouvait-elle aller ?

« Allons, calme-toi et réfléchis ! »

Elle avait voulu se donner un peu de courage, mais le pauvre filet de voix qui sortit à grand-peine de sa gorge ne fit qu'accroître sa peur et son découragement. Pleurer n'aurait servi à rien. Elle avait versé toutes les larmes de son corps quand Josiah était mort et qu'elle avait perdu la ferme, et les larmes ne lui avaient été d'aucun secours. À quoi lui serviraient-elles maintenant ?

Elle devait absolument manger, même si son estomac se révulsait à cette idée. Peut-être, une fois la nuit tombée, pourrait-elle se glisser plus près de la maison et voler quelque chose dans le potager ?

C'était un espoir insensé. Pouvait-elle s'imaginer que ses ravisseurs allaient la laisser baguenauder dans le parc à sa guise ? Dès qu'ils s'apercevraient de sa disparition, ils organiseraient une battue, comme on le faisait pour pousser les faisans vers les fusils des chasseurs.

Elle ne put réprimer un sourire plein d'amertume. Quand l'indigente veuve Paget avait pensé toucher le fond, elle était encore loin du compte.

— Je suis heureux de voir que vous n'avez pas perdu votre sens de l'humour, lança une voix moqueuse.

Le mystérieux inconnu qui s'était occupé d'elle avec tant de compassion se dressait devant elle, flanqué d'un énorme molosse dont il flattait négligemment la tête.

— Non ! hurla-t-elle en se mettant debout.

Même si ses jambes la trahissaient, elle ne pouvait pas s'abandonner au bon vouloir de ce dément.

— Wolfram ! intima l'homme d'une voix calme.

Aussitôt, le dogue se rua sur la jeune femme qu'il accula contre un arbre.

— Tenter de fuir est tout à fait inutile, vous devriez le savoir maintenant.

— Si cela peut retarder le moment où vous me molesterez, cela en vaut la peine ! déclara-t-elle d'une voix qu'elle ne pouvait empêcher de trembler.

— Si le client n'est pas à votre goût, vous m'en voyez désolé, même si j'ignorais qu'une prostituée faisait autant de manières pour écarter les jambes.

Si elle avait espéré lui faire honte, elle avait manqué son but. Il avait craché sans ciller ces mots pleins de mépris.

— Je ne suis pas une prostituée ! Les porcs qui vous servent m'ont amenée ici contre ma volonté. N'importe quel homme ayant deux sous d'honneur ferait tout pour me rendre à ma famille, s'insurgea-t-elle en le toisant.

— Mais je ne suis pas un homme d'honneur. Je ne suis qu'un pauvre fou.

Quand il s'approcha pour flatter le cou du chien, Grace ne put retenir un mouvement de recul, vite arrêté par un grognement menaçant de l'animal.

— Laissez-moi partir ! supplia-t-elle, sa belle assurance soudain envolée.

— Cela suffit, madame ! Cessez votre petit jeu ! Mon oncle, lord John Lansdowne, vous a payée pour venir exercer ici votre commerce. Inventer toute cette histoire d'enlèvement est très habile de votre part, mais parfaitement inutile. Votre costume de veuve, vos mines apeurées, vos supplications, et même votre malaise, la mise en scène est parfaite, mais vous n'imaginez tout de même pas que je suis assez naïf pour me laisser prendre à cette comédie ?

— Vous êtes fou ! souffla-t-elle, horrifiée.

— Mon oncle n'a certainement pas négligé de vous en informer. Quelle autre raison vous aurait-il donnée pour justifier ma réclusion ?

Comment un homme qui semblait tout à fait sain d'esprit pouvait-il proférer de telles absurdités avec autant d'assurance ?

— Mais... je ne connais pas votre oncle.

— Pourquoi vous obstiner à mentir ? Enfin, qu'importe ! Vous finirez bien par vous fatiguer de tous ces contes à dormir debout. Viens, Wolfram !

— Vous allez me laisser ici ? protesta-t-elle, incrédule.

— Vous pouvez me suivre jusqu'à la maison ou attendre ici que Monks et Filey vous trouvent quand ils feront leur ronde, si cela vous chante ! lança-t-il sans se retourner.

— Mais vous allez me violer !

— Peut-être pas tout de suite...

Sans qu'elle puisse se l'expliquer, elle était intimement convaincue que, pour l'heure du moins, il ne représentait aucun danger pour elle.

C'était absurde ! Il ne lui avait rien promis ; de toute évidence, il se méprenait sur sa condition et, de son propre aveu, il était fou. Le seul fait tangible en sa faveur, c'était qu'il lui avait témoigné beaucoup de gentillesse quand elle avait été malade.

— Qui êtes-vous ?

— Mais voyons, madame, je suis le souverain de ce pitoyable royaume.

— Et ce souverain n'a pas de nom ?

— Mon oncle ne vous l'a pas dit ?

— Faites-moi plaisir, répétez-le-moi.

— Comme il vous plaira, s'inclina-t-il comme s'ils se trouvaient à un bal de la cour. Je suis Matthew Lansdowne, marquis de Sheene.

Disait-il vrai ? Le marquis de Sheene était l'un des hommes les plus riches d'Angleterre. Qu'aurait-il fait, enfermé loin du monde, dans cette petite propriété perdue dans la campagne ?

D'un autre côté, ses hommes de main avaient parlé du marquis et le luxe de ce domaine proclamait bien haut la richesse de son propriétaire. Peut-être disait-il vrai, après tout ?

— M'honorerez-vous de la même faveur ? demanda-t-il en l'observant comme s'il agissait d'une plante rare.

— Que voulez-vous dire ?

— Votre nom, ma fille ! Comment vous appelez-vous ?

— Grace Paget, milord.

— Grace, murmura-t-il d'un air pensif sans la quitter des yeux.

Elle ne se faisait aucune illusion sur ce qu'il contemplait avec tant d'attention. Une femme fanée avant l'âge, médiocrement habillée, qui avait éprouvé trop de chagrins et enduré trop de privations.

Que lui importait, après tout ? Sa position était assez précaire comme cela ; elle ne tenait pas à ce qu'il la regarde comme les hommes regardent d'ordinaire les femmes.

Dire qu'elle avait vomi devant lui ! Quelqu'un capable de tant de gentillesse dans des circonstances aussi embarrassantes ne pouvait tout de même pas abuser d'elle !

Et qu'en savait-elle, après tout ? Elle ignorait tout des hommes de son âge. Josiah était âgé, le sang circulait lentement dans ses veines et il était bien loin de posséder la force virile de l'étrange maître des lieux. Et s'il s'agissait vraiment du marquis de Sheene, c'était un grand seigneur, habitué à voir satisfait sur l'heure le moindre de ses caprices.

En attendant, il constituait sa seule défense contre Monks et Filey.

Quant à savoir ce qu'il exigerait en retour, elle préférait ne pas y penser. S'il désirait la mettre dans son lit, il avait eu tout le temps d'abuser d'elle quand elle se trouvait ligotée sur la table.

Elle n'osait pas lui faire confiance, mais quel autre choix avait-elle ?

Sans savoir si elle n'allait pas se jeter dans la gueule du loup, elle lui emboîta le pas.

Épuisée comme elle l'était, Grace avait bien du mal à suivre le marquis. Il s'était arrêté pour l'attendre à la lisière du bois et, avec sa haute silhouette nimbée par les rayons dorés du soleil couchant, il était beau comme Apollon.

Un Apollon solitaire, mais ineffablement triste...

— Il ne vous fera pas de mal, lança le marquis comme Wolfram venait renifler les jupes de la jeune femme.

— J'aime beaucoup les chiens, affirma-t-elle en tendant ses doigts effilés pour les faire sentir à l'animal.

Elle avait longtemps eu des chiens à la ferme, et elle était convaincue qu'eux seuls étaient capables d'aimer sans condition. Maintenant qu'ils avaient fait connaissance, elle se risqua à caresser le molosse, qui cligna les yeux de plaisir. C'était la première réaction normale qu'elle voyait depuis son arrivée dans cette étrange propriété.

Lorsqu'elle releva la tête, lord Sheene contemplait sa bouche comme si elle était prête à cracher du venin. Le sourire de Grace s'effaça et elle lâcha précipitamment le dogue. Qu'avait-elle donc fait pour mériter autant d'acrimonie ?

— Vous avez fait une conquête, à ce que je vois, grinça le marquis, mais ne vous attendez pas à ce que chacun ici tombe à vos genoux dès que vous lui ferez les yeux doux.

Sans plus d'explications, il tourna les talons et la planta là comme s'il ne pouvait plus supporter sa vue, tandis que le chien lui emboîtait le pas, la laissant interdite.

Ces sautes d'humeur l'effrayaient autant qu'elles l'inquiétaient. Peut-être était-il véritablement fou, après tout. Pouvait-elle s'en faire un allié ? Constituait-il une menace, au contraire ? Elle ne savait plus quoi penser...

Elle attendit que le maître du logis soit entré et que les battements désordonnés de son cœur se soient calmés pour observer les lieux un peu plus attentivement. Ce n'était pas le cadre qui convenait à l'un des plus hauts personnages du royaume. C'était une honnête gentilhommière, certes chaleureuse et confortable, mais qui n'avait rien d'imposant ni de grandiose.

Avec ses vieilles briques rougeoyant aux rayons du couchant, elle paraissait aussi accueillante qu'une maison de famille.

Et cependant, à chaque minute qui passait, le danger se faisait plus menaçant...

Sans la présence rassurante de lord Sheene, les arbres centenaires prenaient un air inquiétant. Peut-être ses ravisseurs profitaient-ils de leur couvert pour la guetter ?

Avec le peu d'énergie qui lui restait, elle s'engagea à la suite du marquis sur la pelouse qui s'étendait entre les bois et le jardin.

— Eh bien, tu ne t'en es pas si mal tirée jusqu'ici ! lança Grace au miroir de la jolie chambre que son hôte lui avait assignée. Continue, tu es sur la bonne voie !

Pour mieux s'en persuader, elle saisit sur la coiffeuse une brosse en argent et entreprit d'arranger sa chevelure. Elle avait fait un brin de toilette et lissé sa robe du mieux qu'elle pouvait, mais elle avait toujours l'air aussi fatiguée, misérable et affamée. Et beaucoup trop frêle pour repousser les assauts de cet élégant aristocrate dans la force de l'âge.

Dans la psyché, elle vit lord Sheene se glisser silencieusement dans la chambre. Soudain, le grand lit qui occupait le fond de la pièce lui parut envahir tout l'espace. Affolée, elle pivota d'un bond en brandissant comme une arme sa brosse à cheveux.

— Vous avez l'intention de me coiffer jusqu'à ce que mort s'ensuive ? ironisa-t-il. Je suis venu vous prévenir que le dîner est servi. Si vous avez des envies de meurtre, vous devriez d'abord reprendre des forces.

Ses grands airs étaient décidément insupportables. Pour lui, la peur qu'elle éprouvait, sa détresse, ses tentatives pour y résister, tout cela n'était qu'un jeu. La colère lui fit soudain oublier sa terreur.

Depuis des années, rien ni personne n'avait pu l'abattre, et ce n'était pas cette espèce de fou qui y parviendrait.

Elle avait beau s'appeler Paget maintenant, elle était née Marlow, et les Marlow n'avaient rien à envier aux Lansdowne. Elle n'était pas femme à se laisser faire, il allait s'en apercevoir.

— Si vous voulez bien me montrer le chemin, je vous suis, milord, répliqua-t-elle en le toisant avec hauteur.

Étonné par ce changement d'attitude, le marquis s'inclina sans un mot avant de la précéder dans l'escalier.

Brillamment illuminé, le salon d'où elle avait en vain tenté de s'échapper révélait maintenant tout son luxe, tandis que le cristal et l'argent d'une vaisselle digne d'un roi étincelaient sur la table dressée au milieu de la pièce.

Rien dans cette maison, dont le luxe alentour paraissait mieux adapté à des rendez-vous galants qu'à une prison, ne dévoilait son véritable usage, à part l'étroite banquette où elle avait été ligotée. Et, quand bien même on la retenait prisonnière dans cette gentilhommière isolée, elle n'était pas obligée d'accepter ce rôle de courtisane qu'on voulait lui faire jouer.

— Le dîner refroidit.

Grace revint à la triste réalité. Elle se trouvait seule et sans défense face à un détraqué imprévisible.

Il n'avait pourtant rien d'un monstre. Il s'était donné la peine de mettre une cravate et un habit de soirée, et il avait grande allure, avec sa haute taille et ses beaux yeux pensifs.

Quels lourds secrets se cachaient donc derrière ce visage si séduisant et si triste ?

Distraite par l'élégance avec laquelle il la servait, il fallut à Grace un moment pour se souvenir qu'elle n'avait pas goûté chère aussi délicate depuis qu'elle avait quitté la demeure de son père, alors qu'elle avait à peine seize ans.

— Le dîner n'est pas à votre goût ?

Il l'étudiait comme un animal exotique et, aussi fugitive qu'elle ait été, l'hésitation de la jeune femme ne lui avait pas échappé. Pour la lui expliquer, il aurait fallu à Grace entrer dans des détails qu'elle n'avait aucune intention de lui révéler. Son désastreux passé ne regardait personne d'autre qu'elle !

— Mme Filey fait tout son possible pour aiguiser mon appétit, qui est plutôt faible ces derniers temps, reprit-il comme elle gardait le silence.

— Votre cuisinière est la femme de Filey ?

— Elle prépare les repas et s'occupe du linge. Monks, Filey et elle constituent toute ma domesticité.

Quand elle avait appris l'identité du maître des lieux, Grace s'était étonnée de ne pas voir de domestiques. Un homme de son rang, même fou, méritait un personnel plus imposant.

Un mystère de plus à résoudre...

— Mangez donc ! reprit le marquis. Vous n'avez aucune raison de craindre un empoisonnement. Monks et Filey vous ont amenée ici dans un but bien précis et ils ne tiennent pas à vous voir mourir avant d'avoir rempli votre contrat.

— Et vous, que voulez-vous ? le défia-t-elle, surmontant sa frayeur.

— Continuez à me regarder de cette façon et je vous le dirai, rétorqua-t-il avec un sourire.

L'intensité avec laquelle il la dévisageait avait beau l'effrayer, elle ne pouvait rester insensible au charme du marquis. Comment aurait-elle pu résister à tant de beauté virile, elle qui, pendant neuf ans, avait été mariée à un vieillard ?

En rougissant, elle baissa les yeux vers sa croustade de bœuf. La faim qui la tenaillait était au moins aussi aiguë que sa peur et elle avait là une excellente occasion de l'apaiser.

Ce mets délicat lui rappelait des souvenirs qu'elle avait obstinément refoulés pendant toutes ces années de privation, mais s'y abandonner aurait signifié baisser la garde, et elle ne pouvait pas se le permettre.

— Les robes ne vous plaisent pas ? questionna le marquis. Vous devez pourtant vous rendre compte maintenant que vos mines de veuve éplorée sont sans effet sur moi.

— Quelles robes ?

— Vos costumes pour le deuxième acte. Les armoires de votre chambre débordent de soie et de satin.

— Je ne les ai pas ouvertes.

Apprendre qu'on avait si soigneusement préparé sa venue lui glaçait le cœur. Ceux qui s'étaient donné tant de mal pour l'amener ici feraient tout pour qu'elle ne puisse pas leur échapper.

Elle reprit un peu de vin pour se donner du courage. Questionner son compagnon risquait de l'irriter, mais elle devait courir ce risque. L'ignorance était le pire de tous les maux.

— Où sommes-nous donc, milord ?

— Pourquoi continuer cette petite comédie, madame ?

Ainsi, il restait persuadé qu'elle était partie prenante d'un obscur complot, et rien ne pouvait le faire changer d'avis. Les fous étaient souvent convaincus que le monde entier se liguait contre eux mais, à part ses propres déclarations, il n'avait jusqu'ici présenté aucun signe de démence.

— Pourquoi ne pas me dire où nous sommes ?

— Qu'est-ce que cela change, après tout ! lâcha-t-il d'un air las. Puisque cela vous fait plaisir, sachez que vous vous trouvez dans une partie isolée du Somerset, à une vingtaine de lieues environ de Wells.

— Et depuis combien de temps... habitez-vous ici ?

— Depuis combien de temps ai-je perdu l'esprit, c'est ce que vous voulez dire ? J'ai eu une fièvre cérébrale quand j'avais quatorze ans, et j'en ai maintenant vingt-cinq.

Ainsi, ils avaient le même âge. Elle aurait été bien en peine d'expliquer pourquoi, mais il lui sembla que cela les rapprochait.

— Cela fait donc onze ans que vous êtes prisonnier ?

Onze ans de réclusion, onze ans de sévices de la part de ses gardiens, onze ans de folie. Elle préférait ne pas imaginer les souffrances qu'il avait endurées.

— Cela aurait pu être pire. Mon oncle, dans sa grande bonté, a bien voulu m'épargner l'internement dans un asile d'aliénés. Sans cela, je doute que je serais encore en vie.

— Tout de même, être enfermé pendant onze ans !

Soudain, les plats délicieux avaient perdu toute leur saveur. D'une main tremblante, elle posa ses couverts. Le marquis, quant à lui, n'avait pratiquement rien mangé.

— Je suppose que c'était préférable pour tout le monde. À l'époque du moins, ajouta-t-il avec une ironie pleine d'amertume.

— Vous avez mentionné votre oncle, mais qu'en était-il de vos parents ? Et de vos frères et sœurs ?

— Mes parents sont morts avant que je tombe malade, et ils n'avaient pas d'autres enfants. Lord John était mon tuteur tant que j'étais mineur et puisque je n'ai jamais recouvré la raison, il l'est resté. Il ne vous l'a donc pas expliqué ? Il a dû vous donner au moins une vague idée, ne serait-ce que pour éviter une crise d'hystérie au moment de découvrir votre client. Mais vous avez tout de même été désagréablement surprise, n'est-ce pas ?

— Je ne suis pas sujette à l'hystérie et, pour la dernière fois, je ne connais pas votre oncle !

— Et, pour la dernière fois, je vous répète que je ne vous crois pas ! Je suis fatigué de cette conversation qui ne mène nulle part, madame, et je vous souhaite une bonne nuit.

Sans plus de cérémonie, il quitta la table et la pièce. Elle entendit son pas pressé traverser le hall et la porte claquer lorsqu'il sortit de la maison.

Elle était enfin seule, Dieu merci ! Pour la première fois depuis qu'il était venu la chercher dans sa chambre, elle se détendit un peu.

Peut-être la méfiance de lord Sheene était-elle un symptôme de sa maladie ? Josiah se comportait souvent de façon étrange les derniers temps, mais il était vieux et malade. Elle n'avait pas assez d'expérience pour juger de l'état mental du marquis. À une néophyte comme elle, il semblait extrêmement intelligent. En tout cas, rien ne lui échappait.

Un dément pouvait-il se conduire de façon tout à fait cohérente ?

La question cruciale cependant n'était pas de savoir s'il était fou ou non, mais ce qu'il comptait faire. Jusqu'ici, il ne l'avait touchée que pour l'aider, et il n'avait jamais montré la moindre velléité de violence.

Jusqu'ici...

Il était tellement plus fort qu'elle ! Elle se rappelait la vigueur de son corps athlétique quand il l'avait soulevée comme une plume. S'il se jetait sur elle, elle n'aurait aucune chance de le repousser.

Tenter de fuir était inutile, elle ne pourrait pas quitter le domaine. La nuit était fraîche mais douce, dormir à la belle étoile ne la tuerait pas.

Mais dehors, elle risquait de tomber sur Monks et Filey.

Grands dieux, rien ne pouvait lui arriver de pire ! Quoi que puisse lui faire le marquis, ce ne pouvait qu'être préférable à l'horreur qu'ils lui avaient promise.

La tête lui tournait. Cela faisait des années qu'elle n'avait pas bu une gorgée de vin et, faible comme elle était, même le peu qu'elle avait pris lui montait à la tête. Elle s'était comportée comme une écervelée. Qu'avait-elle besoin de boire de l'alcool qui risquait de ralentir ses réflexes ?

La chambre constituait le seul refuge possible. Elle allait s'y barricader et, quand le marquis reviendrait, il ne la trouverait pas comme un chien qui attend le retour de son maître.

De combien de temps disposait-elle ? Il était visiblement parti se calmer les nerfs, mais il pouvait changer d'avis et rentrer aussi vite qu'il était sorti.

Elle n'avait pas de temps à perdre.

Il lui fallait une arme. Ses doigts se refermèrent sur le couteau du dîner. Il n'était pas assez effilé pour être véritablement dangereux, mais cela pouvait toujours retarder un agresseur.

Serrant le manche du couteau dans sa main, elle gravit l'escalier quatre à quatre, claqua la porte derrière elle et leva bien haut sa chandelle pour trouver le verrou.

Il n'y avait ni verrou ni serrure.

Elle avait oublié que cette maison n'était jamais que la prison d'un pauvre fou et que ses gardiens s'étaient assuré un accès permanent à toutes les pièces. D'une main tremblante, elle posa le bougeoir sur un guéridon.

Elle pouvait pousser contre la porte la lourde commode de chêne qui la flanquait et empiler d'autres meubles par-dessus. Le marquis était vigoureux, mais elle ferait en sorte que même Samson ne puisse pas faire irruption et rejoindre son infortunée Dalila.

Elle eut beau peser de tout son poids, le meuble ne bougea pas d'un pouce.

Elle reprit son souffle avant de recommencer, en vain. Il lui fallut plusieurs tentatives pour comprendre que rien ni personne ne pourrait le déplacer.

Peut-être aurait-elle plus de succès avec l'armoire ? Elle s'y adossa et s'arc-bouta de toutes ses forces, sans succès. Elle s'obstina jusqu'à ce que le souffle lui manque, rien ne bougea.

Folle d'angoisse, elle alla inspecter tous les meubles de la pièce. Ils étaient fixés au sol si solidement que sans outils, jamais elle n'arriverait à les déplacer d'un cheveu.

Luttant contre les larmes, elle s'abattit sur le lit. Tout ce que lui avaient apporté ses efforts, c'étaient des ongles cassés, des muscles noués et des bleus.

Elle ne disposait d'aucun moyen de défense contre les assauts du marquis. À part l'illusoire protection du couteau de table qu'elle tenait dans sa main, elle était aussi désarmée que lorsque ses ravisseurs l'avaient droguée.

Il était tard maintenant, elle était exténuée, et elle n'avait toujours pas entendu lord Sheene rentrer. Ses yeux se fermaient malgré elle, mais elle ne pouvait pas se permettre de s'endormir.

Toutes les chandelles disponibles allumées, le couteau bien serré dans sa main moite, elle s'adossa aux oreillers moelleux et attendit, prête à toute éventualité.

Grace émergea en sursaut d'un sommeil agité. Les chandelles s'étaient consumées et la chambre était plongée dans l'obscurité. Le grand lit, les draps fins, les oreillers moelleux... Un instant, elle se crut en sécurité dans sa chambre d'enfant de Marlow Hall.

Elle se rappela tout à coup que la sécurité était précisément hors de sa portée.

Le léger courant d'air venant de la porte avait dû la réveiller. Elle était pourtant bien certaine de l'avoir fermée quand elle était montée.

Ses doigts se refermèrent sur le couteau et, une fois ses yeux habitués à l'obscurité, elle distingua la haute silhouette de l'homme sur le pas de la porte. Il l'observait en silence, et son regard perçant la brûlait à travers la pénombre.

# 4

Le souffle court, la tête en feu, Matthew luttait contre le désir brûlant qui montait de ses reins.

Il faisait sombre dans la chambre, mais il savait que son occupante ne dormait pas, et qu'elle le regardait.

Tout juste pouvait-il deviner la tache pâle de son visage tourné vers lui. Il ne l'entendait même pas respirer. Elle attendait qu'il la rejoigne dans son lit, il le savait.

Il n'avait que quelques centimètres à parcourir pour la faire sienne. Elle était là pour ça, après tout.

Elle lui ouvrirait les bras de bonne grâce et dévoilerait pour lui tous les secrets de son corps féminin. Il se perdrait dans les profondeurs satinées de sa chair et elle lui apporterait l'apaisement qu'il recherchait depuis si longtemps. Rien que d'y penser, il sentit son membre se dresser.

Il s'appuya aux deux côtés de la porte, comme pour se retenir de bondir sur ce lit où elle l'attendait. Elle ne se refuserait pas, pourtant. Elle avait été payée et même s'il lui déplaisait, elle honorerait ses engagements, dans la crainte d'affronter la vindicte de son oncle.

Il avait arpenté les bois alentour pendant des heures pour étouffer ses bas instincts mais, malgré tous ses efforts, ses appétits avaient eu le dessus. Il fallait une volonté de fer pour résister à une si douce tentation !

Combattre les menées de lord John n'était pas difficile tant qu'il s'agissait d'une créature imaginaire, mais devant cette beauté pleine de méfiance, toutes ses belles résolutions avaient fondu comme neige au soleil.

Et voilà qu'il hésitait de nouveau, intimidé comme un mendiant affamé à la porte des cuisines.

Pourquoi gardait-elle le silence ? Pourquoi ne protestait-elle pas, pourquoi ne criait-elle pas ?

Pourquoi ne l'invitait-elle pas à entrer ?

Elle avait pourtant bien dû comprendre que sa collusion avec son tuteur n'avait plus aucune importance, maintenant. Tout ce qui comptait, c'était qu'elle était femme et qu'il la désirait, qu'il la désirait de tout son être, de toutes ses forces.

Exactement comme son oncle l'avait prévu...

Cela faisait onze ans qu'il luttait avec acharnement, seul contre tous, pour préserver sa fierté d'homme, et il suffisait d'un petit brin de femme pour tout anéantir.

Il ne céderait pas.

Son oncle n'avait pas encore gagné, même si, avec sa dernière trouvaille, il avait frôlé la victoire.

Il saurait résister à la tentation.

Au prix d'un effort surhumain, il fit un pas en arrière.

Contre lord John, il n'avait qu'une seule arme, sa détermination, et voilà que son corps se liguait avec une délicieuse hétaïre pour le précipiter dans l'abîme.

Il l'entendit soupirer de soulagement quand il tourna les talons.

Sa folie effrayait la jeune femme, et c'était aussi bien. Si elle se montrait distante, il aurait moins de mal à la repousser. Un désespoir aussi profond que la nuit environnante l'étreignit lorsqu'il s'allongea sur l'étroit divan du salon.

Tandis qu'il se tournait et se retournait à la recherche d'une position moins inconfortable, il entendit claquer la porte au-dessus de sa tête.

Il était déjà tard le lendemain matin lorsque Matthew, qui jardinait dans la cour, sentit l'atmosphère se charger d'électricité. En levant les yeux, il découvrit la jeune femme qui l'observait à l'abri d'une voûte couverte de lierre. Elle avait meilleure mine que la veille, même si son visage était encore marqué par la fatigue et la souffrance et que son regard saphir vous fendait le cœur.

— Bonjour, lâcha-t-il froidement.

— Bonjour, milord, répondit-elle avec la politesse irréprochable qui la caractérisait.

Le regard de Grace s'était arrêté sur le couteau à greffer que tenait Matthew, mais il en aurait fallu beaucoup plus pour la faire reculer. Elle quitta l'abri du lierre et s'avança au cœur de son domaine privé.

Maintenant qu'elle était en pleine lumière, il remarqua enfin ce qu'elle portait. Les plis souples de sa robe rehaussaient la fragilité de sa silhouette mais surtout, son décolleté vertigineux ne laissait rien ignorer de la splendeur de sa poitrine, dévoilant la naissance de deux globes d'albâtre ainsi que le vallon plein de mystère qui les séparait.

Comme il serait facile de les découvrir complètement !

À regret, il leva les yeux pour croiser le regard accusateur de la jeune femme, qui tentait avec maladresse de remonter le haut de son corsage.

Mais comment pourrait-elle lui faire des reproches alors qu'elle se promenait habillée comme une courtisane ?

La nuit dernière, il s'était juré de ne jamais la toucher, mais il n'y avait aucun mal à regarder, cela n'avait jamais fait de tort à personne. Le seul ennui, c'était que lorsqu'on regardait, on avait envie de toucher.

Si jamais il se risquait à l'effleurer, il était perdu.

Les joues en feu, elle croisa haut les bras pour cacher son décolleté, et il rendit mentalement grâces à son oncle d'avoir déniché la seule putain de toute la Chrétienté qui sache encore rougir.

Il voulut revenir à ses expériences botaniques, mais il avait l'esprit ailleurs. Il ne connaissait rien du beau sexe, n'avait jamais eu l'occasion d'apprendre l'art de la conversation, et c'était beaucoup mieux comme ça, tenta-t-il de se persuader.

Elle n'allait pas tarder à se lasser du silence qui s'était installé entre eux et le laisser vaquer à ses occupations, mais il la voyait hésiter près de l'arche de pierre, comme si elle était aussi gênée que lui.

Sans vraiment le vouloir, il commença un inventaire détaillé de ce que lui révélait la nouvelle robe, la taille mince et souple, la courbe voluptueuse des hanches et – puisque la jeune femme ne portait pas de jupons, ce qui constituait une confirmation évidente de la légèreté de ses mœurs –, les longues jambes fuselées.

La gorge sèche, Matthew serra les poings pour mieux s'empêcher de tendre la main vers sa tentatrice.

Elle se décida enfin à faire un pas, malheureusement pas pour rebrousser chemin, mais pour s'avancer vers lui. La brise lui apportait déjà des effluves de son parfum, plus capiteux que la fragrance fleurie de la veille, comme un avant-goût des tourments qui l'attendaient.

— Milord, commença-t-elle avec une anxiété évidente.

— Oui ? grommela-t-il en détournant les yeux.

— Milord, reprit-elle plus fermement, nous devons avoir une petite conversation.

— Je suis occupé !

— Je n'en ai pas pour longtemps.

— Vous n'avez plus peur de moi ? interrogea-t-il, surpris.

— Bien sûr que si, mais aller me cacher dès que vous apparaissez ne servirait à rien ! Et puis, si vous aviez l'intention de me faire du mal, ce serait déjà fait, il me semble.

Elle avait une façon irrésistible de le défier du regard en levant le menton. Grands dieux, où son oncle avait-il bien pu dénicher cette merveille ?

— Méfiez-vous de l'eau qui dort, sa tranquillité est souvent trompeuse.

— La tranquillité est très éloignée de ce que je ressens actuellement, croyez-moi. Milord, je veux que vous m'aidiez à m'évader.

Il éclata de rire. Elle avait beau faire preuve d'une ingénuité charmante, elle devait tout de même se rendre compte du ridicule de sa requête.

L'arc élégant de ses sourcils s'était froncé sous l'effet de la contrariété. Elle en oubliait même de tirer sur le décolleté de sa robe.

— Je suis vraiment ravie de procurer un peu d'amusement à votre Seigneurie !

— N'est-ce pas le but de votre venue ? questionna-t-il d'un ton suave en lui tournant le dos pour aller chercher de nouveaux plants.

S'il avait espéré la décourager pas sa muflerie, il en était pour ses frais.

— Lord Sheene, j'ai l'impression que notre... intimité forcée est aussi importune pour vous que pour moi.

Stupéfait, il s'arrêta si brutalement que Grace le heurta.

— Qu'est-ce qui vous fait dire ça ? protesta-t-il en luttant pour ne pas la prendre dans ses bras.

Elle recula, Dieu merci. Elle aurait décidément fait une grande carrière au théâtre. Avec ses joues en feu, elle était la parfaite incarnation de la vertu outragée.

— Votre conduite envers moi, tout d'abord. Ma présence vous dérange visiblement. Et puis, cette nuit, vous...

— Je ne vous ai pas imposé ma désagréable personne ?

— Si le désir vous tourmentait, vous m'auriez déjà forcée. Je vous l'ai déjà expliqué, je suis veuve, et les besoins masculins ne me sont pas tout à fait étrangers.

Il dut se retenir pour ne pas éclater de rire encore une fois. Attifée comme une poule de luxe, elle lui tenait encore des discours de dame patronnesse.

— Madame, si j'avais un moyen de vous faire sortir d'ici, je le ferais de bon cœur. Mais, comme je vous l'ai déjà dit, il n'y a qu'une seule personne en mesure de vous faire quitter ces lieux, c'est mon oncle. Et s'il vous a fait venir ici, je doute qu'il soit disposé à vous laisser partir.

— Je sais bien ce que vous pensez, soupira-t-elle, mais je vous assure que je suis une victime. À mon arrivée à Bristol, je me suis égarée dans un quartier interlope. Vos deux sbires m'ont agressée et droguée. Vous avez sans doute remarqué qu'on m'avait fait absorber du laudanum pour vaincre ma résistance.

Elle avait indéniablement le mérite de la cohérence, on ne pouvait pas le nier.

— La drogue et vos liens peuvent très bien faire partie d'une mise en scène destinée à gagner ma confiance.

— Vous ne me croyez toujours pas ! Mais enfin, milord, regardez-moi ! Ai-je l'air d'une prostituée ?

— Beaucoup plus qu'hier, en tout cas.

— Je sais bien, admit-elle en tirant plus fort que jamais sur son décolleté, mais c'est le vêtement le plus convenable que j'aie trouvé.

Voilà qui éveillait la curiosité de Matthew. Il n'osait imaginer les délicieux spectacles que lui promettait le reste de sa garde-robe. À regret, il repoussa les visions enchanteresses qui lui venaient à l'esprit.

— Une personne est montée. Je présume qu'il s'agit de Mme Filey. Elle m'a préparé un bain et a pris ma robe noire. J'ai supposé qu'elle l'emportait pour la brosser, mais elle ne me l'a pas rapportée et a refusé de répondre à mes questions. Elle ne m'a pas rendu mes jupons non plus.

— Cela fait des années qu'elle est sourde. Je crois que Filey l'a frappée trop fort sur la tête un soir de beuverie. Je ne comprends pas pourquoi elle ne peut pas parler mais le fait est que je ne l'ai jamais entendue articuler un seul mot.

— C'est épouvantable ! se récria Grace.

— Je n'ai pas besoin de vous décrire la brutalité du personnage.

— Et moi, je n'ai pas besoin de vous expliquer pourquoi j'ai besoin d'aide, rétorqua-t-elle, cinglante.

Consentez-vous à prier votre oncle de bien vouloir me relâcher ?

— Mon oncle n'accorde pas la moindre importance à mes prières, chère madame. Je lui ai déjà vigoureusement fait part de la répugnance que m'inspirait son idée bien avant votre arrivée.

— Je pourrais peut-être le lui demander moi-même ?

— Si vous avez un moyen de lui faire passer un message, n'hésitez pas. Mais je vous préviens, c'est un homme qui n'en a jamais fait qu'à sa tête. Sa dernière lubie est que j'ai besoin d'une femme pour partager avec moi ce séjour idyllique. Comme vous êtes de toute évidence une femme, je doute qu'il se donne la peine de vous trouver une remplaçante, expliqua-t-il en se dirigeant vers les serres.

— Je n'ai pas l'intention de m'accommoder de cette situation impossible ! s'insurgea-t-elle en le suivant pas à pas.

Elle ne comprenait donc jamais rien à rien ?

— Vous finirez par vous y faire.

Cette fois-ci, il parvint à lui échapper en lui fermant la porte de la serre au nez.

Il aurait pourtant dû se douter qu'elle n'allait pas en rester là...

L'après-midi, Matthew partit se promener dans les bois avec Wolfram, mais il resta insensible à la beauté des rayons de soleil filtrant à travers les ombrages. Il n'avait qu'une seule idée en tête et ne pouvait s'en détacher.

Cette femme...

Mme Paget.

Grace...

Il était à peine sorti de l'enfance quand on l'avait enfermé mais ses souvenirs du monde extérieur ne comportaient pas de prostituées à l'accent aristocratique qui faisaient tout pour minimiser leurs charmes. C'était une très jolie femme, mais elle se refusait aux artifices du maquillage et tenait visiblement à cette coiffure austère.

Il fut tout à coup saisi d'une folle envie de la voir les cheveux défaits, ses longues boucles de jais tombant en cascade sur ses épaules dénudées. Même strictement tirés en arrière, ils laissaient deviner une somptueuse abondance.

Encore une fois, il s'efforça de refréner son imagination. Sa toilette était bien assez dangereuse comme cela, si tant est que l'on puisse qualifier de toilette le coupon de soie verte qui lui servait de robe.

Si elle n'était pas une fille de joie, qui était-elle donc ? Et pourquoi une femme comme elle avait-elle accepté de tremper dans les machinations de son oncle ?

S'agissait-il d'une actrice en mal d'engagement ? Sans autre perspective que le trottoir, devenir la maîtresse d'un aristocrate, même fou, pouvait apparaître comme une opportunité à saisir. À supposer toutefois que lord John l'ait informée de l'état de son pupille. Quand Matthew lui avait parlé de ses crises, elle lui avait paru sincèrement surprise.

Mais si elle ignorait sa folie, comment expliquait-elle sa réclusion ? Elle devait bien en être avertie, et ses grands airs effarouchés n'étaient qu'une comédie pour l'amadouer.

Peut-être avait-elle une raison bien à elle de se rendre complice de son oncle. Peut-être n'agissait-elle pas par avidité, mais par amour ?

S'il s'agissait d'une ancienne maîtresse de son tuteur, tout s'éclairait, et son air innocent en particulier. John Lansdowne n'aurait aucun scrupule à corrompre une femme respectable. Les beaux principes qu'il aimait afficher en public n'avaient pas cours dans la sphère privée, Matthew avait eu tout le temps de le vérifier en onze ans de captivité.

Cela expliquerait du même coup son peu d'efforts pour le séduire. Si elle aimait encore son ancien protecteur, elle n'avait sans doute aucune envie de se donner à un autre.

Lord John était suffisamment pervers pour déshonorer une jeune fille innocente et se désintéresser de son sort une fois qu'il s'en serait lassé.

Le seul inconvénient de cette théorie c'était que, même si elle avait l'avantage de présenter une certaine logique, elle était encore plus déplaisante que la première. Une foule d'images, toutes plus abominables les unes que les autres, se bousculaient devant ses yeux. Son oncle en action entre les longues jambes de l'énigmatique inconnue, ses mains caressant la chair nacrée, ses lèvres parcourant cette poitrine d'albâtre...

Avec une bordée de jurons, le jeune homme abattit son poing sur le tronc d'un hêtre.

La douleur le ramena à la réalité. Il n'allait pas se rendre malade à force de vaines spéculations. Cela faisait des années qu'il n'avait pas eu de crise, et il préférait mourir plutôt que retomber dans cet enfer.

Comme s'il avait senti la détresse de son maître, Wolfram vint frotter son museau contre sa main.

Cette femme resterait ici tant que son tuteur n'en déciderait pas autrement, et tout ce que Matthew pouvait faire, c'était l'éviter, ce qui n'avait rien d'évident s'ils vivaient sous le même toit. Enfin, au moins avait-il arrêté une ligne de conduite.

Presque apaisé maintenant, il reprit le chemin de la maison.

Monks et Filey se trouvaient dans l'arrière-cour. Cela n'avait rien d'anormal en soi mais, lorsqu'il s'arrêta un instant sous le couvert des arbres, Matthew aperçut un éclair de soie verte contre les briques rouges du mur. Les silhouettes massives de ses geôliers s'interposaient entre la jeune femme et lui, l'empêchant d'en voir plus.

Qu'est-ce que ces diables d'hommes mijotaient encore ?

Le jeune homme intima à Wolfram de rester où il était et, tout occupées à cerner leur proie, les deux brutes ne remarquèrent pas son approche. Le sang se figea dans ses veines lorsqu'il saisit leurs paroles.

— T'as qu'un seul moyen de partir d'ici, ma petite, c'est les pieds devant. Maintenant ou quand notre milord en aura assez de ta petite personne, ça dépend de toi ! exposait benoîtement Monks.

Si elle lui avait demandé son avis, Matthew aurait expliqué à cette pauvre innocente que plus Monks était calme et posé, plus il était dangereux.

— Et moi, je vais me servir en premier ! intervint Filey en s'approchant de Grace pour lui couper toute possibilité de retraite. Je vais pas gâcher une chance pareille...

— Mais puisque je vous dis que vous vous êtes trompés ! Je suis veuve, et je suis une femme respectable, pas une prostituée !

Lord Sheene ne pouvait toujours pas voir Mme Paget, cachée par les larges dos de ses gardiens, mais à sa voix, il devinait ses efforts pour garder son calme. Elle s'adressait à ces brutes comme si elle comptait les inviter pour le thé !

— Toutes les pisseuses sont des putains ! T'inquiète pas, ma belle, t'apprendras vite, de toute façon.

— Laissez-moi partir ! implora Grace. Je ne dirai à personne ce que vous avez fait, vous avez ma parole !

— Eh ben, avec ça, on n'est pas fauchés ! Non, non, ma jolie, tu vas rester ici et donner de la joie à milord Tête Fêlée. Il a beau être toqué, il est pas vilain garçon, tu trouves pas ?

— Il ne veut pas de moi.

Désespéré, Matthew ferma les yeux. Il n'était plus sûr de rien mais, qu'elle soit une complice de lord John ou une innocente victime comme elle le proclamait, elle venait de signer son arrêt de mort.

— Le puceau est timide ! Cela s'arrangera dès qu'il ne le sera plus, ricana Filey.

— Non, je ne lui plais pas, persista Grace.

— Alors, on n'a aucune raison de te garder, remarqua Monks comme s'il discutait d'une question d'intendance. Filey, tu peux t'amuser avec elle jusqu'à demain, et puis je la finirai.

— Mais non ! Vous ne comprenez pas, protesta-t-elle d'un ton véhément.

— Oh, mais si, on a très bien compris, ma belle ! ricana Filey. C'est toi qui as pas les idées claires. Le marquis s'amuse avec toi, ensuite c'est mon tour et ensuite, on te la ferme avec un bon coup sur la tête ou un coup de surin dans ton joli petit cou. Si t'intéresses pas le milord, on saute la première étape.

— Lâchez-moi ! hurla-t-elle comme le gredin l'attirait sauvagement contre lui.

Qu'elle mente ou qu'elle dise vrai, Matthew avait trop souvent éprouvé la même terreur impuissante au cours des onze dernières années pour ne pas avoir pitié d'elle. Peu importait maintenant qu'elle conspire contre lui, tout ce qui comptait, c'était qu'elle était sans défense et que la seule personne à pouvoir l'aider, c'était lui, Matthew Lansdowne.

— Qu'est-ce qu'il se passe ici ? tonna-t-il en appelant Wolfram d'un signe de tête.

Monks se retourna immédiatement et s'inclina très bas. Si depuis quelque temps ses geôliers veillaient à lui témoigner tout le respect dû à son rang, il n'en avait pas toujours été ainsi. Quand ils l'attachaient sur cette horrible table, ils ne marchandaient pas leurs insultes et leurs brutalités. Peut-être s'imaginaient-ils qu'il ne se souvenait pas de ce qu'ils lui faisaient subir pendant ses crises de démence ?

— Milord ! Puisque cette putain ne vous convient pas, nous allons vous en débarrasser et vous en trouver une autre.

— Je ne suis pas un jouet ! s'indigna la jeune femme qui se débattait contre la poigne de fer de Filey.

— Si tu la boucles pas, c'est moi qui vais te faire taire, sale pute ! aboya Monks.

— Je vous prie d'employer un autre ton avec moi ! protesta-t-elle avec une distinction digne d'une souveraine offensée.

La canaille gronda, la main levée :

— Je t'aurai prévenue !

Matthew intervint à temps. Les yeux dans le regard torve de Monks, il s'interposa entre la brute et sa fragile proie, faisant de son corps une barrière infranchissable.

— Laissez-la ! intima-t-il avec toute la hauteur dont était capable un Lansdowne, sans être toutefois certain que ce soit suffisant.

C'était largement suffisant pour Filey, qui lâcha aussitôt la jeune fille.

— Faites excuse, votre Seigneurie, marmonna-t-il en surveillant Wolfram du coin de l'œil.

Matthew était beaucoup moins tranquille en ce qui concernait Monks, qui soutenait son regard avec une haine farouche. Pourtant, soit par crainte des conséquences, soit par répugnance à briser le fragile compromis sur lequel ils vivaient, l'insolent scélérat finit par détourner les yeux.

Matthew n'avait pas besoin de regarder la jeune femme pour sentir les tremblements convulsifs qui l'agitaient. Dieu merci, pour une fois, elle avait deviné que ce qu'elle avait de mieux à faire était de se taire.

— Cette dame est sous ma protection. S'il lui arrive quoi que ce soit, mon oncle en sera informé. Et je vous promets qu'il sera très mécontent !

Monks battait peut-être en retraite, mais il ne s'avouait pas encore vaincu.

— Si je comprends bien, cette garce se trompe. Elle vous plaît et vous voulez la garder ?

Matthew ne savait quel parti adopter. Reconnaître qu'il désirait cette femme signifiait entrer dans le jeu de son oncle mais la refuser revenait à signer son arrêt de mort.

Monks tenait sa revanche et savourait son triomphe. Il était loin d'être bête et il avait assisté lord John dans toutes ses machinations. Il saisissait donc parfaitement les enjeux de la situation.

Incapable d'articuler les mots qui consacreraient sa reddition, Matthew gardait le silence.

Il perçut le sanglot terrifié que tentait d'étouffer la jeune femme à ses côtés. Elle était si près qu'il sentait contre lui la chaleur de son corps. Une chaleur pleine de vie…

— Elle me plaît beaucoup et je veux la garder pour moi, annonça-t-il avec une tranquille autorité.

Cet aveu lui aurait sans doute moins coûté s'il n'avait pas été aussi rigoureusement exact.

# 5

Comme dans un rêve, Grace perçut la voix de Matthew, mais elle était trop bouleversée pour comprendre ce qu'il disait. Tremblant comme une feuille, elle se serra contre lui. Il était son seul rempart contre une horreur sans nom. Sa main implacable, qui enserrait son bras, la ramena à la réalité et l'empêcha d'exprimer son soulagement.

Incrédule, elle se répétait ces mots « Je suis sauvée »...

— Eh bien, je souhaite à milord une bonne partie de jambes en l'air. Si milord le souhaite, je peux lui donner quelques conseils sur la façon de s'y prendre avec ces garces.

— Surveillez vos paroles et votre langage, Monks, coupa le marquis, glacial. Si jamais vous manquez de respect à cette dame, vous aurez à m'en répondre !

Lord Sheene passa le bras autour des épaules de la jeune femme pour l'attirer contre lui. La chaleur de son corps constituait apparemment un remède souverain contre la terreur, car elle se sentit tout de suite rassurée.

— Cela vaut pour vous aussi, Filey ! Laissez-nous, maintenant, intima le marquis.

Ces manières aristocratiques avaient produit leur effet, car les deux brutes s'inclinèrent et déguerpirent sans demander leur reste. Lord Sheene attendit leur départ pour relâcher son étreinte.

— Comment vous sentez-vous ? s'inquiéta-t-il.

La jeune femme croisa les bras sur sa poitrine pour calmer le tremblement convulsif qui l'agitait, mais la chaleur de Matthew lui manquait cruellement. Ses jambes la soutenaient à peine, et elle dut s'y reprendre à deux fois pour articuler quelques mots.

— Ils... Ils ne m'ont pas fait de mal...

— Il s'en est fallu de peu. C'était de la folie d'aller leur parler. Je vous crois, en ce qui concerne votre enlèvement.

Eh bien, ce n'était pas trop tôt ! La colère froide qui la submergea rendit toutes ses forces à Grace.

— J'apprécie votre amabilité, milord ! À moins d'être aveugle, n'importe qui aurait tout de suite vu que je disais la vérité.

— Vous oubliez que vous avez affaire à un pauvre fou, chère madame !

Sa froide ironie ne fit qu'attiser la fureur de la jeune femme. Si elle ne parvenait pas à s'évader, elle lui fracasserait certainement quelque chose sur la tête !

— Je suis persuadée que vous êtes aussi fou que vous le désirez, milord ! lança-t-elle, cinglante, avant de se diriger d'un pas décidé vers la maison en maudissant tous les mâles que la terre avait jamais portés.

Quand elle descendit pour dîner, Grace regrettait déjà son accès de mauvaise humeur. C'était le contrecoup de la peur panique qui l'avait submergée quand Monks avait parlé avec tant de froideur de la tuer. La seule évocation de ce qui serait advenu si lord Sheene n'était pas arrivé à temps suffit à lui glacer le sang.

S'il ne l'avait pas revendiquée comme sienne...

Cela ne voulait rien dire, bien entendu. Il n'éprouvait aucun désir pour elle, sinon il l'aurait déjà prise. Rien ne l'empêchait de tendre son élégante main et de faire d'elle ce qu'il voulait. Il était venu dans sa chambre la nuit dernière, mais il n'avait pas eu le courage de passer à l'acte.

Son cœur s'emballa lorsqu'en entrant dans la salle à manger elle le vit accoudé près de la fenêtre. Elle tenta de mettre son émotion sur le compte de l'anxiété mais de longues années de privations et d'endurance lui avaient enseigné l'honnêteté. Même si elle ne pouvait nier une certaine appréhension, les émotions que lui inspirait le marquis étaient d'une tout autre nature et n'avaient rien à voir avec la terreur et la répugnance que suscitait Filey.

Son hôte ne se retourna pas à son approche. Sa haute silhouette se découpait sur le flamboiement du crépuscule. Comme il paraissait seul, physiquement, mais aussi moralement ! C'était peut-être là, songea-t-elle alors, qu'il fallait chercher cette folie dont elle n'avait jusque-là remarqué aucun signe.

— Évitez Monks et Filey, prévint-il sans se retourner. Leurs menaces ne sont pas des paroles en l'air.

Rien de ce qui se passait autour de lui ne lui échappait, apparemment. En général, les déments se sentaient plutôt étrangers à un monde auquel ils restaient indifférents.

Il était tellement pris par sa tâche quand elle était allée le trouver dans son jardin, tandis que ses longues mains aristocratiques s'activaient sur les tiges de ses rosiers ! Le cœur de Grace fit un bond dans sa poitrine en imaginant ces mains si belles parcourant son corps dénudé...

Mais elle se ressaisit bien vite. Elle n'avait ni le droit ni le loisir de se laisser aller à des rêveries douteuses. S'amouracher de son compagnon de captivité était bien la dernière chose à faire !

Elle le rejoignit à la fenêtre qui donnait sur les bois environnants. La journée avait été belle, et les premières étoiles s'allumaient dans le ciel parfaitement pur. Ils auraient pu se croire devant un paysage du Lorrain, s'ils n'avaient pas su qu'un mur infranchissable se dressait derrière ces arbres centenaires et que deux brutes sanguinaires gardaient l'unique accès de cet improbable Eden.

Elle profita du silence pour prononcer les mots qu'elle aurait dû dire beaucoup plus tôt.

— Je vous remercie du fond du cœur, milord. Si vous n'étiez pas arrivé...

— N'y pensez plus.

— Je ne peux pas m'en empêcher.

Elle avait eu son content de peur et de malheur bien avant son enlèvement, mais rien n'égalait l'horreur qui l'avait saisie quand Monks lui avait posément promis de la violer avant de la tuer. Même s'il était fou, lord Sheene constituait son seul refuge.

— Vous avez été magnifique ! ajouta-t-elle, enhardie par le souvenir de la terreur qu'elle avait éprouvée.

— Si vous le dites ! lâcha-t-il avec un sourire ironique en s'éloignant de la fenêtre.

Il ne supportait visiblement pas de se trouver trop près d'elle. Peut-être la vulgarité de sa tenue lui répugnait-elle ? Elle avait fouillé de fond en comble la chambre sans trouver sa robe noire mais avait en revanche découvert une foule de toilettes à faire rougir le plus roué des débauchés. Escarpins vertigineux assortis à des vêtements voyants, lingerie arachnéenne, bijoux bon marché, cosmétiques et fards, il y avait dans les armoires tout l'attirail nécessaire à une courtisane chevronnée pour exercer ses talents...

Elle avait aussi trouvé une commode pleine d'habits appartenant au marquis.

Cette marque d'intimité presque conjugale lui avait paru intolérable. Comme s'il pouvait surgir à tout instant pour choisir sa chemise ou sa cravate pour le dîner...

Après de longues recherches, elle avait fini par se résoudre à porter cette tenue de soie ambre qui laissait ignorer peu de chose de son anatomie. Elle était si décolletée que la jeune femme craignait de la voir tomber à ses pieds et de se retrouver en sous-vêtements. Elle aurait été curieuse de voir la réaction du marquis, d'ailleurs...

Que lui importait, après tout ? Ils n'étaient que deux étrangers temporairement réunis par des circonstances extraordinaires. Quel besoin avait-elle de lui plaire ou non ? Quand on dirigeait une ferme, comme elle l'avait fait pendant tant d'années, on avait affaire à toute sorte d'hommes : des fermiers, des journaliers, des maquignons, des marchands... Pourquoi accorder tant d'importance à celui-ci ?

— Voulez-vous avoir l'amabilité de me raconter à nouveau les circonstances de votre arrivée ? demanda-t-il poliment en lui tendant un verre de vin. Sur le moment, j'ai considéré vos explications comme des mensonges dictés par mon oncle, et je me suis attaché à les oublier. À moins qu'il vous soit pénible d'évoquer cette épreuve ?

Dieu qu'il était beau, avec son profil d'aigle et son regard semé de paillettes mordorées ! Leur relation serait plus simple s'il n'était pas aussi séduisant.

Ils s'installèrent comme s'ils se trouvaient dans un salon londonien. Il était très élégant, ce soir-là. Même quelqu'un aussi peu au fait des diktats de la mode que Grace Paget pouvait se rendre compte que sa redingote impeccablement coupée venait du meilleur faiseur, et qu'il la portait avec une distinction toute patricienne. Ce raffinement l'éblouissait, elle qui avait passé tant d'années dans le plus complet dénuement et se sentait d'autant plus mal à l'aise dans ses atours vulgaires de femme de mauvaise vie.

— Je suis veuve, et j'habitais une ferme à Ripon, dans le Yorkshire.

— C'est loin du Somerset, presque à l'autre bout du pays.

— Je le sais, mais des nécessités financières m'ont contrainte à accepter l'hospitalité d'un cousin qui vit près de Bristol. Vere n'était pas au rendez-vous, se hâta-t-elle d'ajouter pour ne pas s'étendre sur son indigence. Je l'ai attendu des heures puis, comme il n'arrivait toujours pas, je suis partie à sa recherche.

— Et c'est à ce moment-là que vous avez eu la malchance de tomber sur Monks et Filey.

— Oui. Et j'ai fait la sottise d'accepter qu'ils m'accompagnent. Cela va vous paraître ridicule, mais leur accent m'a rappelé mon village, et je leur ai fait confiance.

Grace sentit les larmes lui monter aux yeux et prit une gorgée de vin pour dissimuler sa détresse.

— Quand avez-vous perdu votre mari ?

— Cela fera cinq semaines jeudi.

— Doux Jésus ! Vous avez à peine eu le temps de le pleurer que mon oncle vous précipite dans cette situation impossible ! Quand il m'a expliqué son idée, j'ai compris qu'il avait perdu tout sens de la mesure. Il faudrait l'abattre comme un chien enragé ! conclut-il avec une rage froide.

— Vous n'y êtes pour rien, assura-t-elle dans l'espoir d'apaiser la culpabilité qui le rongeait.

— Si, c'est à cause de moi. J'aurais dû mourir quand je suis tombé malade, il y a des années de cela.

— Ne dites pas des choses pareilles !

Pourquoi l'idée seule de la mort du marquis lui était-elle insupportable ?

— Vous avez des enfants ?

— Non, nous... Nous n'avons jamais..., balbutia-t-elle en rougissant jusqu'à la racine des cheveux. Non, nous n'avons pas d'enfants.

Elle attendit d'autres questions avec résignation. Les gens de la campagne n'éprouvaient aucune répugnance à évoquer les réalités de la vie et, même si cela lui était pénible, elle avait pris l'habitude des commentaires sur sa stérilité.

— Le dîner de Mme Filey va refroidir, déclara lord Sheene en lui prenant le verre des mains avant qu'elle le renverse sur son affreuse robe.

Il lui servit une délicieuse tourte au bœuf et aux champignons, puis un poulet à la crème et au cognac accompagné de légumes du jardin. Comment une brute épaisse comme Filey pouvait-il avoir une femme capable de créer des mets aussi raffinés ?

Ce n'était sans doute pas plus absurde que de confondre la très convenable Grace Paget avec une prostituée, après tout.

— Je suis victime d'un terrible malentendu, milord. Je suis certaine que votre oncle me relâchera quand il comprendra que je suis une femme respectable.

« Une femme respectable ne se pâmerait pas devant un beau marquis mystérieux cinq semaines à peine après avoir enterré son époux », lui murmura une petite voix.

— J'ai bien peur que vous ne vous mépreniez, chère madame. Après ce qui s'est passé cet après-midi, vous devriez pourtant comprendre que votre situation est sans issue.

— Pendant neuf longues années, tout le monde s'est ingénié à m'expliquer que ma situation était sans issue, milord. J'ai refusé de les écouter comme je refuse de vous écouter maintenant.

— C'est très courageux de votre part, mais j'ai bien peur que la triste réalité vous ait rattrapée. L'espérance n'a pas sa place dans cette maison, expliqua-t-il avec ce poignant sourire plein de tristesse qui le caractérisait.

Quelle figure aurait-il s'il souriait sans contrainte, d'un sourire éclatant, plein de joie et de gaieté ? Le cœur de Grace s'emballa à cette vision...

— Je refuse de me résigner.
— C'est une question de temps.

Le cœur de Grace s'arrêta dans sa poitrine. Tout à coup, les mets délicieux prirent un goût de carton-pâte. Il paraissait si sûr de lui !

— Il doit bien y avoir un moyen, insista-t-elle en prenant une gorgée de vin.

— S'il y en a un, je ne l'ai jamais trouvé.

— Peut-être que si je parle à votre oncle...

— Vous faites partie de ce royaume secret, maintenant. Et quand on y entre, c'est pour ne plus en sortir.

— Mais vous me croyez, au moins ? s'alarma-t-elle.

Sans qu'elle puisse se l'expliquer, la confiance du marquis revêtait une importance capitale pour elle.

— Oui, je vous crois, assura-t-il après un moment de silence.

— Merci !

— Que vous soyez une personne respectable ne change rien. J'ai juré à mon oncle que je ne toucherais jamais à aucune femme qu'il m'amènera, et cela s'applique aussi bien à la veuve éplorée qu'à la prostituée de bas étage.

Cette affirmation solennelle aurait dû la tranquilliser, mais les sentiments qu'il lui inspirait étaient trop complexes pour démêler d'emblée ce qui l'emportait, du soulagement ou de la déception.

— Je sais que vous vous méfiez de moi et je ne peux pas vous blâmer, mais vous avez ma parole ! ajouta-t-il, déstabilisé par le silence de sa compagne.

C'était sans doute la preuve qu'elle était aussi folle que lui, mais elle lui faisait confiance. Jusqu'ici, il lui avait toujours apporté aide et protection, alors même qu'il la croyait à la solde de son oncle.

Il avait même menti à Monks et Filey pour la sauver, alors que ce mensonge signifiait une victoire pour John Lansdowne. Elle ne comprenait bien entendu pas tous les tenants et les aboutissants de tensions et de conflits particulièrement complexes, mais il était clair que lord Sheene et son tuteur étaient à couteaux tirés. Lord John l'avait utilisée comme une machine de guerre pour abattre les défenses de son neveu.

— Je ne me sens pas très bien. Un peu de fatigue, sans doute. Je vous demande de bien vouloir m'excuser.

— Je comprends. Je vous souhaite une bonne nuit, dans ce cas.

Il se leva au moment où elle quittait la salle à manger et, lorsqu'il s'inclina pour la saluer comme une grande dame, les flammes des chandelles allumèrent des reflets de jais dans sa chevelure sombre. Dieu qu'il était beau et émouvant dans sa solitude !

Ce n'est qu'une fois couchée, seule dans ce grand lit, que Grace saisit le sentiment qui la rongeait comme le plus pernicieux des acides. Ce n'était ni la peur, ni la rancune, ni le désespoir, même si toutes ces émotions ne l'avaient pas quittée depuis son arrivée.

Non, quand le marquis lui avait juré de ne jamais la toucher, c'était la déception qui lui avait transpercé le cœur.

# 6

Que lord Sheene la croie enfin, tout comme sa promesse de ne pas la toucher, aurait dû faciliter leurs relations mais bien au contraire, une gêne difficilement supportable s'était installée entre eux, et il ne fallut pas trois jours pour que cette tension devienne intolérable à la jeune femme.

Cela n'avait rien à voir avec la terreur que lui inspiraient ses geôliers mais, dès qu'elle apercevait ou entendait le marquis, son pouls s'emballait.

Elle décida donc de l'ignorer comme il l'ignorait. Il ne faisait en effet aucun effort pour dissimuler son indifférence, pour ne pas dire plus. Elle avait beau se lever aux aurores, il était toujours parti quand elle descendait. Si elle n'avait pas été obligée de lui donner raison et d'admettre qu'il était impossible de s'évader, elle aurait cru qu'il avait réussi.

Ils se retrouvaient pour dîner, mais elle avait beau chercher quels sujets pouvaient bien intéresser un aliéné, c'est en pure perte qu'elle faisait des tentatives de conversation. Elle était pourtant de plus en plus certaine qu'il était parfaitement sain d'esprit.

La veille, elle s'en était remise à lui pour mener la discussion. Les moments de silence s'étaient étirés de plus en plus longuement, et elle était montée se coucher après avoir tout juste prononcé les quelques politesses indispensables : « Bonsoir, milord », « Merci, milord », « Bonne nuit, milord ».

La répugnance qu'il éprouvait pour sa compagnie ne rebutait cependant pas la jeune femme, puisque seule la présence du marquis pouvait apaiser la terreur qui l'oppressait.

Elle avait inspecté les livres dont regorgeait la bibliothèque. Elle n'était pas pour rien la veuve d'un libraire, et elle avait pu estimer en quelques coups d'œil la petite fortune que représentait cette splendide collection d'ouvrages en plusieurs langues, qui couvraient des sujets très divers.

Lord Sheene devait être un lecteur avide, car il avait lu tous les volumes de cette bibliothèque, certains même plusieurs fois. Il avait également pour habitude d'en annoter certains, et c'étaient ceux-ci qu'elle recherca en priorité, même si trouver des gribouillages sur des œuvres de prix l'horrifiait. Ces commentaires lui offrirent quelques clefs sur le caractère de leur auteur, même si les constantes absences du marquis ne lui permirent pas de les approfondir.

Elle avait même eu le front de fouiller dans son bureau. C'était une indiscrétion impardonnable, mais elle fit taire ses scrupules en décrétant que la meilleure défense commençait par une bonne connaissance de l'ennemi et du champ de bataille. Car, même si le marquis n'était pas à proprement parler un ennemi, elle n'en était pas moins à sa merci, et sa vie était suspendue à son bon vouloir.

Elle avait trouvé des lettres de sir John Lansdowne, brèves, concises et fort discrètes, pour ne pas dire allusives sur la situation de son neveu, autrement dit incompréhensibles pour qui ignorait ce qui se tramait dans cette propriété impénétrable.

Ce qui l'avait le plus intéressée, c'étaient des articles et des communications en anglais, en français et en latin signés *Rhodon*, qui devait être un pseudonyme de Matthew Lansdowne, ainsi que des échanges avec des revues savantes de toute l'Europe et des lettres élogieuses d'érudits de tous pays. Elle avait aussi trouvé des schémas et des textes qui lui demeuraient hermétiques. Tous ces courriers passaient par un avoué londonien, car *Rhodon* ne communiquait jamais directement avec ses doctes condisciples. Elle avait enfin mis la main sur ce qui lui apparut tout d'abord comme les volumes, nombreux, d'un journal intime, et qui se révéla être un compte-rendu méticuleux de toutes ses expériences botaniques.

Lord Sheene avait une fort belle écriture, élégante et régulière, bien éloignée des pattes de mouche qu'on était en droit d'attendre d'un aliéné.

Elle devait bien l'admettre, le marquis l'obsédait. S'il l'évitait, était-ce parce qu'il avait deviné cet intérêt malsain ? Une femme respectable n'était pas censée être attirée physiquement par un homme qui n'était pas son mari. Il était jeune et beau et pendant des mois elle avait vécu dans le plus complet dénuement auprès d'un mourant. La vue d'une main vigoureuse, d'une main qui ne tremblait pas, d'une main exempte de taches de vieillesse qui se tendait vers un verre de vin, suffisait à lui faire battre le cœur.

Elle pouvait continuer à chercher des indices dans les marges des livres ou poursuivre sa proie à découvert, cela ne tenait qu'à elle. Il faisait beau, elle en avait assez d'être seule et peut-être qu'en passant plus de temps à ses côtés, elle finirait par faire tomber les préventions du marquis contre elle.

Abandonnant les volumes qu'elle examinait, elle rejeta les épaules en arrière comme elle l'avait toujours vu faire à son frère Philip avant ses leçons d'escrime. Son visage se rembrunit au souvenir de son aîné. Cela faisait deux ans qu'elle avait appris sa mort, mais elle n'arrivait toujours pas à croire que ce garçon brillant et si plein de promesses gisait dans la terre glacée.

Ce n'était pas le moment de se laisser aller au chagrin. Il était temps de passer à l'action.

— En garde, milord ! murmura-t-elle en tournant les talons pour aller affronter son énigmatique adversaire.

Grace trouva le marquis au milieu de ses chers rosiers. Il lui tournait le dos, studieusement penché sur ce qui parut à son regard de néophyte une tige desséchée.

— Que voulez-vous ? grommela-t-il sans lever les yeux.

Comment avait-il deviné qu'elle se trouvait derrière lui ? Elle réprima les battements affolés de son cœur et rajusta sa robe jaune. Elle s'était donné beaucoup de mal pour la retoucher et elle lui allait maintenant à peu près, même si elle était encore un peu trop décolletée à son goût. Mme Filey lui avait enfin rapporté sa tenue de deuil, mais le lainage était trop chaud pour ce beau soleil.

— Je vous remercie de l'amabilité de votre accueil, milord !

— Je suis occupé, chère madame. Ce qui vous amène peut peut-être attendre jusqu'au dîner ?

— Ce serait parfaitement possible, si je ne suis pas devenue folle d'ici là, marmonna-t-elle entre ses dents, en espérant qu'il n'entendrait pas.

— Eh bien, dans ce cas, dites-moi ce que vous avez à dire, soupira le marquis, qui avait l'ouïe aussi fine que ses autres sens, autant qu'elle ait pu en juger. Damnation !

— Vous devriez savoir que les jurons ne suffisent pas pour se débarrasser de moi, lança-t-elle sans prêter attention à un petit craquement sec.

— Je viens tout simplement de gâcher trois heures de travail, jeta-t-il avec cet air d'ennui hautain qui dénotait la haute aristocratie.

— Je suis désolée, s'excusa-t-elle en désignant deux morceaux de tige sèche.

— Qu'importe, après tout ? Comme si je manquais de temps pour recommencer... La seule chose dont je ne manque pas dans cette cage, c'est justement le temps !

La jeune femme se sentit assaillie de remords et de honte. Il ne lui devait rien, après tout. Qu'est-ce qui l'autorisait à le morigéner comme un enfant ?

— Je n'aurais pas dû vous déranger, conclut-elle en faisant demi-tour.

— Non, attendez ! intima-t-il en la prenant par le bras.

C'était la première fois qu'il la touchait depuis qu'il avait menti à Monks sur son désir et ses doigts la brûlèrent comme un fer rouge.

L'espace d'un instant, elle crut lire dans son regard mordoré un trouble égal au sien mais quand il la lâcha, il avait retrouvé son impassibilité habituelle, malgré une certaine gêne. Décidément, il ne pouvait pas supporter le moindre contact avec elle !

— Pardonnez-moi. Je suis de mauvaise humeur. Rien ne va comme il faudrait, depuis trois jours.

— J'en suis désolée, commenta-t-elle d'un ton laconique en s'efforçant de dissimuler sa peine.

— Non, c'est moi qui suis désolé. Que vouliez-vous me dire ?

Quand elle avait décidé d'aller le trouver, avoir une explication franche avec lui avait paru une excellente idée mais maintenant qu'ils étaient face à face, elle n'en était plus si sûre.

— Cela n'a pas d'importance.

— Mais si !

— Je sais que ma présence vous importune, lâcha-t-elle tout à trac. Je ne suis pas ici de mon plein gré, comme vous le savez. Ne serait-il pas plus sage de conclure une trêve ?

— J'ignorais que nous étions en guerre.

Grace rougit jusqu'à la racine des cheveux. Avec son teint clair, elle avait toujours eu tendance à s'empourprer facilement, mais elle pensait s'être débarrassée de ce défaut avec l'âge adulte. Il avait suffi d'un aristocrate dédaigneux pour la ramener à l'adolescence, mais il était trop tard pour reculer.

— Pour que nous engagions les hostilités, encore faudrait-il que vous passiez un peu de temps en ma compagnie, milord.

— Vous avez besoin d'attention...

— Non, j'ai simplement besoin d'activités, et surtout d'échanges, de relations normales.

— Vous êtes enfermée avec un fou, chère madame. Les relations normales ne figurent pas au menu de la maison.

Voilà qu'il se réfugiait à nouveau derrière sa maladie, réelle ou supposée, pour la tenir à distance, mais l'argument commençait à s'émousser.

— Nous sommes dans la même cage, tous les deux. Vous ne pensez pas qu'il serait intelligent de faire un effort pour devenir amis ?

Devant son silence, Grace présuma qu'envisager une amitié avec une créature aussi humble qu'elle offensait la fierté de l'auguste marquis de Sheene. Elle n'était qu'une pauvre veuve sans aucune distinction, quelles que soient ses origines.

— Amis ? répéta-t-il comme si le sens du terme lui échappait.

— Je suis pleinement consciente de la barrière que constitue votre rang, milord, mais ne croyez-vous pas que dans l'enceinte de ce domaine, notre condition de prisonniers nous met en quelque sorte sur un pied d'égalité ?

— Aussi égaux que peuvent l'être un fou et une femme saine d'esprit.

— Je vous autorise bien volontiers à douter de ma santé mentale, milord ! J'ai l'habitude d'être toujours occupée, voyez-vous. À la ferme, je faisais le plus gros du travail, tout en soignant mon mari. Si vous ne voulez pas d'une amie, vous auriez peut-être l'utilité d'une assistante pour vos expériences ?

La jeune femme aurait été bien en peine de démêler d'après son visage les sentiments du marquis. Il était apparemment surpris qu'elle ait deviné la nature de ses occupations, sans doute ennuyé de son insistance à passer du temps avec lui, et sans doute résigné à ne plus continuer à l'éviter. En tout cas, l'idée d'avoir un peu d'aide ne semblait pas le remplir d'allégresse.

— Ce sont des tâches répétitives, fatigantes et salissantes, qui ne conviennent pas vraiment à une dame.

Mais enfin, qu'allait-il s'imaginer ? Qu'elle était en sucre ?

— Je vous assure qu'élever des moutons est un travail répétitif, fatigant et très salissant. Si je m'aperçois que j'ai outrepassé les limites de ma constitution délicate, je vous promets de rentrer séance tenante à la maison et de ne plus jamais vous importuner.

— Vous êtes un petit bout de femme particulièrement obstiné, dirait-on, concéda-t-il enfin avec un sourire.

— Je n'ai rien d'un « petit bout de femme ».

— Non, en effet.

C'était peut-être le fruit de son imagination, mais il lui sembla que le regard de braise du marquis s'égarait sur son corsage. Immédiatement, Grace sentit ses seins se durcir, comme s'il les avait caressés.

Elle se demanda tout à coup si elle avait bien fait de réclamer sa compagnie, mais c'était un peu tard.

Elle voulait qu'ils soient amis ! Le simple bon sens lui intimait de refuser catégoriquement mais comment faire, alors qu'elle le regardait avec tant de gentillesse ?

Cela faisait trois jours que la présence de la jeune femme le rendait fou, à tel point qu'il avait craint une rechute. Il avait fait de son mieux pour l'éviter, mais rien ne pouvait la chasser de ses pensées. Son image l'accompagnait partout où il allait, dans ses promenades favorites, dans des endroits où il n'avait jamais connu qu'un insupportable isolement. Ces flâneries solitaires lui apparaissaient pourtant comme un paradis perdu maintenant que Grace Paget avait fait irruption comme un boulet de canon dans sa monotone existence.

Il avait beau passer avec elle le moins de temps possible et la tenir à l'écart de toute marque d'intimité, elle était toujours avec lui, où qu'il aille. Il avait suffi d'une seule visite de la jeune femme dans sa chère roseraie pour qu'il lui soit désormais impossible d'y trouver la paix.

Dès qu'il passait le seuil de la maison, il sentait sa présence, et ce désir brûlant qu'il ne pourrait jamais satisfaire se réveillait immédiatement.

Toutes les nuits, il cherchait sur ce maudit divan un sommeil qui le fuyait, alors qu'il lui aurait suffi de monter l'escalier pour apaiser tous ses appétits. Mais il n'avait pas le droit de se comporter de la sorte. Grace était une femme respectable enfermée ici contre son gré et il ne pouvait la traiter comme une vulgaire prostituée.

Grace Paget était et resterait toujours hors de sa portée.

La source de toutes ses angoisses guettait sa réaction. Elle s'inquiétait certainement de son silence. Il n'était qu'un pauvre dément, après tout.

Sa maladie n'avait cependant pas l'air de beaucoup impressionner la jeune femme, même quand il essayait d'en jouer. Il aurait peut-être dû tenter d'emblée de la convaincre qu'il était dangereux mais après les souffrances qu'il avait endurées pendant toutes ces années, rien ni personne n'aurait pu le résoudre à feindre la folie.

Elle l'observait de ses grands yeux outremer, ses lèvres sensuelles légèrement entrouvertes.

— Milord ?

— Il vous faut un chapeau ! intervint-il en désignant le soleil déjà haut dans le ciel.

Comprenant qu'il venait de rendre les armes, elle lui adressa son plus éblouissant sourire.

Il ne l'avait vue sourire qu'une fois. Pas à lui, mais à Wolfram, et ce souvenir le torturait encore au cours de ses nuits sans sommeil.

— Je vous remercie.

Elle semblait bien trop heureuse pour accepter cette maigre concession. Visiblement, l'oisiveté ne lui convenait pas. C'était une femme active, et elle ne devait pas être habituée à la solitude. Cela aussi les séparait. Jamais il ne saurait franchir cette barrière et vaincre le terrible isolement dans lequel il étouffait depuis si longtemps.

Horrifié, il la regarda lui tendre la main.

— Je suis désolée, milord, se ravisa-t-elle devant sa réaction. C'est une vieille habitude, quand on vient de conclure un accord. Entre fermiers, on se serre la main.

Matthew saisit la main de Grace et la serra. Cela ne dura qu'une seconde, mais parut toute une éternité. Suffisamment longtemps en tout cas pour qu'il ait le temps de sentir les cals dans sa paume. Elle n'avait pas exagéré en affirmant qu'elle avait l'habitude des travaux manuels. Qui était donc cette jeune femme aux manières de duchesse et aux mains de charpentier ?

Maintenant qu'ils étaient amis, peut-être trouverait-il la réponse. Chaque réponse rendait cependant plus évident ce qu'il s'évertuait à se cacher : il la désirait de toutes ses forces, de toute son âme, et il ne pouvait compter que sur son honneur pour la protéger de ses assauts.

Non le marquis ne l'aimait pas. Elle aurait mieux fait de le laisser tranquille, mais elle était faible et elle recherchait sa compagnie. Elle s'était cependant juré de se faire toute petite pour le déranger le moins possible. Sous la férule de Josiah, le rôle d'assistante muette et disciplinée était devenu un art qu'elle avait poussé jusqu'à la perfection.

— Je vais monter me changer, annonça-t-elle docilement.

— Très bonne idée !

Il était déjà retourné à ses occupations, comme s'il l'avait aussitôt oubliée. Matthew Lansdowne, marquis de Sheene, attachait visiblement beaucoup plus d'importance aux végétaux qui l'entouraient qu'à sa petite personne.

Josiah l'avait souvent accusée de coquetterie et son défunt mari aurait triomphé s'il avait pu lire ses pensées. Même si c'était répréhensible et dangereux, elle avait besoin que le marquis la regarde, l'apprécie et l'admire dans toute sa féminité. Qu'il la désire, en un mot...

Et ensuite ? Elle avait été enlevée pour jouer auprès de lui le rôle d'une courtisane soumise. Était-elle disposée à obéir ? Était-elle disposée à payer de son déshonneur quelques instants de plaisir ?

Qui lui disait qu'elle connaîtrait le plaisir, d'ailleurs ? Elle savait ce que les hommes faisaient aux femmes, et il n'y avait pas grand-chose à désirer, selon elle.

Pourtant, dès qu'elle regardait le marquis, un trouble inconnu jusqu'ici s'emparait d'elle, un désir impérieux qu'elle ne savait comment apaiser.

Cela faisait cinq jours qu'elle était ici et elle devait remettre en question tout ce qu'elle savait d'elle-même. Si elle ne trouvait pas un moyen de partir d'ici au plus vite, elle verrait s'effondrer le personnage qu'elle avait si patiemment construit au fil des neuf dernières années.

— Ah, te voilà, ma belle !

La voix rogue de Monks la tira de ces troublantes considérations. Pour une fois, son acolyte n'était pas avec lui. Elle ne les avait pas vus depuis qu'ils avaient menacé de la tuer, et elle fit un pas en arrière, prête à courir rejoindre le marquis.

— Monsieur Monks ! Que voulez-vous ?
— Sa Seigneurie te demande.
— Mais je viens de quitter lord Sheene !
— Je te parle pas du mignon petit marquis, je te parle de lord John Lansdowne et si tu veux mon avis, tu ferais mieux de pas le faire attendre, ma jolie !

Grace n'en croyait pas ses oreilles. Le salut arrivait juste au moment où elle ne l'attendait plus !

Quand elle aurait expliqué à lord John qui elle était, il la laisserait partir et elle serait libre, libre de quitter cette cage dorée, libre de se mettre à l'abri des dangers et des tentations qui la guettaient.

— Conduisez-moi jusqu'à lui, lança-t-elle, incapable de dissimuler son soulagement.

L'air sceptique, Monks s'effaça pour la laisser passer. L'autorité du mystérieux lord John était si puissante qu'elle donnait à ses sbires un semblant de bonnes manières, et la jeune femme se hâta vers le salon où l'attendait sa délivrance.

# 7

— Voici la belle, votre Seigneurie ! annonça Monks en s'inclinant très bas.

La pénombre de la pièce aux rideaux tirés surprit Grace. Il faisait beau mais, pour la première fois depuis son arrivée, elle vit un feu brûler dans la cheminée.

Malgré la chaleur, l'homme assis très droit derrière une table avait gardé son épais manteau de laine brune. Comment pouvait-il supporter cette touffeur oppressante ?

Il ne fit même pas mine de se lever à son entrée.

— Milord, salua-t-elle en effectuant la profonde révérence de cour qu'on lui avait enseignée dans son enfance.

La ressemblance avec son neveu était frappante, même s'il était loin d'être aussi étonnamment beau.

D'après les descriptions du marquis, elle s'attendait à trouver un traître de mélodrame mais, avec ses cheveux grisonnants et sa mise soignée, le gentilhomme entre deux âges qui lui faisait face aurait pu être n'importe quel aristocrate de sa connaissance. Un tel homme ne pouvait pas cautionner l'enlèvement, le viol et le meurtre !

Il lui parut la respectabilité incarnée. Son attitude hautaine envers une femme de basse condition n'avait rien d'étonnant ni de choquant dans son milieu.

Elle maudit intérieurement la robe jaune qui la désignait comme une fille galante. Si elle avait prévu la visite de lord John, elle aurait mis sa robe noire, qui avait le mérite de corroborer son histoire.

— Vous êtes la catin que Monks et Filey ont ramassée à Bristol ?

— Je proteste contre cette qualification, milord ! Mon nom est Grace Paget, et je suis une veuve respectable. Il s'agit d'une terrible méprise, et je vous supplie de me rendre justice. Je n'ai plus espoir qu'en vous.

— Madame, ces mensonges sont proprement ridicules. Mes hommes m'ont dit que vous faisiez le trottoir sur le port, rétorqua-t-il d'un air surpris – sans doute par son langage et son accent recherchés.

En l'entendant s'adresser à elle comme à une moins que rien, Grace sentit tous ses espoirs s'évanouir. Comment avait-elle pu s'imaginer que, dès qu'il la verrait, il réparerait l'erreur dont elle était victime ? Pourquoi s'était-elle imaginé qu'il la croirait ? Ce n'était pas auprès de lui qu'elle devait chercher son salut. C'est lord John qui avait ordonné son enlèvement, Monks et Filey le lui avaient dit, lord Sheene le lui avait répété...

D'instinct, elle avait deviné que les cris et les supplications ne lui seraient d'aucune utilité, et elle prit sur elle pour rester calme malgré la panique qui la gagnait. Avec sa voix douce et ses manières raffinées, cet homme l'effrayait plus que ses horribles séides.

— Je me suis perdue en cherchant mon cousin qui devait m'attendre à l'arrivée de la malle-poste. Je vous supplie de me rendre à ma famille.

— Cette belle histoire pourrait très bien n'être qu'un prétexte pour éviter un client qui vous déplaît. Monks m'a dit que vous n'aviez pas encore accédé au lit de mon neveu.

— Et pour cause ! Je ne suis pas une prostituée. Une fille des rues n'aurait certainement pas hésité à faire ce que vous demandez.

— Peut-être...

Le regard dans le vague, il tambourinait sur la table, perdu dans une intense réflexion.

— Si vous dites vrai, reprit-il d'un air ennuyé après ce qui sembla à Grace une éternité, votre présence ici pose un problème, et Monks a bien fait de m'alerter. Asseyez-vous, je vous prie, madame... Paget, c'est bien ça ?

— Je vais aller me changer et mettre les vêtements que je portais à mon arrivée, proclama Grace avec toute la fermeté dont elle était capable. Cela fait presque une semaine que j'ai disparu et ma famille doit être aux cent coups.

— J'ai bien peur qu'ils continuent de s'inquiéter, chère madame, pointa lord John avec un sourire sans joie qui lui rappela le marquis dans ses mauvais moments.

Il devait pourtant savoir qu'il n'avait pas le droit de la retenir contre sa volonté et de faire d'elle un instrument de plaisir pour son neveu. Elle avait beau être pauvre, elle n'en était pas moins une dame, qui avait droit à son respect et à son aide le cas échéant. Qu'il ait voulu enlever une femme de petite vertu était déjà répréhensible, mais faire subir pareil traitement à une dame de condition était proprement impensable.

— Je ne peux pas rester plus longtemps ici. Je vous en prie, laissez-moi partir ! répéta-t-elle en s'appuyant au dossier d'une chaise pour ne pas tomber tant la chaleur l'incommodait.

— C'est hors de question, chère madame. Vous seriez en droit de porter plainte contre moi pour enlèvement.

— Je vous donne ma parole de ne jamais souffler mot de cette maison et de ce que vous y faites !

— C'est très tentant, en effet, ironisa-t-il, mais je ne peux pas prendre le moindre risque et me fier à quelque chose d'aussi fragile que la parole d'une femme.

— Je suis prête à me jeter à vos genoux !

— Cela ne ferait que rendre la situation encore plus déplaisante, précisa-t-il, l'air très ennuyé.

Elle pouvait plaider, pleurer, supplier autant qu'elle voudrait, jamais il ne la laisserait partir.

— Il y a certainement quelque chose à tenter, milord. Je n'ai rien à faire ici !

— Votre vie hors de ces murs ne présente aucune espèce d'importance, madame, reprit lord John. Votre sort a été scellé quand mes domestiques vous ont rencontrée. Vous ne quitterez plus cet endroit que dans un linceul.

— Je ne comprends pas, murmura-t-elle en soutenant courageusement ce regard glacial.

Comment pouvait-il la menacer ainsi de mort et de déshonneur ?

— Monks aurait dû vous l'expliquer et, s'il ne l'a pas fait, mon neveu aurait dû vous détailler vos obligations.

— J'ai parfaitement compris pourquoi on m'a amenée ici, milord, mais vous voyez bien que je ne suis pas une prostituée !

— Eh bien, vous allez apprendre à faire comme si vous en étiez une, chère madame ! Je vous ai fait amener ici pour distraire lord Sheene. Si, comme on me l'a rapporté, vous ne parvenez pas à gagner ses faveurs, vous ne nous êtes d'aucune utilité.

— Laissez-moi partir, dans ce cas.

— Vous n'écoutez donc pas ce qu'on vous dit ? s'impatienta lord John. Votre longévité est fonction de votre utilité. Si mon neveu vous trouve à son goût, vous vivrez aussi longtemps que vous serez sa maîtresse. Si vous ne pouvez pas supporter les caresses d'un dément, alors votre fin est proche. Je n'ai pas l'habitude de conserver des outils dont je n'ai pas l'usage.

— Mais il n'est pas fou ! protesta Grace, presque malgré elle.

Comme si elle n'avait pas déjà assez d'ennuis !

— Il a réussi à vous persuader qu'il était parfaitement sain d'esprit, alors ? s'amusa lord John. Il sait se montrer convaincant, il faut bien reconnaître, tant qu'il ne se met pas à trembler, à uriner et à perdre le contrôle de ses intestins. Si vous le voyiez dans ces moments-là, je doute que vous le défendiez avec la même énergie.

Grace pâlit devant un portrait aussi cru. Elle aurait voulu traiter lord John de menteur, mais où était la vérité ? Elle n'était là que depuis cinq petites journées, tandis qu'il connaissait son neveu depuis toujours.

— Je ne vous crois pas, murmura-t-elle.

— Ce que vous croyez n'a aucune espèce d'importance. Je vous donne une semaine pour attirer mon neveu dans votre lit !

Malgré la chaleur étouffante qui régnait dans la pièce, elle était glacée. Il n'y avait aucune échappatoire, il n'y en aurait jamais.

— Et si je refuse, ou si je n'y parviens pas ?

— Vous mourrez. J'ai déjà donné comme instruction à Monks et à Filey de vous trouver une remplaçante. Dotée si possible d'un meilleur instinct de survie.

— C'est monstrueux !

Elle avait beau chercher, le visage de lord John n'exprimait pas le moindre signe de gêne ou de regret, mais uniquement de la condescendance.

— Peut-être.

— Je n'ai donc le choix qu'entre la mort et le déshonneur ?

— La mort dans tous les cas, corrigea-t-il négligemment. À moins que vous ne me prouviez votre talent en amenant mon neveu à de meilleurs sentiments. Dans ce cas, nous n'aurons peut-être pas besoin de nous montrer aussi radicaux sur votre sort.

— Que voulez-vous dire ?

Elle savait parfaitement qu'il s'agissait d'un jeu pour gagner son obéissance et qu'il n'avait aucune intention de faire des concessions. Si elle était encore une jeune femme naïve en entrant dans cette pièce, cet entretien lui avait fait perdre toutes ses illusions.

— Tout simplement que je sais récompenser ceux qui me servent avec zèle. Sheene n'est plus lui-même depuis un an. Si je constate que vous avez pris à cœur la tâche que je vous ai confiée et que mon neveu retrouve vigueur et santé, vous pourrez compter sur ma gratitude.

— En d'autres termes, si je me prostitue, la liberté sera ma récompense ?

— Il s'agit d'une suggestion pour mieux vous motiver. Vous avez une semaine devant vous, répéta-t-il en se levant. Ce que je peux vous garantir, en revanche, c'est que si vous échouez, samedi sera votre dernier jour sur cette terre. Après que Monks et Filey se seront amusés avec vous, bien entendu. Ils ont commis une grossière erreur en vous enlevant, mais ce sont tous les deux de fidèles serviteurs et, comme je vous l'ai dit, je sais récompenser la fidélité.

— Vous êtes diabolique.

Sa vue se brouillait, la tête lui tournait, et seul un horrible souvenir demeurait clair à son esprit : la main de Filey malaxant sa poitrine et son haleine fétide sur son visage...

Elle serait capable d'affronter la mort s'il le fallait, mais la perspective d'être violée par les deux hommes de main de lord John la rendait folle de terreur.

— Réfléchissez à ce que je vous ai dit, madame, lança le monstre en lui agrippant le bras. Vous êtes suffisamment attirante pour séduire mon neveu si vous voulez bien vous en donner la peine.

Elle ne put retenir un mouvement de recul lorsque la longue main blanche de lord John se posa sur sa joue.

— Et ne comptez sur aucune indulgence de ma part si vous ne vous montrez pas assez coopérative, siffla-t-il en pressant son pouce sur le cou de Grace, qui se figea comme un petit animal subjugué par un reptile. Vous remplacer ne représente pas beaucoup de tracas.

— Ne me touchez pas ! articula-t-elle avec difficulté lorsqu'il lui permit enfin de respirer.

— Il va falloir apprendre à vous montrer moins prude, chère madame ! Vous avez une semaine...

— Je refuse, murmura-t-elle d'une voix tremblante.

— Vous en supporterez les conséquences, dans ce cas. Bonne journée, très chère !

Incapable de le regarder, elle écouta décroître le bruit de sa canne dans le couloir et attendit le claquement de la porte du jardin pour courir ouvrir la fenêtre. Elle suffoquait, mais les grandes bouffées d'air qu'elle aspira à pleins poumons ne parvinrent pas à chasser l'angoisse et le désespoir qui l'étreignaient, et qui ne se dissiperaient sans doute qu'au jour de sa mort.

Un jour qui risquait d'être extrêmement proche...

— Toutes mes félicitations, lâcha le marquis d'un ton méprisant. Mon oncle avait l'air très content de vous...

Elle était si effrayée qu'elle ne l'avait pas entendu entrer, mais elle n'avait pas besoin de le regarder pour deviner qu'il avait retrouvé toute son animosité à son égard.

— Vous lui avez parlé ?
— Non. Il n'apprécie pas particulièrement ma compagnie, mais je suis convaincu qu'il a beaucoup apprécié la vôtre. Surtout si vous lui avez raconté comment vous m'aviez mis dans votre poche.

Incapable d'en croire ses oreilles, Grace se retourna enfin. Adossé à la porte, les bras croisés, lord Sheene l'observait, les yeux étincelants de colère.

Elle n'avait pas d'autre allié et ne pouvait compter que sur lui pour déjouer les horribles machinations de lord John. Il fallait qu'il la croie, qu'il lui fasse confiance.

— Vous n'imaginez pas que je suis de mèche avec votre oncle, tout de même ?
— Comment penser le contraire ? Vous venez d'avoir une longue et fructueuse conversation avec lui. Il semblait on ne peut plus content de lui quand je l'ai vu monter en voiture. Dites-moi, quel est le

prochain chapitre de cette farce ? ironisa-t-il d'un ton faussement dégagé.

— Je dois vous attirer dans mon lit, articula-t-elle d'une voix tremblante.

— Cela n'a rien d'une nouveauté ! C'était votre but dès le départ. Ce n'est pas la peine de vous fatiguer à jouer la comédie du désespoir. Vos mines de pauvre veuve terrifiée m'ont abusé une fois, mais la répétition devient lassante. Abandonnez cette fragilité de pacotille et essayez donc des manières plus aguichantes.

Grace ne savait plus à quel saint se vouer. Le marquis lui parlait avec tant de haine !

— Je suis en danger, milord !

— C'est certain, chère madame. Surtout quand mon tuteur s'apercevra que je suis fidèle à ma promesse de ne pas vous toucher.

— Vous ne voulez pas m'aider ! souffla-t-elle d'une voix à peine audible.

— Vous aider ? Mais comment voulez-vous qu'un pauvre fou puisse vous aider alors qu'il ne peut même pas s'aider lui-même ? ironisa le marquis en la regardant exactement comme lord John l'avait fait un peu plus tôt.

— Je vous affirme que je ne conspire pas contre vous avec votre oncle ! Vous devez me croire.

— Je ne crois pas un traître mot de ce que vous me dites, ma chère dame !

— Mais c'est la vérité !

— La vérité ? Vous ignorez jusqu'au sens de ce mot.

— Je vous en supplie, milord, aidez-moi !

— Vous perdez votre temps avec toutes ces simagrées ! Je vous l'ai déjà dit, vous ne m'abuserez pas deux fois.

Grace avait du mal à retenir ses larmes. Elle aurait beau faire et dire, rien ne pourrait le convaincre qu'elle n'était pas son ennemie. Tout espoir était perdu depuis qu'elle était partie à la recherche de Vere dans les rues de Bristol.

Elle n'avait plus la force de discuter avec cet homme qu'elle était censée séduire, cet homme qui ne l'avait jamais aimée, qui ne la désirait pas et qui maintenant la méprisait.

— Dites-moi seulement, chère madame, êtes-vous la maîtresse de mon oncle ?

Elle s'arrêta comme si elle venait de buter contre une barrière invisible et se retourna vers lui, médusée. Pour la première fois, elle se demanda s'il n'était pas vraiment fou.

Une autre l'aurait sans doute giflé, mais elle était trop effarée pour se sentir offensée.

Tandis qu'elle restait figée comme une statue de sel, il sortit sans même lui accorder un regard, et la rapidité de son pas suggérait qu'il ne pouvait pas respirer le même air qu'elle une seconde de plus.

# 8

Matthew se retourna sur l'étroit divan en écoutant Grace faire les cent pas au-dessus de sa tête. Il était plus de minuit, et il était incapable de trouver le sommeil. Elle non plus, apparemment.

Il ne l'avait pas revue depuis qu'il l'avait soupçonnée d'être la maîtresse de son oncle. Pour la première fois depuis son arrivée, elle n'était pas descendue dîner. Avait-elle mangé quelque chose ? Il s'en voulut de se préoccuper du bien-être de cette pitoyable menteuse. Elle pouvait bien se dessécher jusqu'au Jugement dernier, il s'en moquait éperdument.

Une colère froide continuait de l'agiter. Contre elle et contre lui-même, qui s'était laissé amadouer. Il avait toujours su qu'elle n'était qu'une créature à la solde de son oncle, une excellente actrice prête à tout pour le séduire. Elle était même allée jusqu'à se droguer pour rendre sa comédie plus convaincante.

Et elle était parvenue à gagner sa sympathie et sa confiance ! Ou plutôt, elle y était *presque* parvenue. S'il n'avait pas vu l'air triomphant de son oncle, il se serait jeté tête baissée dans le piège qu'elle lui avait tendu.

À ce moment-là, il avait eu envie de la tuer.

Il se retourna comme si, au bout de cinq longues nuits d'insomnie, il ne savait pas encore qu'il n'y avait aucune position confortable pour un homme de sa taille sur cet étroit divan.

Pourquoi maudire sa duplicité, d'ailleurs ? Depuis onze ans qu'elle était son pain quotidien, il avait eu tout le temps de s'habituer à la trahison. Cela ne faisait jamais qu'une de plus, et ce n'était certainement pas la plus grave, malgré la cruelle déception qu'elle lui causait.

Soudain, il entendit craquer une marche de l'escalier. Que fabriquait-elle encore ? Elle n'allait tout de même pas partir en promenade à une heure pareille ? Que lui importait, après tout ? L'essentiel était qu'elle cesse cet infernal va-et-vient.

Elle s'arrêta un instant à la porte du salon avant de l'ouvrir. Matthew se figea immédiatement, feignant le sommeil. Tous les sens en éveil, il guetta la respiration un peu haletante de la jeune femme et le bruissement léger de ses vêtements.

Elle s'était arrêtée au milieu de la pièce, comme si elle hésitait. Elle ne l'avait jamais approché pendant la nuit mais la visite de lord John avait dû l'inciter à prendre cette initiative. Son tuteur lui avait donné l'ordre de le séduire et, comme un bon petit soldat, elle lui obéissait au doigt et à l'œil.

L'évocation de son oncle vint à propos raviver sa colère et l'empêcher de sauter sur la blanche silhouette.

À son parfum, il comprit qu'elle était tout près maintenant, et il serra les poings sous les draps. S'il l'effleurait seulement, il ne pourrait plus se retenir... Il avait beau lui en vouloir et se défier d'elle, il la désirait de toute son âme...

Elle hésita ainsi un moment qui parut interminable à Matthew, dont le membre dressé lui rappelait douloureusement qu'il n'aurait qu'à tendre la main pour la faire sienne.

— Je sais que vous ne dormez pas, chuchota-t-elle enfin.

— Non, soupira-t-il en s'asseyant au bord du lit. Que voulez-vous ?

— Je ne sais pas.

C'était un mensonge éhonté. Ils connaissaient tous deux la raison de sa visite mais elle avait l'air tellement innocente ! À en juger par son mouvement de recul quand il se leva, la perspective de faire l'amour avec lui l'enthousiasmait toujours aussi peu, même si c'était le but de sa venue.

S'il s'était imaginé dissiper, en allumant une chandelle, la dangereuse intimité que procurait la pénombre, il vit ses espoirs déçus.

La longue tresse de son opulente chevelure de jais retombait jusqu'entre ses seins, comme un petit animal soyeux invitant à la caresse, et la chemise de nuit arachnéenne ne laissait rien ignorer des courbes de sa silhouette.

— Vous ne risquez rien, je sais refréner mes pulsions, déclara-t-il avec une assurance qu'il était loin d'éprouver en la voyant croiser les bras sur sa poitrine, comme pour mieux la dissimuler.

— Vous n'avez pas de pulsions.

— Pardon ?

— Enfin, je voulais dire… Je suis désolée, je voulais dire à mon égard. Je suis certaine que vous avez des pulsions. Tous les hommes en ont… Je ne savais pas que vous dormiez ici, ajouta-t-elle avec un regard désespéré au divan en désordre.

— Vous occupez le seul lit de la maison.

— Je sais. Je vous ai cherché à l'étage et j'ai vu que les autres pièces n'avaient pas de lit.

Ainsi, elle avait fait toutes ces allées et venues uniquement pour le trouver ! S'il n'avait pas eu la bonne idée d'enrouler le drap autour de sa taille, elle aurait eu tout loisir de constater qu'il avait de très réelles pulsions.

— Jusqu'à votre délicieuse intrusion dans mon existence, je n'avais jamais envisagé d'avoir de la visite, ironisa-t-il.

Elle blêmit et, même s'il savait qu'elle simulait éhontément, il regretta ses sarcasmes.

Pour l'instant en tout cas, en la voyant suivre chacun de ses gestes comme si elle se demandait s'il allait la violer ou l'étrangler, il avait le plus grand mal à se persuader qu'elle n'était qu'une intrigante sans scrupule.

Mais si elle répugnait tellement à faire l'amour avec lui, pourquoi ne pas avoir enfilé une robe de chambre ? Et que serait-elle venue faire dans cette pièce ?

— Je voudrais vous parler, avança-t-elle timidement, comme si elle avait lu dans ses pensées.

— De quoi ?

— Ce n'est pas à vous de dormir sur ce divan ! Vous êtes le marquis de Sheene, c'est vous qui devriez occuper la chambre et c'est moi qui devrais dormir ici...

— Il n'en est pas question.

Comment fermer l'œil là où elle avait dormi ?

— Mais votre oncle m'a dit que vous aviez été malade !

— Bien sûr que j'ai été malade ! Je suis même devenu fou ! ricana-t-il, amer.

— Non, il m'a dit que vous aviez été malade toute l'année dernière.

— Il était en veine de confidences, à ce que je vois.

— Votre oncle est un dangereux pervers.

— En général, tout le monde le trouve charmant, s'étonna-t-il. Et moi aussi, quand j'étais enfant, du moins. Il vous a brutalisée ?

— Non, il ne m'a pas brutalisée, murmura-t-elle en hochant la tête, ce qui fit glisser sa longue tresse comme un serpent sur sa poitrine.

— Mais il vous a menacée ? insista-t-il, alerté par une tension nouvelle dans la voix de la jeune femme.

— Il me fait peur, admit-elle.

Il ne pouvait pas mettre en doute sa sincérité, cette fois-ci.

— À moi aussi…

Elle se détendit un peu.

— Eh bien, nous sommes du même avis sur une chose au moins. Bonne nuit, milord !

— Bonne nuit, madame.

Une fois de plus, elle l'abandonnait à sa solitude mais cette fois-ci, il exultait.

Même si elle était une créature de son oncle, ce dont il doutait de plus en plus, la répulsion que lui inspirait lord John n'était pas feinte.

Peut-être n'était-il qu'un incorrigible naïf, mais il était convaincu qu'elle était bien ce qu'elle avait toujours prétendu être, une femme convenable entraînée malgré elle dans ce guêpier.

Ce n'était pourtant pas cette certitude qui le rendait heureux. Ce qui le comblait de joie, c'était que Grace n'était pas, n'avait jamais été la maîtresse de son tuteur.

Grace se reprochait amèrement sa faiblesse.

Elle s'était résolue à aller trouver le marquis pour le séduire mais elle avait reculé au moment de sauter le pas. Elle était pourtant capable de jouer les sirènes aussi bien qu'une autre !

Elle ne pouvait même pas invoquer la vertu comme excuse à sa lâcheté. La vérité était beaucoup moins glorieuse. Elle avait eu peur, tout simplement. Une peur plus forte encore que la crainte de mourir qui lui nouait la gorge depuis son entrevue avec lord John.

Ce qui l'avait terrorisée, ce n'était pas que le marquis abuse d'elle, mais qu'il la repousse même si elle se jetait nue dans ses bras, même si elle le suppliait de la faire sienne.

Elle s'accouda à la fenêtre de sa chambre et respira avidement l'air léger. Derrière la silhouette noire des arbres centenaires se dressait le mur qui clôturait le domaine. Au-delà de cette barrière infranchissable, le monde continuait de tourner comme il l'avait toujours fait mais à l'intérieur de ces frontières, les règles qui avaient régi toute l'existence de Grace n'avaient plus cours.

Or, l'une de ces règles était que les hommes et leurs fausses promesses de plaisir charnel ne l'intéressaient pas.

Pourtant, elle désirait lord Sheene, elle ne pouvait plus se dissimuler ce honteux secret.

À quel moment était né ce coupable désir, elle n'aurait su le dire.

Malgré sa terreur lorsqu'elle s'était réveillée devant lui, ligotée et malade, elle n'avait pu, en dépit de la migraine qui lui martelait les tempes, s'empêcher de remarquer sa beauté. Et cette beauté l'attirait plus que jamais. Comme il était séduisant, dans la lueur tremblotante des chandelles qui allumait des reflets cuivrés sur sa peau nue et sur sa chevelure en désordre ! Josiah était un homme âgé, à la taille épaissie, à la poitrine couverte d'une épaisse toison grise. Elle savait maintenant qu'il en allait autrement de lord Sheene. Il était mince, avec une peau lisse, une taille souple, de larges épaules et une musculature déliée...

Le démon familier qui s'éveillait en elle aurait bien aimé voir ce que cachait le drap serré autour de ses reins, la taille mince, les longues jambes et les cuisses athlétiques.

Et l'organe qui faisait de lui un homme...

Jamais encore elle n'avait désiré un homme, et ce besoin impérieux qui la taraudait l'étonnait et la laissait désemparée.

Elle ne pouvait, ne devait pas céder à la tentation. Les femmes comme elle n'abdiquaient pas leur chasteté pour le premier beau garçon venu. Les femmes comme elle trouvaient la satisfaction dans l'accomplissement du devoir et la fidélité à leurs principes. Si elle laissait lord Sheene l'attirer dans son lit, elle ne pourrait pas accuser John Lansdowne d'avoir fait d'elle une catin. Elle ne pourrait s'en prendre qu'à elle...

« Tu finiras comme une fille des rues. »

Les mots cinglants de son père quand il l'avait chassée après ses noces n'avaient cessé de la hanter pendant toutes les années de ce malheureux mariage. Elle était effectivement tombée bien bas, mais pas au point de vendre son corps. Elle était une femme honnête, ou du moins l'avait-elle cru jusqu'à ces derniers jours.

Le fait que le marquis ne l'aimait pas et se méfiait d'elle constituait sa seule chance de salut. Dès qu'il s'agissait de lui, elle manquait de volonté, tandis que lui n'aurait aucun effort à faire.

Sa main se crispa tout à coup sur la balustrade de la fenêtre. Elle avait oublié le principal : si elle ne devenait pas la maîtresse de lord Sheene d'ici à samedi, elle mourrait.

# 9

Le lendemain matin, Grace trouva lord Sheene dans la cour. En bras de chemise, la chevelure en désordre, il contemplait d'un air dubitatif un rosier en pot. Il était beau à damner une sainte.

Il avait dû l'entendre, car il leva les yeux à son arrivée, sans se départir de son impassibilité habituelle, ce qui était bien la preuve de son indifférence.

Wolfram, qui s'était assoupi au soleil, leva la tête à l'approche de la jeune femme avant de retourner à ses rêves, rassuré.

— Madame, salua poliment le marquis.

— Milord ! Je sais que vous ne me croyez pas, commença-t-elle en prenant son courage à deux mains, mais vous avez mal interprété ce que vous avez vu hier. Je n'avais jamais rencontré votre oncle avant cette entrevue, et je ne suis pas partie prenante dans ses machinations.

— En quoi mon opinion vous importe-t-elle ?

— Elle m'importe beaucoup, murmura-t-elle.

Cette affirmation appelait des questions auxquelles elle n'avait aucune envie de répondre mais, Dieu merci, il ne la releva pas.

Comment la voyait-il ? Elle portait de nouveau la robe jaune, qui lui avait paru la plus pratique, ou la moins incommode, tandis qu'un vieux chapeau de paille protégeait sa chevelure sévèrement tirée en arrière comme à son habitude. À moitié veuve vertueuse, à moitié catin, telle était son apparence, et ce n'était pas si loin de la vérité.

— Nous nous trouvons tous les deux dans la même situation affreuse, milord. Nous faire mutuellement confiance pourrait apporter à chacun un peu de réconfort.

— Le réconfort n'a pas sa place dans ces murs, répliqua-t-il avec amertume.

— L'amitié est un don sans prix, en tout cas.

— Je crois que vous avez peur de mon oncle, énonça-t-il enfin comme s'il pesait chaque mot.

— Merci, murmura-t-elle d'une voix altérée au souvenir du terrible ultimatum qu'elle avait reçu de lord John.

— Je ne peux pas vous protéger.

— Avec vous, je me sens en sécurité. Je ne suis pas votre ennemie, milord !

— Non, sans doute pas, reconnut-il comme s'il venait de prendre une importante décision.

— Alors, puis-je rester ? Je suis sûre que je peux vous aider.

Elle ne pouvait pas rester seule dans la maison, où tout lui rappelait cet horrible entretien avec lord John, dont les menaces lui tournaient dans la tête comme un essaim d'abeilles.

— Vous devez terriblement vous ennuyer pour rechercher une tâche pénible.

— Comme je vous l'ai dit, j'ai l'habitude de travailler dur.

À sa grande surprise, il lui prit la main. Aussitôt, Grace sentit ses jambes se dérober sous elle et son cœur s'emballer tandis qu'une onde brûlante enflammait sa chair.

— Ces mains ont déjà largement fait leur part, constata-t-il après avoir examiné sa paume et ses doigts avec une attention toute scientifique.

Cela faisait des années qu'elle n'avait plus les mains blanches qui convenaient à une dame, et elle ne s'en était jamais souciée outre mesure, mais sous le regard du marquis, ses cals et ses petites cicatrices lui faisaient honte.

— Vous vous êtes coupée, remarqua-t-il en suivant une longue ligne blanchâtre.

— En construisant un clapier pour les lapins.

— Vous avez des mains fortes, des mains utiles...

Grace ne put s'empêcher de rougir quand il la lâcha. Il paraissait troublé et pour une fois, il avait perdu sa morgue habituelle. Avait-il deviné les sentiments qui l'agitaient ? Si tel était le cas, il avait de bonnes raisons de la mépriser comme elle se méprisait elle-même. Elle était veuve depuis un mois à peine qu'elle soupirait déjà après un autre homme.

— Essayez ces gants, reprit lord Sheene d'un ton parfaitement professionnel. Ils seront trop grands, mais c'est mieux que rien. Si vous pouviez arracher ces mauvaises herbes, ce serait gentil.

Encore troublée par ce contact inattendu, Grace dut prendre sur elle pour revenir à la réalité. Elle aurait vendu son âme pour sentir encore une fois les longs doigts fins du marquis sur sa paume calleuse.

Le jardin était beaucoup moins bien tenu qu'elle ne l'avait pensé au premier abord et ils travaillèrent longtemps en silence. Ce dur labeur n'apporta pourtant pas à la jeune femme l'apaisement qu'elle recherchait. Son désir coupable pour lord Sheene lui avait remis en mémoire ce qu'elle devait faire, qu'elle le veuille ou non, et elle sentait sa peur se ranimer d'instant en instant.

— Avez-vous été malade au cours de l'année ? questionna-t-elle sans trop réfléchir.

— Malade ? Non, pas exactement.

Il lui tournait le dos quand elle avait posé la question, mais elle l'avait senti se raidir. C'était un avertissement. Il n'aurait pas été plus clair s'il avait écrit « Propriété privée, défense d'entrer ».

— Comment cela, pas exactement ?

— Vous recherchez les confidences, à ce que je vois ! ironisa-t-il.

Il avait utilisé presque les mêmes mots quand il l'avait accusée de collusion avec son oncle.

— Cela ne me regarde pas, effectivement. Excusez-moi.

— Quelle importance, après tout ? Que voulez-vous savoir ?

— Il y a tant de choses qui m'étonnent ici, tant de choses que je ne comprends pas !

— Enfin, Grace... Je veux dire madame...

— Vous m'avez vue malade, vous m'avez vue en chemise de nuit, nous pouvons donc abandonner ce ton cérémonieux et laisser de côté les formules de politesse.

— Va pour Grace, dans ce cas. Mon oncle a décidé de me trouver une maîtresse l'année dernière, après ma dernière évasion.

— Mais... vous m'avez dit qu'il était impossible de s'échapper ! se récria-t-elle.

— Et j'avais de bonnes raisons.

— Pourtant, vous avez réussi à sortir !

— Trois fois en onze ans, mais j'ai toujours été repris. J'avais dix-huit ans la première fois. Même si la période critique de ma maladie était loin, il m'a tout de même fallu quatre ans avant de recommencer à parler ou à lire. Je pouvais à peine marcher. J'avais encore quelques crises de temps en temps.

— Mais vous n'en avez plus ? questionna-t-elle, comme pour mieux conjurer le spectre du fou dangereux décrit par lord John.

— Je n'en avais plus avant même ma première évasion.

— Si vous n'avez pas eu de crises depuis sept ans, c'est que vous êtes guéri, remarqua-t-elle en lui prenant la main.

— Je n'en sais rien.

Pour la première fois, il lui parut très jeune. Il avait perdu toute sa belle assurance. Loin de la rejeter, il lui serrait la main à la broyer.

Elle comprenait mieux maintenant la peur qui le tenaillait. Ce n'était pas la cruauté de lord John qu'il redoutait, mais les traîtrises de sa raison. Il craignait de perdre l'esprit, définitivement peut-être. Elle admirait son courage et plaignait sa souffrance. Comment pourrait-elle trahir la confiance d'un tel homme et le détruire ?

— Je n'avais pas fait trois lieues quand mon oncle m'a rattrapé, expliqua-t-il en l'entraînant sur un banc de la serre. Ils ont cru à une nouvelle crise de folie et m'ont attaché pendant quelques jours. J'étais tellement en colère que j'étais peut-être réellement devenu fou. C'est à ce moment-là que mon tuteur a fait traiter le mur d'enceinte. Autant escalader une paroi de verre, maintenant, conclut-il en posant sur sa cuisse leurs mains enlacées.

— Je sais. Mais vous avez recommencé.

— Oui, deux ans plus tard. Monks s'était blessé avec une hache et je n'avais plus que Filey sur les bras. Je l'ai attiré dans la cuisine où je l'ai enfermé.

Ensuite, je suis sorti comme une fleur. J'étais déjà à Wells quand les envoyés de mon oncle m'ont rattrapé. Il n'y a plus aucune serrure ou verrou dans tout le domaine maintenant, sauf au portail de l'entrée.

Elle avait fini par oublier ce détail après avoir compris que lord Sheene ne forcerait jamais sa porte.

— Mais vous ne vous êtes pas découragé ?

— Non, ce stupide espoir n'a jamais cessé de me tenailler. C'était peut-être une autre forme de folie.

— Non ! Que s'est-il passé l'année dernière ?

— J'ai compris l'inanité de mes efforts. J'ai volé un cheval et j'ai réussi à rejoindre Chartington, dans le Gloucestershire, le berceau de ma famille. Je connaissais des gens prêts à me cacher le temps qu'il faudrait pour prouver ma bonne santé mentale.

— Et ils vous ont fermé leur porte ? s'indigna Grace.

— Malheureusement, non ! Ma gouvernante avait épousé un de nos jardiniers et tous deux ont été fous de joie en me voyant. Mais mon oncle avait deviné où je chercherais refuge.

— Il vous a cruellement puni ?

— Pire ! s'enflamma le marquis. Mon tuteur occupe un poste de magistrat, voyez-vous. Il a fait déporter Mary et son époux en Australie pour avoir donné asile à un fou évadé. Mon oncle a veillé à ce que je lise leurs demandes de grâce et a refusé de me donner d'autres nouvelles. Peut-être n'ont-ils pas survécu au voyage. Mary attendait un enfant et elle avait une grossesse difficile. Si je n'avais pas fait appel à leur affection, ils vivraient en paix. Mon oncle se montrera sans pitié envers quiconque me viendra en aide, conclut-il d'un ton rageur.

Il arpentait la serre d'un pas nerveux, visiblement tourmenté par le remords et la colère. Il rappelait à la jeune femme un faucon que son frère avait abattu et ramené à Marlow Hall pour le dresser. Si Philip avait réussi à guérir sa blessure, il n'avait jamais pu vaincre son indomptable indépendance, et l'oiseau s'était laissé mourir de faim dans sa cage.

Grace avait eu beau le supplier de relâcher l'animal, son aîné n'avait rien voulu entendre, et le regard plein de rage et de haine du rapace la poursuivait encore parfois dans ses rêves.

Le marquis possédait la même indomptable volonté et la même inextinguible soif de liberté. Et quand la liberté devenait un rêve inaccessible, ce genre d'homme se laissait mourir à petit feu.

— Voulez-vous faire une promenade avec moi ? proposa-t-il soudain.

— Et le jardin ?

— Nous avons tout le temps. Ni vous ni moi n'avons d'autres obligations.

Lui, peut-être pas, mais si elle n'avait pas rempli les siennes d'ici à samedi... Elle frissonna à la pensée de ce qui l'attendait dans ce cas.

— Vous avez froid ? s'inquiéta-t-il. Préférez-vous rentrer ?

Dans la maison, tout lui rappelait son terrible entretien avec lord John. Plutôt mourir de froid à l'extérieur !

— Pourquoi votre oncle tient-il tant à vous garder reclus dans cette propriété ?

— Par avidité, c'est aussi simple que ça, dit-il tristement en lui prenant le bras pour se diriger vers les bois, Wolfram sur les talons.

— Avidité de quoi ?

— D'argent, bien entendu. À la mort de mes parents, lord John est devenu mon tuteur et depuis, il administre tous les biens des Lansdowne. Pour un cadet qui disposait seulement de ressources confortables mais somme toute modestes, c'était grisant. Le seul inconvénient, c'était qu'au jour de ma majorité, il aurait dû y renoncer.

— Mais vous êtes tombé malade...

— Non, j'ai perdu la raison, corrigea-t-il sèchement. J'avais quatorze ans quand je suis devenu fou.

— Vous n'êtes pas fou. Vous n'avez pas eu de rechute depuis sept ans.

— Tous les ans, il envoie deux médecins pour m'examiner. Ils confirment que je suis dans l'incapacité d'être autonome et, plus important encore, d'administrer seul mes biens.

— Lord John a dû les corrompre.

Toute trace d'amertume soudain disparue, le marquis éclata d'un rire juvénile qui résonna aux oreilles de Grace avec toute la fraîcheur d'un torrent de montagne.

— Votre cynisme me laisse sans voix, chère madame !

— Votre oncle ne s'est pas donné beaucoup de mal pour cacher sa véritable nature.

— Tant que je suis vivant et prisonnier, il peut jouer les personnages importants.

— Et si vous veniez à mourir ?

— Le titre et tous mes biens reviendraient à mon cousin Hector. S'il part à son tour pour un monde meilleur, il a toute une ribambelle de jeunes frères prêts à devenir marquis. Mon père n'a eu qu'un seul héritier à la raison chancelante et mon tuteur n'a que des filles, tandis qu'avant de mourir dans un accident de chasse, l'oncle Charles avait engendré six garçons en excellente santé.

— Si vous veniez à disparaître, lord John redeviendrait alors un simple cadet de famille... Il vous veut vivant et en bonne santé mais sous son contrôle, comme un animal dans une ménagerie. C'est honteux !

— Oui, Grace, c'est honteux.

— Et il s'est dit que s'il vous trouvait une femme...

— ... Je finirais par accepter ma captivité.

Tant de cynisme et de cruauté confondaient la jeune femme, qui s'arrêta pour scruter le visage de son compagnon. Même à moitié assommée par la drogue et la peur, elle l'avait toujours trouvé séduisant, mais ce qu'elle lisait maintenant sur ce beau visage, c'était le courage indomptable avec lequel il se battait pour recouvrer sa santé et son indépendance, la force d'âme qu'il lui fallait pour résister aux machinations de son tuteur, et la droiture qui le faisait se résigner à la captivité pour ne pas mettre autrui en danger.

— Mon oncle comptait vous utiliser pour me contrôler.

Grace comprit tout à coup que la décision du marquis était prise avant même son arrivée. Il était bien décidé à ne jamais la toucher. S'il entrait dans son lit, il trahirait tous ses principes. Il ne lui ferait aucun mal.

Ce qui signifiait qu'elle avait tout à craindre...

Que devait-elle faire ? Respecter les principes qui le maintenaient en vie, ou se sauver elle-même ?

Comment résoudre un dilemme aussi cruel ?

— Laissons de côté ces sujets sordides ! Est-ce que vous vous intéressez aux plantes sauvages, Grace ?

— Je n'ai jamais eu l'occasion de le savoir, en fait.

On lui avait inculqué à l'adolescence les arts qu'une dame se doit de maîtriser, à commencer par celui des bouquets que toute jeune fille de bonne famille possède avant de se marier. Grace s'était trouvé un époux, mais pas celui auquel elle pouvait prétendre par sa naissance. Et après son mariage, elle avait été trop occupée à se nourrir et à garder un toit au-dessus de sa tête pour faire autre chose.

— Des orchidées sauvages poussent dans ces bois. Voulez-vous les voir ?

Pour une fois, elle ne voyait aucune trace d'amertume dans le sourire de Matthew, mais une douceur surprenante qui lui allait droit au cœur. Et elle se sentit soudain prise d'un vif intérêt pour les fleurs. Il lui aurait suggéré de repeindre la voûte céleste ou de chercher des dents de poulets, elle n'aurait pas acquiescé avec plus d'enthousiasme.

Grace laissa le marquis au rez-de-chaussée tandis qu'elle montait se rafraîchir avant le dîner. Comme elle aurait voulu posséder une tenue seyante et de bon goût, comme les robes qui remplissaient ses armoires à Marlow Hall. Pendant neuf ans, elle avait étouffé en elle toute coquetterie mais maintenant, elle voulait se faire belle pour plaire à un homme.

Elle examina d'un œil critique son reflet dans la psyché. Sa vie ne tenait qu'à un fil et l'homme qu'elle désirait était un prisonnier tourmenté et probablement fou. Elle ne vivait pas une idylle romantique, mais un cauchemar plein de violence et de menaces.

L'oublier un seul instant reviendrait à signer son arrêt de mort.

Tout à coup, elle remarqua une enveloppe posée sur le lit.

Elle était scellée du sceau des Lansdowne, un aigle surmonté d'une couronne et elle devina tout de suite qu'il s'agissait d'une lettre de sir John.

Elle se composait d'un seul mot : *Samedi*.

Lord John avait jugé préférable de réitérer sa menace, comme s'il craignait de ne pas l'avoir convaincue, comme si elle avait jamais douté de sa détermination à exécuter son horrible promesse.

En sanglotant, elle se jeta sur le lit, le visage dans les mains.

Elle n'avait aucune échappatoire.

Elle était incapable de tromper le marquis et pourtant, elle ne pouvait faire autrement.

Elle se leva d'un pas incertain en maudissant Josiah de l'avoir laissée seule au monde, en maudissant Vere de lui avoir fait faux bond, et, surtout, en haïssant de toutes ses forces lord John Lansdowne pour son avidité et son absence de scrupules.

Et en maudissant sa lâcheté, bien sûr.

Cette nuit, elle allait trahir le marquis et l'obliger à se trahir lui-même. Elle ne valait donc pas mieux que son oncle...

Elle était même pire, puisqu'elle reconnaissait en lord Sheene un homme exceptionnel, un homme qu'en d'autres circonstances et en d'autres temps elle aurait pu aimer.

Cela ne l'empêcherait pourtant pas de le tromper...

# 10

Matthew se réveilla en sursaut. Il avait fini par s'endormir, malgré l'inconfort du divan et ses insomnies chroniques, qui s'étaient encore aggravées depuis que la présence de Grace le torturait d'un brûlant désir.

Le temps avait changé pendant qu'ils dînaient en silence et la pluie faisait maintenant rage au-dehors, plongeant la chambre dans une obscurité totale. La jeune femme, dont la compagnie lui avait réchauffé le cœur tout l'après-midi, avait à peine ouvert la bouche pendant le repas.

Qui aurait pu la blâmer ? Son histoire avait dû la convaincre qu'elle ne pourrait jamais s'échapper et il lui faudrait du temps pour se faire à cette idée. Mais pendant une journée entière, il avait eu à ses côtés tout ce qu'il pouvait désirer chez une compagne, la sympathie, l'intelligence, la culture.

Et la beauté...

Il était inutile de se raconter qu'il ne cherchait rien d'autre qu'une amie, même si un peu d'amitié n'était pas à dédaigner. S'il avait pu se résigner à une vie en captivité, peut-être finirait-il par se contenter d'une relation platonique.

Mais cela lui prendrait des siècles...

Non, il n'y arriverait jamais, il le savait.

Comme la silhouette de Grace se dessinait dans l'encadrement de la porte, il comprit que sa présence le surprenait autant qu'elle le troublait. Les ombres de la nuit bruissaient de tout ce qu'il rêvait de faire avec elle et si elle l'approchait, il ne répondait plus de lui.

— Que se passe-t-il ? Vous êtes malade ?
— Non.

Cette réponse à peine audible ne le rassura pas.

— Attendez que j'allume une chandelle, suggéra-t-il en cherchant ses vêtements, qu'il gardait à portée de la main depuis la nuit dernière.
— Non !
— Grace ?
— Pardonnez-moi, chuchota-t-elle d'une voix brisée en s'approchant.

L'incarnation de la féminité s'abattit contre sa poitrine et, instinctivement, ses bras se refermèrent sur elle, tandis que sa chemise s'échappait de ses doigts.

Le corps gracile de la jeune femme tremblait comme une feuille et il resserra son étreinte.

— Que se passe...

Avant qu'il ait eu le temps de finir sa phrase, les mains de Grace enserraient son visage et l'attiraient vers le sien.

— Pardonnez-moi, souffla-t-elle avant que ses lèvres brûlantes se posent sur les siennes.

En un éclair, tout ce qui était étranger à cette étreinte s'effaça. L'esprit du marquis cessa de fonctionner tandis que son corps, lui, reprenait ses droits.

La jeune femme ne portait que sa chemise de nuit, et lui était entièrement nu. Toute sa chair s'enflamma à ce contact enivrant, et son membre se dressa, dur comme le roc.

Avant qu'il ait eu le temps de réfléchir, il avait resserré son étreinte et sa main suivait avidement les contours de la taille si mince de sa compagne.

Les lèvres de Grace se détachèrent des siennes et elle laissa échapper un petit soupir de protestation. Ce baiser avait été si bref qu'il en méritait à peine le nom, mais il avait suffi à enflammer tous ses sens trop longtemps bridés. Ce qu'il voulait, ce qu'il désirait, c'était sa bouche sur la sienne, pour qu'il ait le temps d'en connaître le goût...

— Embrassez-moi, demanda-t-elle avec fièvre en s'accrochant à lui.

Ne pas la prendre dans ses bras était déjà difficile quand elle était à quinze pas mais maintenant, c'était impossible. Il la prit par les épaules pour calmer la fièvre qui l'agitait et pour la tenir à distance. Maintenant qu'il avait eu un aperçu des courbes et des vallons qui agrémentaient ce corps délicat, il mourait d'envie d'en savoir plus.

— Nous ne pouvons pas faire ça, murmura-t-il à regret, incapable d'abdiquer toute conscience.

— Il le faut !

— Que voulez-vous dire ?

— Embrassez-moi ! intima-t-elle en l'attirant à elle.

C'était plus qu'il n'en fallait pour lui faire perdre ce qui lui restait de raison. Son sexe se gonfla en un mât arrogant lorsqu'elle se lova contre lui. Il prit avec avidité les lèvres brûlantes de Grace qui, parcourue d'un long frisson, s'agrippa à lui.

Il s'arrêta immédiatement. Sans doute s'y prenait-il mal ?

Bourrelé de remords et de honte, il s'attendait à des reproches et se trouva désemparé lorsqu'elle s'accrocha à lui comme si elle ne pouvait pas supporter la moindre distance entre eux. Alors, il fit glisser ses mains le long du dos de la jeune femme pour l'attirer plus près.

Sa bouche se posa sur celle de sa compagne qui s'entrouvrit. Leurs souffles se mêlèrent, elle poussa un petit gémissement, de mécontentement ou de plaisir, il n'aurait su le dire. Elle le serrait avec tant d'ardeur que tous deux tombèrent sur le divan. Leurs lèvres se séparèrent lorsque son poids délicieux s'abattit sur lui. Dans la chute, la chemise de nuit de Grace se releva et la main de Matthew effleura la courbe de ses fesses nues.

Sentir sa chair contre la sienne faillit l'anéantir et il tenta de se relever pour chercher un peu de répit, mais les mains fiévreuses de sa compagne parcouraient chaque pouce de son corps, comme si elle craignait qu'il disparaisse.

Il avait conscience de son inexpérience, mais ce n'était pas ainsi qu'il s'était représenté leurs étreintes. La réalité ne pouvait pas être aussi éloignée de son imagination...

Quelque chose n'allait pas.

Dans ses rêves, il la serrait dans ses bras, il l'embrassait, il la caressait, il la pénétrait, et elle était douce et détendue, elle prenait plaisir à son étreinte. La femme qu'il avait dans les bras était tendue comme la corde d'un violon et tremblait comme si elle brûlait de fièvre.

Il se souleva sur un coude pour l'embrasser de nouveau.

— Grace, pourquoi êtes-vous venue ici ? questionna-t-il en serrant les poings pour s'empêcher de saisir ce qu'elle lui offrait au mépris des conséquences.

Sans cesser de couvrir la poitrine de Matthew de baisers désespérés, elle tenta maladroitement de nouer autour de sa taille les bras du jeune homme.

— Ne dites rien. Embrassez-moi. Embrassez-moi vraiment ! supplia-t-elle en se serrant contre lui comme si elle s'attendait à ce qu'il la repousse.

Il posait la main sur la joue de la jeune femme pour tempérer un peu ses ardeurs, lorsqu'elle plaqua sa bouche entrouverte sur la sienne avec une telle violence qu'il en fut endolori.

— Grands dieux !

Le visage de Grace ruisselait de larmes.

Il s'assit précipitamment à l'autre bout du divan, désemparé, mais elle le rattrapa et s'accrocha à ses jambes. Sans ces larmes, il n'aurait vu dans ce geste qu'une preuve supplémentaire de l'intensité de son désir.

Tout à coup, cette enivrante sensualité se transformait en cauchemar éveillé. Dans ses rêveries, la jeune femme gémissait de plaisir au lieu de pleurer à vous fendre le cœur. Il fit un effort surhumain pour réprimer la fougue qui le dévorait. Il la désirait de toutes ses forces, mais pas de cette façon.

— Arrêtez !

— Je vous obligerai à faire l'amour avec moi, balbutia-t-elle en se redressant.

Avec une maladresse qui contrastait avec sa grâce habituelle, elle enleva sa chemise de nuit et la jeta sur le sol.

— Doux Jésus ! soupira-t-il en fermant les yeux.

Trop tard. Même dans l'obscurité, la brève vision de cette glorieuse nudité, de cette chair nacrée, de ces seins ronds et fermes et de ce triangle sombre et mystérieux avait suffi à enflammer ses sens.

— Arrêtez, Grace !

Leurs cuisses se frôlèrent lorsqu'elle se rapprocha de lui. Sa position, jambes écartées au-dessus de lui, était éminemment suggestive. Il lui suffisait d'un tout petit mouvement pour la pénétrer.

— Je n'ai pas le choix.

Elle paraissait désespérée. Il crut mourir lorsqu'elle posa une main tremblante sur son impressionnante érection.

— Vous me désirez ! s'étonna-t-elle en retirant sa main comme si elle en doutait encore en dépit de cette preuve indéniable.

— Bien sûr que je vous désire ! s'agaça-t-il en la repoussant pour se lever. Bon sang, où avez-vous mis vos vêtements ?

Il chercha à tâtons sa chemise de nuit et tomba sur la sienne. C'était toujours mieux que rien.

— Tenez, enfilez ça !

Fort de ses bonnes résolutions, il passa à la hâte son pantalon et, sans la regarder de peur de changer d'avis, alla allumer une chandelle.

C'est à ce moment seulement qu'il osa enfin lui faire face, ce qu'il regretta aussitôt. Elle était dans un tel état qu'il lui était difficile d'accomplir un geste aussi simple qu'enfiler une chemise. Il sentit son sexe se gonfler douloureusement quand les plis souples de la batiste retombèrent sur la chair soyeuse.

Seuls les sanglots étouffés de Grace et le battement de la pluie sur les vitres rompaient le silence. Agenouillée sur le divan, la tête baissée, la chevelure en désordre, sa poitrine se soulevait au rythme de son souffle. Une poitrine ronde et blanche, pourvue de deux charmants tétons roses, il le savait maintenant. À cette pensée, il sentit une nouvelle vague de désir monter de ses reins.

— Grace, pourquoi m'avez-vous embrassé ?

— Je veux que vous me fassiez l'amour, balbutia-t-elle, le visage ruisselant de larmes.

— Non, vous n'en avez aucune envie, corrigea-t-il avec une douloureuse assurance.

— Pourquoi me repoussez-vous, puisque vous me désirez ?

— Vous le savez parfaitement. Ce serait vous déshonorer, et moi aussi.

— Je me moque du déshonneur, rétorqua-t-elle d'une voix sans timbre.

Elle avait peur, il le comprenait maintenant.

— Grace, je n'ai jamais fait de mal à qui que ce soit. Vous n'avez aucune raison d'avoir peur de moi.

— Ce n'est pas de vous que j'ai peur. Ou un tout petit peu seulement, ajouta-t-elle en rougissant.

— Qu'est-ce qui vous effraie tant, dans ce cas ?

— J'ai eu tort ! Je n'aurais jamais dû venir vous trouver. Je suis désolée.

Comment ne pas être touché par son désespoir ? Il ne pouvait pas la laisser à ses terreurs et à ses larmes. Sans réfléchir, il la rejoignit en trois pas et s'assit à ses côtés.

— Dites-moi ce qui vous tourmente. Dites-le-moi, répéta-t-il en lui prenant la main.

Il voulait la rassurer et lui faire comprendre qu'il avait dominé le désir furieux qui le taraudait, mais ses doigts tremblaient sur la main de sa compagne.

— Votre oncle m'a dit... que si je... ne vous avais pas attirée dans mon lit d'ici à samedi, il me tuerait.

Grands dieux, comment n'avait-il pas deviné plus tôt ?

Luttant contre l'humiliation et contre la peur qui l'étouffaient, Grace avait du mal à trouver ses mots.

— Et avant... avant de me tuer, il me livrera à Monks et à Filey.

— La canaille !

— Je vous ai trahi de la pire façon qui soit !

La honte l'étouffait. Comment pouvait-il se montrer aussi compatissant alors qu'elle venait d'essayer de le séduire ?

— Que comptez-vous faire ?

— Je ne sais pas, souffla-t-elle.

C'était un mensonge. Elle savait parfaitement ce qu'elle ferait. Sa décision était prise.

Jamais elle ne laisserait Monks et Filey la toucher. Elle se tuerait avant. Sa fin était écrite depuis l'instant où ces deux brutes l'avaient enlevée. Plutôt la mort que cette horreur sans nom. Après l'échec de cette nuit, jamais elle ne trouverait le courage de faire une nouvelle tentative de séduction auprès de lord Sheene.

Désormais, son destin était scellé, et elle était résolue à ne pas l'entraîner dans sa chute.

— Vous auriez dû vous confier à moi.

— Et qu'auriez-vous fait, à part me répéter qu'il n'y avait pas d'espoir ?

— Nous pourrions tromper mon oncle. Si nous partagions le même lit, personne ne pourrait savoir que nous ne sommes pas amants.

Il vit la flamme de l'espoir renaître au fond du regard saphir de la jeune femme, pour s'éteindre aussitôt.

— Votre oncle serait certain de vous avoir brisé. Je sais ce que cela signifie, après ce que vous m'avez confié cet après-midi.

— Grace, mes principes et ma fierté ne valent pas votre vie !

— C'est impossible.

C'étaient ses principes et sa fierté qui permettaient au marquis de survivre, elle ne pouvait pas lui enlever sa seule planche de salut.

— Grace, j'ai juré de ne pas vous faire de mal.

— Il n'y a pas de solution, gémit-elle en retenant ses larmes.

— Nous y verrons plus clair demain matin, assura-t-il avec ce sourire dont la douceur lui faisait fondre le cœur.

Grace savait que ce n'étaient que des paroles, le genre de consolations qu'on prodigue à un enfant. Et en effet, quand le marquis l'attira à lui, elle se pelotonna telle une petite fille contre sa poitrine nue. Mais les sentiments qui l'agitaient étaient sans nul doute ceux d'une adulte...

Sa tentative de séduction lui avait fait entrevoir des perspectives inconnues. Elle garderait désormais sur les lèvres le parfum viril de Matthew et le goût de sa chair. Elle aurait voulu qu'il la serre dans ses bras et l'embrasse encore et toujours... Le baiser qu'elle lui avait arraché avait été trop bref pour qu'elle s'en contente mais il lui avait donné un avant-goût d'autres félicités. Elle voulait qu'il la renverse et qu'il la pénètre, longuement, vigoureusement, qu'il la possède tout entière. Elle voulait qu'il la fasse sienne comme son mari ne l'avait jamais fait.

Il lui avait assuré qu'elle pouvait avoir confiance en lui, et elle le croyait. C'était d'elle-même qu'elle se méfiait.

Surtout depuis qu'elle savait son désir partagé...

# 11

Grace avait fini par s'endormir dans les bras de Matthew, épuisée et insatisfaite. C'était pour se prostituer à lui qu'elle était venue le trouver cette nuit, et la lumière de la chandelle révélait clairement au jeune homme ce qu'il lui en avait coûté. Même dans son sommeil, elle paraissait à bout.

Quand il allongea les jambes, elle vint se pelotonner tout contre lui, la tête sur son épaule, et ses jambes nues se mêlèrent aux siennes. Pour une fois, il trouva du bon à l'étroitesse du divan.

Le monde avait changé pour lui depuis qu'il l'avait vue nue et qu'il avait caressé sa chair. Il ne put réprimer un soupir en se remémorant la façon dont elle l'avait chevauché. Les heures passées en compagnie de Grace pendant la journée mettaient déjà sa constance à rude épreuve, la tenir dans ses bras en pleine nuit promettait une véritable ordalie qu'il n'était pas certain de pouvoir endurer !

Il fallait pourtant bien convaincre sir John qu'ils étaient amants.

Il devait à tout prix la protéger. Que signifieraient les onze années de lutte farouche pour sa dignité si elles devaient entraîner la mort de la jeune femme ?

Il était prêt à donner sa vie pour qu'aucun mal ne lui soit fait.

Un bras nu vint doucement enlacer sa poitrine, comme pour le consoler. Même dans son sommeil, elle paraissait deviner le dilemme dans lequel il se débattait.

Il ne devait se faire aucune illusion, il n'était rien pour elle. Un hasard funeste l'avait précipitée contre son gré dans cette tragédie, rien de plus.

Lorsqu'une lueur grisâtre annonça enfin l'aube, il n'avait toujours pas fermé l'œil. Il contempla le corps gracile allongé à ses côtés et admira la pureté de son front, la délicatesse de ses sourcils, l'élégance de son nez droit et fin, et la détermination de son menton volontaire.

Dès qu'il l'avait vue, il l'avait comparée à une madone de la Renaissance italienne mais depuis, il avait constaté que cette madone avait son caractère et cachait sous une douceur angélique un courage et une volonté bien trempés. Mme Grace Paget n'avait rien d'un roseau.

Heureusement, d'ailleurs. Sinon, son oncle l'aurait brisée comme un fétu de paille ou manipulée pour en faire une créature soumise et obéissante.

Son regard s'arrêta sur la bouche entrouverte de sa compagne, cette bouche douce et vulnérable qui s'était posée sur la sienne la nuit dernière. On ne pouvait pas appeler « baiser » ce bref et violent contact, mais pendant un instant, il s'était vraiment cru en train de l'embrasser.

Quel goût aurait un véritable baiser dicté par la passion ?

Cela, il ne le saurait jamais – hélas !

Le lendemain matin, Grace rejoignit le marquis dans une clairière. Un soleil incertain allumait des reflets d'ébène sur sa chevelure sombre. Avec ses hautes bottes cavalières et sa chemise sans cravate, il était beau comme un dieu païen.

Une légère appréhension tempérait son insatiable curiosité. Elle l'avait embrassé, touché, caressé, s'était montrée nue devant lui, avait pleuré dans ses bras, senti contre elle la vigueur de ce corps athlétique avant de s'endormir à ses côtés, uniquement vêtue de la chemise qu'il lui avait prêtée.

Jamais elle n'avait connu pareille intimité avec son mari. Elle avait rempli ses obligations envers Josiah mais toujours à la hâte, et dans l'obscurité. Et jamais ils n'avaient ôté leurs vêtements de nuit.

Elle regarda avec un intérêt proche de la fascination lord Sheene lancer un caillou à plus de trente pieds dans la fente d'un hêtre. Quand le projectile toucha sa cible, elle reconnut le bruit sec qui l'avait guidée jusqu'à lui.

Il se pencha pour faire provision de petites pierres qu'il recommença à jeter contre l'arbre sans jamais manquer son but. Cette virtuosité constituait la triste preuve de sa solitude et des longues heures qu'il avait dû passer à s'entraîner.

Une fois jeté le dernier caillou, il se retourna vers la jeune femme, comme s'il avait deviné sa présence.

— Grace...

Dans la bouche du marquis, son nom seul résonnait comme un défi...

Au souvenir brûlant de sa chair dénudée contre le corps viril du jeune homme, elle sentit son sang s'échauffer dans ses veines telle la lave d'un volcan. Avant de le rencontrer, elle ignorait ce qu'était le désir alors que maintenant, plus rien n'existait en dehors du besoin de le toucher...

— Lord Sheene...

Quel accueil lui réserverait-il ? La colère ? Le mépris ? Le dégoût ? Après sa pitoyable tentative de séduction, elle méritait les trois, même s'il savait maintenant que son oncle l'avait acculée à cette extrémité.

À sa profonde stupéfaction, c'est un désir brûlant qu'elle lut au fond de son regard pailleté d'or.

Il fit un pas vers elle.

— Quand vous êtes venue me trouver...

— Non ! l'interrompit-elle aussitôt.

Comment trouverait-elle les mots pour lui expliquer ce qu'elle avait ressenti la nuit dernière ? La peur, la honte... et le désir.

C'était impossible, au grand jour du moins.

— À votre guise, mais nous en parlerons plus tard.

Devant son air buté, elle se rappela qu'il descendait d'une longue lignée de potentats habitués à être obéis sans discussion.

— Oui, mais pas tout de suite en effet. Que faites-vous avec tous ces petits cailloux ?

— Mon père m'avait appris à tirer, cela me permet de ne pas perdre la main, et m'aide à réfléchir.

Elle n'avait pas besoin de lui demander l'objet de ses réflexions, les menaces de lord John planaient entre eux comme une nuée d'oiseaux de malheur.

— Vous vouliez quelque chose, Grace ?

— Et si nous faisions une promenade ? suggéra-t-elle pour faire diversion.

Elle ne pouvait tout de même pas lui avouer qu'il était tout ce qu'elle désirait, surtout depuis qu'elle savait ce désir partagé ?

— Pourquoi pas ? Vous pourrez me raconter votre vie...

Jamais, au grand jamais elle n'avait parlé de son passé à qui que ce soit.

C'était l'histoire d'une enfant gâtée qu'elle avait laissée derrière elle en quittant Marlow Hall, l'histoire d'une petite fille qui ne faisait ni ses exercices de piano ni ses devoirs de français, et cela faisait des années qu'elle avait banni à jamais ce fantôme.

— Cela n'a rien de passionnant, vous savez.

Jamais elle ne pourrait révéler son propre égoïsme à cet homme qu'elle admirait par-dessus tout. S'il apprenait les ravages qu'elle avait causés, il la mépriserait à jamais !

— Vos secrets vous appartiennent, Grace. Je n'insisterai pas.

Cette discrétion la rassura. Pourquoi ne pas se confier à lui ? Ses souffrances avaient donné à lord Sheene une sagesse peu commune et si quelqu'un était susceptible de comprendre les aléas de sa vie chaotique, c'était bien ce grand seigneur qui passait pour un dément.

Il était le premier homme à l'avoir vue nue. Pourquoi ne pas lui dévoiler aussi son âme ?

— Non, je veux tout vous raconter...

Wolfram gambadant devant eux, ils s'engagèrent sur un étroit sentier qui les obligeait à cheminer tout près l'un de l'autre, ce qui ne fit qu'accentuer le trouble de la jeune femme.

— Je sais que vous venez d'une bonne famille, l'encouragea gentiment lord Sheene. Aviez-vous des frères et sœurs ?

Parler de Philip lui était toujours pénible, mais puisqu'elle ne savait pas par où commencer...

— J'avais un frère aîné. Il est mort il y a deux ans.

— Je suis désolé.
— Moi aussi...

Lui raconter comment Philip avait gâché sa vie était au-dessus de ses forces. Son frère était beau, intelligent et plein de charme, mais c'était un enfant gâté, lui aussi. Il avait été tué en duel après une querelle d'ivrognes dans un tripot des bas-fonds. Pour dissimuler les larmes qui lui montaient aux yeux, elle se pencha et cueillit une tardive pervenche. Pourquoi était-il si difficile de trouver les mots justes ?

— Quand j'ai eu seize ans, je suis tombée amoureuse d'un homme plus âgé, pauvre de surcroît. Pire encore, mon soupirant était commerçant et avait des idées avancées.

Elle s'attendait à une remarque plus ou moins ironique, mais le marquis ne fit aucun commentaire.

— Josiah tenait la librairie du bourg. Il abordait avec moi des sujets dont je n'avais même pas idée jusque-là et je trouvais extrêmement flatteur d'être traitée en femme intelligente et non plus en gamine sans cervelle. J'étais pourtant une gamine de ce genre, égoïste, têtue et imbue d'elle-même, même si j'avais une haute idée de mes facultés intellectuelles.

— Ne soyez pas trop sévère envers vous-même. Vous n'êtes pas la première à qui des attentions masculines ont tourné la tête.

— Je ne suis pas trop sévère. Ma sottise et ma vanité ont brisé le cœur de mon père.

— Grace...

Un seul mot de cette belle voix grave, un seul geste pour effleurer l'espace d'un instant ses doigts qui déchiquetaient la malheureuse fleur suffirent à l'apaiser.

— Quand Josiah s'est aperçu que je m'intéressais à la cause qu'il défendait, il m'a prêté des livres, des livres qui auraient suffi à tuer mon père : Shelley, Southey, Mary Wollstonecraft, Gobin, Cobbett...

— C'est une liste qui suffirait à glacer le cœur de n'importe quel nanti de ce royaume.

— Vous me désapprouvez.

— Absolument pas. Ce pays étouffe de ses inégalités. Cela dit, je me demande si j'éprouverais autant de sympathie pour les déshérités si je n'avais pas moi-même subi l'injustice. Mon oncle est un réactionnaire dans l'âme qui réclame la peine de mort pour la moindre vétille. J'enrage de savoir qu'il met ma fortune au service de son conservatisme sans merci.

— Quand j'ai rencontré Josiah, il avait déjà la cinquantaine mais il brûlait toujours de sauver le monde. Il avait l'air d'un prophète de la Bible.

Elle s'animait soudain au souvenir de ces semaines d'exaltation, qui avaient bouleversé son existence trop protégée.

— Même après que ma femme de chambre eut révélé le pot aux roses à mon père, Josiah parvenait à me faire passer des lettres enflammées pour m'expliquer comment lui et ses condisciples allaient bâtir la société idéale. Je n'avais plus qu'une hâte, me joindre à leur croisade.

— Demander en mariage une jeune fille de bonne famille de seize ans à peine était très osé pour un roturier sans le sou. Peut-être la fortune familiale l'avait-elle aveuglé ?

Le ton ironique de son compagnon piqua sa curiosité. Il se prétendait réformiste mais manifestait une hostilité à peine voilée à l'égard de cet audacieux plébéien.

Maintenant qu'elle avait commencé son récit, Grace était bien décidée à aller jusqu'au bout et à ne rien cacher de ses torts. Peut-être que si le marquis la méprisait, cela romprait la complicité et l'intimité grandissantes qui s'étaient instaurées entre eux.

— C'est moi qui ai proposé le mariage à Josiah. Je ne pouvais pas rejoindre sa cause sans me faire traiter de catin, et cela aurait compromis notre mission sacrée. Je n'avais pas froid aux yeux, et pas un instant je n'ai songé aux conséquences pour ma famille. Je ne pensais qu'à moi et à obtenir ce que je voulais.

— Paget n'était pas obligé d'accepter, Grace ! Vous étiez à peine sortie de l'enfance tandis que lui était un homme mûr !

Il n'y avait pas à s'y tromper. Lord Sheene était en colère, et elle se demanda pourquoi le sort d'une petite écervelée et de son vieil amoureux l'intéressait à ce point.

— Notre mariage n'a pas rendu Josiah heureux. La vie de famille l'empêchait de se consacrer pleinement à sa glorieuse cause, mais j'étais si dévouée, si avide d'apprendre... J'étais bien la seule ! Mon mari était absolument convaincu de travailler à la société idéale, et il s'y consacrait corps et âme. Quand il a compris qu'il ne verrait jamais le résultat de ses efforts, il est devenu amer, acariâtre. Et ses affaires étaient mauvaises, ses livres ne se vendaient pas...

Comme elle avait souffert en découvrant que son idole n'était qu'un donneur de leçons imbu de lui-même et étroit d'esprit ! Elle avait vite compris l'étendue de son erreur, mais il était trop tard pour réparer le mal qu'elle avait fait, à elle, à ses proches et à Josiah. Elle avait troqué une famille aimante pour un être prétentieux qui ne lui avait jamais pardonné d'être mieux née que lui. La perte de ses illusions et la déception de son mari avaient empoisonné chaque instant de leur vie conjugale.

— Votre père a dû être furieux quand il a appris vos intentions.

— Il était hors de lui quand il en a enfin cru ses oreilles... Il avait toujours rêvé de me voir épouser un comte, et voilà que je m'entichais d'un boutiquier sans le sou de quarante ans mon aîné, un progressiste par-dessus le marché ! Quand il a découvert que nous nous fréquentions, il m'a fait une scène terrible et il a chassé Josiah du village. Ce n'était pas difficile, il en possédait le moindre pan de mur. Josiah est allé s'établir à York et nous avons décidé de nous enfuir pour revenir ensuite demander notre pardon. Me voir désobéir à mes parents lui déplaisait. C'était un homme d'ordre, en fait, avec un grand sens de la discipline.

— Alors vous vous êtes enfuie ?

— Oui.

Comment lui expliquer l'ivresse qu'elle avait éprouvée à l'époque ? Elle avait toujours eu un caractère aventureux et rêvait de voir le monde. En fait de monde, elle s'était enfermée pendant neuf ans dans une prison à peine moins rigoureuse que celle-ci...

— J'avais toujours été la préférée de mon père, reprit-elle en repoussant ces amères réflexions. J'étais persuadée qu'il finirait par se radoucir et reconnaître quelle grande et belle âme était Josiah.

— Je doute qu'un père fortuné soit jamais bien disposé envers un prétendant pauvre, même doté d'une grande et belle âme.

— C'est ce que j'ai découvert. Josiah et moi sommes allés nous marier à Gretna Green avant de revenir pour obtenir la bénédiction familiale. Mon père m'a accordé cinq minutes pour m'informer que je n'étais plus sa fille. Ma mère et Philip n'ont même pas été autorisés à me dire au revoir.

— Quelle tristesse !

— Je l'avais bien mérité ! Comment ai-je pu faire tant de peine à ma famille ? Josiah m'avait persuadée que sa cause était plus importante que ceux qui m'aimaient. Je n'ai pas tardé à regretter ce que j'avais fait mais je n'avais plus que mes yeux pour pleurer ! conclut-elle, au bord des larmes.

Même après toutes ces années, le souvenir de cette orageuse entrevue avec son père dans la bibliothèque de Marlow Hall la bouleversait encore.

— Pendant un an, je n'ai eu de contact avec ma famille que lorsque ma mère m'envoyait de l'argent. Puis ses envois se sont brusquement arrêtés, sans doute parce que mon père en a eu vent et lui a interdit tout contact avec moi. Josiah était aussi mauvais libraire que médiocre tribun. Sans l'aide de ma mère, nous serions morts de faim.

— Vous n'avez jamais envisagé de renouer avec votre père ?

— Je pense que Josiah m'aurait battue si je l'avais fait. Il haïssait mon père et je n'ai jamais osé lui avouer que si nous arrivions à joindre les deux bouts, c'était grâce à l'argent de ma famille. Il ne lui est jamais venu à l'idée que la maigre pitance qu'il m'offrait n'aurait pas suffi à nourrir un écureuil.

— Et vous vous êtes malgré tout efforcée d'être une bonne épouse...

— J'ai essayé, et j'ai échoué, confessa-t-elle tristement.

Pour un fervent défenseur de la liberté des masses populaires, Josiah Paget avait une conception restrictive de l'autonomie dont pouvait jouir sa femme.

— Il me trouvait toujours trop vétilleuse, trop désobéissante, trop rebelle...

— Il ne vous brutalisait pas, au moins ?

— Oh, non ! Jamais.

Peut-être aurait-elle préféré des coups à ces éternelles leçons de morale, du reste.

— Comment avez-vous échoué dans une ferme ?

— La librairie a définitivement fait faillite au bout de trois ans et avec ce qui restait de l'argent de ma mère nous avons acheté un élevage de moutons.

Quand elle lui avait avoué l'aide que lui avait apportée sa famille, Josiah était entré dans une colère noire. Il avait toujours haï les Marlow et tout ce qu'ils représentaient, et avoir accepté ce qu'il considérait comme l'aumône faite par des aristocrates décadents à leurs vassaux l'avait ulcéré. Grace resterait toujours persuadée qu'il avait commencé à la détester à partir de ce moment-là.

— Et vous n'avez pas eu plus de succès ? questionna Matthew, visiblement très agacé, en brisant en petits morceaux une branche morte.

— Bien sûr que non ! Ça a été une catastrophe ! Josiah était un citadin dans l'âme. Il abhorrait la campagne et la ferme, et il m'en a beaucoup voulu de l'avoir enfermé dans ce piège. Ensuite, il est tombé malade.

Le souvenir de ces derniers mois dans cette pauvre ferme du Yorkshire lui serrait le cœur. Même à un auditeur aussi complaisant que le marquis, elle ne pouvait pas raconter la désespérance de ces mois de solitude et de misère. Il lui témoignait une compassion qu'elle méritait si peu ! Josiah avait peut-être ruiné sa vie, mais elle avait sans aucun doute gâché la sienne. Et ce n'était pas à son vieux mari qu'elle devait s'en prendre, mais à elle-même, à son aveuglement et à son entêtement, elle le savait depuis longtemps.

— Personne ne vous est venu en aide ?

— Le caractère irascible de Josiah faisait fuir les mieux disposés. Seule la femme du pasteur venait encore dans les derniers temps et uniquement pour m'aider avec la maison. Josiah n'avait jamais connu la moindre épreuve avant sa maladie, et c'était plus qu'il n'en pouvait supporter.

D'une main tremblante, elle s'essuya les yeux. Pourquoi pleurait-elle ? Elle n'avait jamais aimé son mari, cela faisait longtemps qu'elle l'avait compris, mais chaque fois qu'elle évoquait sa mémoire, elle éprouvait un chagrin mêlé de culpabilité et de regrets.

Pendant neuf ans, il avait constitué le centre de sa vie. Même si elle n'éprouvait pas d'amour pour lui, il était là et remplissait son existence. Et maintenant, elle se trouvait seule au monde.

— Et vous vous êtes retrouvée sans toit.
— Oui. Vous êtes un auditeur très attentif, milord.

Si elle continuait à s'appesantir sur ses souvenirs, elle risquait d'éclater en sanglots.

— Je vous remercie. Cela ne vient pas d'une longue pratique, vous vous en doutez.

Il en savait maintenant plus sur elle que n'importe qui d'autre, et elle ignorait si le mortel dilemme dans lequel ils se trouvaient et l'attirance qu'ils éprouvaient l'un pour l'autre s'en trouveraient changés.

— Vous regrettez de m'avoir écoutée ?
— Bien au contraire.

Matthew observait la jeune femme qui cheminait devant lui. Il savait qu'elle avait besoin d'un peu de tranquillité pour se remettre et il l'avait laissée prendre de l'avance. Et puis, il était si furieux qu'il craignait d'exploser !

Savoir que si jeune encore, elle avait enduré tant de souffrances et de malheurs le mettait en rage. Il aurait donné son âme pour apaiser son chagrin si seulement Grace Paget lui avait attaché un tant soit peu d'importance...

Il prit sur lui pour ne pas courir vers elle en la voyant porter la main à son visage. Il ne fallait pas être grand clerc pour deviner qu'elle ne pouvait plus retenir les larmes qu'elle avait refoulées si longtemps.

Comment supporter de la voir pleurer ? Chacune de ses larmes lui transperçait le cœur comme un poignard.

Dans son récit, elle s'était appliquée à se donner le plus mauvais rôle. Il voulait bien admettre qu'elle s'était comportée de façon égoïste mais elle n'avait que seize ans et elle avait payé cher le prix de son aveuglement. La rupture avec sa famille avait causé une blessure toujours à vif.

Il songea à ses propres parents, qui l'adoraient et ne l'auraient jamais chassé, quoi qu'il ait pu faire par ailleurs. Le père de Grace, lui, avait banni sa fille et lui avait infligé un exil misérable et solitaire, loin de chez elle et de ceux qu'elle aimait.

Puisse ce maudit Paget rôtir dans tous les feux de l'Enfer ! Comment un homme de cinquante ans passés pouvait-il arracher à tout ce qu'elle avait jamais connu une jeune fille à peine sortie d'une enfance très protégée ?

Grace s'était montrée discrète sur les détails de sa vie conjugale, mais il imaginait sans peine la tristesse d'une existence auprès d'un homme attaché à étouffer en elle toute velléité d'indépendance. Il imaginait sans peine le dur labeur de la ferme sans cesse recommencé, son désespoir quand elle s'était retrouvée seule, sans un sou et sans amis, et il devinait le courage avec lequel elle avait affronté ces épreuves.

Elle n'avait pas eu un mot contre son mari, mais il avait deviné la sécheresse, l'arrogance, la componction et les obsessions de ce pédant imbu de lui-même.

Et pendant neuf longues années sans joie, la malheureuse Grace, si belle, si chaleureuse, si tendre, si fragile, avait été prisonnière de ce tyran !

Il savait maintenant qu'elle était restée fidèle à ce vieil idiot sentencieux et qu'elle avait eu à cœur de tirer le meilleur parti de sa situation, dût-elle en mourir – ce qui avait bien failli arriver, à en juger par son excessive minceur.

Jamais Paget n'aurait dû l'épouser. Matthew comprenait parfaitement que son engagement passionné pour un monde meilleur devait la rendre irrésistible. Elle s'était efforcée, ces derniers jours, de masquer ses charmes et sa beauté, mais cela ne l'empêchait pas de se consumer de désir pour elle au point d'en perdre le sommeil et l'appétit. Le vieux bouquiniste, au fond de sa petite librairie poussiéreuse, était perdu d'avance...

Cet imbécile avait joui d'un trésor qu'il ne méritait pas.

Le marquis ne pouvait pas se le cacher plus longtemps. Il était jaloux, jaloux à s'en rendre malade, jaloux d'un mort ! Dans un sens, il ne valait pas mieux que ce vieil hypocrite irascible. Tous deux avaient désiré Grace, sans qu'aucun puisse la rendre heureuse.

La conclusion qu'il en tirait lui procurait cependant une allégresse grandissante : elle n'avait jamais aimé son mari...

Bien qu'il soit très tard, Grace ne dormait toujours pas. Se confier à lord Sheene l'avait épuisée, mais ce n'étaient pas les pénibles souvenirs de son désastreux mariage qui la tenaient éveillée.

Ce qui l'empêchait de trouver le repos, c'était le désir. Un désir que ces longues heures passées en compagnie de son hôte n'avaient fait qu'exacerber, à tel point que tous ses principes s'en voyaient ébranlés.

Quand elle vit la porte s'ouvrir, elle sut que son destin allait basculer. Matthew s'était arrêté sur le seuil, comme il l'avait fait la première nuit.

— Milord ? chuchota-t-elle, le cœur bondissant d'allégresse.

# 12

L'avoir tenue dans ses bras toute une nuit avait aiguisé la sensibilité exacerbée de Matthew, qui savait maintenant que son désir était partagé.
Tous les sens en éveil, le marquis hésitait à franchir le seuil. Il avait déjà affronté des adversaires autrement plus dangereux que cette ravissante brune, du moins essayait-il de s'en persuader.
Dans un froissement de draps fort agréable à ses oreilles, il entendit la jeune femme battre le briquet, et il ferma les yeux. Ce que lui révéla la lueur incertaine de la bougie lui fit tourner la tête. Seuls émergeaient de la pénombre deux yeux immenses dans le pâle ovale du visage et une longue tresse de jais qui se perdait sur sa poitrine.

— Que faites-vous ici, milord ?

Elle s'était penchée en avant, et l'échancrure de la fine chemise de soie verte glissa largement sur sa poitrine. Avant qu'elle ne se couvre, il avait eu le temps d'entrevoir l'aréole brune de ses seins.

— Il faut que nous partagions le même lit, déclara-t-il d'une voix étranglée.

Il aurait dû aborder le sujet au grand jour, mais il n'avait pas voulu troubler la délicieuse intimité que les confidences de la jeune femme avaient installée entre eux.

— Il faut convaincre Monks et Filey que nous sommes amants, exposa-t-il comme un officier dévoilant son plan de bataille à son lieutenant. Je dormirai sans vous importuner et vous n'aurez pas à craindre mes avances, je vous en donne ma parole.

— Alors, nous allons dormir avec une épée entre nous, comme Tristan et Yseult ?

— Je ne saurais pas trop quoi faire d'une épée, avoua-t-il à son tour, préférant passer sous silence le glaive qu'il sentait se dresser au bas de son ventre.

Il ne jugea pas non plus utile d'ajouter que, d'après la légende, l'épée ne s'était pas révélée d'une grande utilité.

— Cela ne servira à rien.

— Si je ne passe pas mes nuits ici, mon oncle vous tuera. Et quand je dis ici, je veux dire dans ce lit. J'avais pensé dormir par terre ou dans un fauteuil, mais il n'y a pas de verrou, et Monks et Filey peuvent parfaitement venir vérifier à n'importe quel moment. Grace, il s'agit d'une ruse pour vous sauver, rien de plus ! plaida-t-il comme elle observait un silence buté.

Sans attendre son accord, il marcha vers le lit d'un pas décidé.

— Comme vous voudrez, souffla-t-elle en se poussant pour lui faire de la place.

— Non, ce n'est pas comme je veux ! Rien n'est et n'a jamais été ainsi dans toute mon existence ! J'essaie de vous garder en vie, tout simplement, s'emporta-t-il en se débarrassant de ses chaussures et de sa chemise.

— Milord...

Pâle comme un linge, elle semblait stupéfaite.

— Ces cicatrices...

Il avait oublié son dos. Cela faisait des années que ses blessures étaient guéries et il avait travaillé d'arrache-pied à se refaire une musculature et à éliminer toute raideur.

— Je suis désolé de vous avoir imposé ce spectacle, bredouilla-t-il en cherchant sa chemise. Il vous a choquée.

— Non, absolument pas, murmura-t-elle d'une voix tremblante en posant une main apaisante sur la chair martyrisée. Dites-moi ce qui vous est arrivé.

— Un des deux médecins a voulu chasser la folie à coups de cravache, et Monks s'est fait un plaisir de continuer le traitement.

Il était incapable d'en dire plus. Jamais il n'aurait osé lui raconter comment ses gardiens le battaient quand ils n'avaient rien de mieux à faire, ni qu'à une époque ils s'amusaient à l'attacher comme un animal pour le brûler au fer rouge, même si elle pouvait lire sur son dos la trace des sévices et des humiliations qu'il avait subis.

— C'est épouvantable.

La main apaisante de Grace descendit doucement jusqu'à sa taille, comme pour guérir les brûlures du passé, allumant au passage une autre flamme, peut-être plus pernicieuse encore.

— C'est de l'histoire ancienne, maintenant.

Cela avait beau être vrai, ces vieilles lésions le torturaient toujours, comme si on les lui avait infligées la veille.

— Je ne voulais pas être indiscrète, s'excusa-t-elle en retirant sa main.

— Il me semble que nous avons suffisamment de difficultés en ce moment pour ne pas nous occuper en plus de celles du passé.

— Vous avez déjà tellement enduré, et je ne vous apporte que des ennuis supplémentaires, s'attrista-t-elle. Vous devez m'en vouloir.

— Vous savez bien que non !

Son cœur se serra en voyant les larmes perler au bord des longs cils de la jeune femme. Quel rustre maladroit il faisait ! Et s'il tentait de la consoler, il ne répondait plus de lui !

Il sentait la chaleur de son corps à travers les draps, et il mourait d'envie de la prendre dans ses bras et d'envoyer au diable lord John, Monks, Filey et le monde entier.

Il ne pouvait cependant pas rendre les armes, quoi qu'il lui en coûte.

Tout doucement, sans la regarder, il s'allongea à ses côtés en remontant bien le drap pour cacher le caleçon qu'il avait gardé et s'absorba dans la contemplation du plafond tandis qu'une flamme brûlante taraudait ses reins.

La nuit promettait d'être longue.

Même de profil, Grace voyait bien sur son visage la frustration et le mécontentement du marquis. Elle aurait voulu caresser ce front soucieux et apaiser le tumulte de cet esprit tourmenté, embrasser chacune des cicatrices qui marbraient sa chair, prendre à son compte toutes les souffrances qu'il avait endurées et lui en épargner de nouvelles.

— N'éteignez pas, l'arrêta lord Sheene comme elle s'apprêtait à souffler la chandelle.

Elle s'efforça donc de se comporter comme si de rien n'était. Pendant neuf ans, elle avait partagé le lit de Josiah, chastement la plupart du temps. Elle était donc habituée à dormir aux côtés d'un homme sans s'attendre à ce qu'il fasse valoir ses droits. Où était la différence ?

La différence, c'était qu'elle avait envie de lui.

Même quand celui qui allait devenir son mari lui apparaissait comme l'homme le plus intéressant du monde, jamais il ne l'avait attirée charnellement.

Tandis qu'elle désirait lord Sheene de toutes ses forces...

Jamais auparavant elle n'avait connu les affres du désir sexuel et l'ironie du sort voulait qu'elle l'éprouve pour la première fois alors qu'il lui était impossible de le satisfaire.

Son cœur bondit dans sa poitrine en se rappelant le marquis tel qu'il lui était apparu dans l'encadrement de la porte, sa chemise blanche ouverte sur sa poitrine. Elle savait maintenant qu'il avait la peau douce, les muscles longs et déliés. Elle connaissait mieux son corps qu'elle n'avait jamais connu celui de son mari.

— Je suis désolé que ma présence vous dérange, intervint-il sans la regarder.

S'il avait pu deviner à quel point !

— Vous êtes ici pour mon bien, rétorqua-t-elle en admirant ce profil de médaille, ce nez aquilin, cette bouche sensuelle.

Comme elle aurait voulu sentir cette bouche sur la sienne, sur son visage, sur tout son corps...

Les yeux clos, lord Sheene gardait le silence. Sans doute avait-il fini par s'endormir. Grace, quant à elle, ne put fermer l'œil jusqu'aux premières lueurs de l'aube.

Le bruit d'un pas lourd dans l'escalier réveilla le marquis, qui eut tout juste le temps de couvrir Grace avant que Monks n'apparaisse sur le seuil.

Matthew passa un bras protecteur autour des épaules de sa compagne.

— Qu'est-ce que cela signifie ?

Il avait dû la prendre dans ses bras sans s'en rendre compte au cours de la nuit.

— Je vous demande pardon, milord, grasseya la canaille avec un clin d'œil salace en se démanchant le cou pour apercevoir Grace. Je me suis inquiété quand je vous ai pas vu en bas.

— Eh bien, maintenant que vous êtes rassuré, débarrassez-moi le plancher ! gronda Matthew en serrant contre lui Grace qui commençait à s'agiter contre sa poitrine.

— Pour sûr, milord ! Je savais bien que vous réussiriez à lui faire écarter les jambes, à cette putain. Elle en valait la peine, au moins ? Chaude comme la braise, ou froide comme un hareng ?

— Un de ces jours, je vous tuerai, Monks !

— Ah ça, Votre Seigneurie peut toujours rêver, ça mange pas de pain, comme disait ma pauvre mère !

— Sortez !

— Vous voulez remettre le couvert ? Je vous comprends. Amusez-vous bien !

— Qu'on ne nous dérange pas ! exigea Matthew.

— La petite pute fait la timide ? coassa la fripouille en le défiant de ses petits yeux porcins. Enfin, si elle vous distrait, on n'en demande pas plus ! On prendra notre tour, Filey et moi, quand milord en aura assez.

— Si vous touchez à un seul cheveu de sa tête, vous le paierez cher !

— N'importe quel coq se prend pour un aigle après sa première tringlette, mais ça lui donne pas une once de cervelle en plus ! En tout cas, je vous souhaite une bonne journée, milord ! ajouta le grossier personnage sans même prendre la peine de dissimuler son hilarité.

Matthew dut faire appel à toute sa volonté pour contenir sa colère tandis qu'à ses côtés, Grace se pelotonnait en tremblant sous les couvertures. C'est seulement en entendant claquer la porte du jardin qu'elle consentit enfin à sortir de sa cachette.

Sa poitrine se soulevait au rythme de sa respiration hachée et Matthew, à qui la colère avait fait oublier le désir qui le consumait, sentit celui-ci revenir avec plus de force que jamais.

— C'était affreux ! Je ne pourrai pas en supporter davantage ! s'exclama Grace en bondissant vers ses vêtements.

— Mais si, vous le pourrez.

— Certainement pas !

Elle se mit à arpenter la pièce de long en large, la soie légère de sa robe flottant autour de son corps mince, se plaquant contre ses cuisses et sa poitrine, s'enroulant à ses hanches avec une fluidité qui rappela au jeune homme le ressac de la mer.

Cela faisait onze ans qu'il n'avait pas vu la mer, mais il gardait un souvenir plein de nostalgie de l'incessant mouvement dont il ne se lassait jamais, tout comme il ne pouvait pas détacher les yeux de la jeune femme qui faisait les cent pas comme une lionne en cage.

— Je refuse de voir ce porc saliver en rêvant à ce qu'il croit que vous et moi faisons dans ce lit ! s'indigna-t-elle en se retournant si brusquement que sa tresse battit l'air comme la queue d'une tigresse en furie.

— Qu'importent ses rêves, du moment qu'il nous croit amants.

— Je ne peux pas le supporter !

Encore un autre tour, un autre tourbillon de soie verte... Cette fois-ci, il l'attrapa au vol pour l'obliger à s'arrêter.

— Quelques insultes et insinuations d'un individu comme Monks, ce n'est pas cher payer votre sécurité...

Lui aussi était en colère. Les sous-entendus graveleux de Monks l'avaient révolté et l'incessant va-et-vient de la jeune femme ne faisait qu'ajouter à ses frustrations. Si elle ne se calmait pas, il était capable de la renverser sur le lit et de jeter son honneur par-dessus les moulins.

— Je ne sais pas comment vous pouvez souffrir de vivre ici !

— Figurez-vous que je n'ai pas le choix ! Nous nous retrouverons pour le petit déjeuner. Il faut que nous passions la journée ensemble, expliqua-t-il en prenant des vêtements propres dans une commode.

— Pour Monks et Filey ! ajouta-t-elle dans son dos.

« Pour moi », aurait-il corrigé s'il avait eu deux sous de courage.

Grace abandonna un instant le massif de roses qu'elle venait de débarrasser de ses mauvaises herbes. Lord Sheene l'observait et son regard mordoré la brûlait comme un fer rouge.

Toute la journée il l'avait observée, à la dérobée tout d'abord, puis sans plus se donner la peine de dissimuler son intérêt. Debout devant son établi, il rempotait ce qui ressemblait à une brindille morte mais ne portait qu'une attention extrêmement ténue à sa tâche.

En rougissant, elle suivit la direction de son regard jusqu'à son décolleté outrageusement échancré.

Peut-être n'aurait-elle pas dû choisir cette robe mais elle n'avait pas eu le temps d'en retoucher plus de deux et Mme Filey les avait emportées pour les nettoyer. Elle s'apprêtait à remonter l'encolure quand elle laissa retomber sa main, émue par la tristesse qu'elle lisait sur son visage, au-delà de l'attirance sensuelle qu'elle lui inspirait.

Son oncle lui avait tout pris, jusqu'à la possibilité d'admirer une jolie femme, songea-t-elle. Or la seule qu'il puisse admirer, c'était justement elle, et elle ne se sentait pas le cœur de lui refuser ce plaisir.

Une femme convenable n'aurait pas aguiché un homme comme lui, et Josiah aurait désapprouvé sa conduite. Mais Josiah était mort et elle était bien vivante, en proie à une ivresse sensuelle que son mari ne lui avait jamais procurée et qu'elle n'aurait jamais imaginé ressentir un jour.

Que lord Sheene la regarde lui plaisait beaucoup, elle devait bien se l'avouer.

Elle se redressa pour révéler sa poitrine. Elle l'aurait souhaitée plus opulente mais ce qu'elle avait paraissait satisfaire pleinement le marquis, car elle vit une petite veine battre à sa tempe. Grace était certaine que, derrière son établi, son sexe s'était durci.

— Vous parliez de la réforme parlementaire, rappela-t-elle d'une voix étranglée.

— Ah oui ?

Le marquis, malgré sa réclusion, était étonnamment bien informé, beaucoup mieux qu'elle à bien des égards.

— Oui, c'est vrai...

Elle attendit qu'il poursuive, mais il garda le silence, sans cesser de dévorer du regard les courbes qu'elle exposait avec ostentation, comme une fille des rues aguichant le chaland.

Ses tétons pointaient orgueilleusement sous le mince tissu et elle savait qu'il l'avait remarqué, ce qui ne l'empêcha pas de continuer ses manœuvres de séduction.

Il eut un mouvement dans sa direction. Allait-il la rejoindre et la prendre enfin dans ses bras ?

La main de Matthew heurta le pot de fleurs, qui alla s'écraser sur le dallage.

— Je suis désolée ! se lamenta Grace en se précipitant pour l'aider.

Cela lui apprendrait à jouer à des jeux dangereux, surtout dans une situation aussi délicate. Mais elle était si heureuse qu'il la regarde avec une telle passion, comme si sa vie en dépendait...

— Ce n'est pas votre faute.

Le marquis s'était agenouillé pour ramasser les débris et elle constata avec un étonnement coupable que ses mains tremblaient.

— Mais si...

Elle avait eu tort de le tourmenter, et elle se reprochait d'y avoir pris plaisir.

Elle s'agenouilla à ses côtés et, lorsque leurs doigts se touchèrent, elle eut l'impression que la foudre la frappait. Le cœur battant à tout rompre, elle voulut retirer sa main, mais déjà il l'avait arrêtée.

— Grace...

En la serrant à la briser, il posa la main de la jeune femme sur sa poitrine. Elle sentait le cœur de Matthew palpiter furieusement sous ses doigts, elle sentait la chaleur de sa chair enfiévrée.

C'était cette chaleur qu'elle désirait. Elle voulait s'en envelopper, s'y perdre, s'y consumer. Quelques centimètres à peine les séparaient l'un de l'autre, quelques centimètres qu'un pas aurait suffi à combler. Une vague de désir brûlant inonda son ventre.

Lord Sheene lâcha la main de Grace et se releva avec une brusquerie qui la laissa interdite. Il lui tournait le dos maintenant, le souffle court, les épaules contractées comme s'il cherchait à reprendre le contrôle de lui-même.

Sa compagne, elle aussi, avait besoin d'un moment pour recouvrer ses esprits.

Devait-elle s'abandonner au tourbillon qui menaçait de les emporter ? Était-elle prête à sauter le pas et à en assumer ensuite toutes les conséquences ?

Son cœur l'y encourageait, mais elle hésitait. Pendant les neuf années de son malheureux mariage, elle avait toujours préservé sa réputation avec l'ardeur d'un avare veillant sur ses économies. Était-elle prête à y renoncer ?

— Je vais faire une promenade avec Wolfram, annonça-t-elle lâchement.

Si elle restait une minute de plus dans cette cour, elle risquait de faire un geste irrévocable et de réaliser la prophétie de son père.

Le marquis ne se retourna même pas.

— Viens, Wolfram !

Le chien s'étira, puis la rejoignit en deux bonds.

Cela faisait des heures que Grace marchait dans le sous-bois. Il y avait longtemps qu'elle aurait dû rejoindre le marquis, mais elle ne pouvait plus endurer la tension qui régnait entre eux.

Assaillie par des sentiments contradictoires, elle ne savait plus où elle en était...

— Mon pauvre Wolfram, je ne sais plus quoi faire ! gémit-elle pendant que le grand chien lui léchait le bout des doigts en se demandant visiblement la raison de cette halte incongrue.

Elle était si fatiguée...

Fatiguée d'avoir peur, fatiguée de se battre, fatiguée d'étouffer tous ses désirs... Elle avait désiré le marquis la première fois qu'elle l'avait aperçu, elle s'en rendait compte maintenant, mais depuis qu'elle l'avait embrassé, qu'elle l'avait caressé, qu'elle avait pris conscience de cette passion, il était bien plus difficile de refouler ses appétits.

Les menaces de lord John ne constituaient plus un danger aussi alarmant maintenant que le marquis partageait son lit, et maintenant que cette angoisse devenait moins pressante, la peur de succomber à la tentation l'emportait. Ni les conseils de prudence, ni le rappel à la morale, ni même le souci de sa sécurité ne pouvaient étouffer le désir qui la rongeait.

Découragée, elle se laissa tomber sur l'herbe fraîche et ferma les yeux. Monks et Filey ne feraient pas leur ronde avant longtemps, et elle pouvait bien s'accorder un instant de répit avant de retourner affronter son cruel dilemme.

Grace souleva les hanches pour venir à la rencontre de lord Sheene qui allait et venait en elle avec une ardeur grandissante. Jamais elle n'avait connu une telle félicité...

— Encore, gémit-elle.

Son corps athlétique était lourd et chaud sur le sien, et c'était un délice. Il murmura son nom à son oreille, une fois, puis encore une...

Et elle ouvrit les yeux.

Le marquis était là, debout à côté d'elle.

Elle avait donc rêvé et ce bonheur indicible n'avait existé que dans son imagination ! Pour un peu, elle en aurait crié de dépit. Ce rêve était tellement explicite, tellement fou, tellement osé que le rouge lui monta aux joues.

Ses seins appelaient les caresses de ses mains et de sa bouche, tandis qu'une embarrassante humidité inondait ses cuisses.

— Grace ? Il est tard. Venez avant que Monks ou Filey ne vous trouve.

Encore étourdie, elle contemplait l'homme penché sur elle. Elle le désirait tant que tout son corps palpitait.

Revenant à la réalité, elle constata que les ombres s'allongeaient. Elle avait dû dormir plusieurs heures sous les branches des grands arbres.

Et rêver que lord Sheene lui faisait l'amour...

Dans ce songe, elle se montrait plus qu'accueillante. Bien plus accueillante qu'elle ne l'avait jamais été avec son mari...

Elle saisit la main que le marquis lui tendait pour l'aider à se relever, mais ses jambes se dérobèrent sous elle et elle trébucha.

En étouffant un juron, il la retint de justesse et l'attira contre lui. Elle eut tout juste le temps de sentir confusément la force et la douce chaleur de son corps avant que la bouche de Matthew ne s'abatte sur la sienne.

# 13

Les lèvres de Grace s'écrasèrent contre ses dents. Les doigts du marquis serraient ses bras à les briser et elle sentait contre sa poitrine les battements désordonnés de son cœur.

Paralysée de stupeur, elle laissa échapper un gémissement que lord Sheene prit pour une plainte, car il la lâcha brusquement.

— Quelle brute !

C'était de lui qu'il parlait, il n'y avait aucun doute à avoir. Il s'en voulait, alors qu'il n'avait aucune raison de se sentir coupable. C'était elle qui l'avait provoqué avec sa façon de l'aguicher sans vergogne.

— C'est ma faute, avança-t-elle d'une voix timide, les lèvres encore meurtries.

— Bien sûr que non ! s'insurgea-t-il. Nous savons parfaitement à quoi nous en tenir, l'un comme l'autre. J'ai envie de vous depuis le moment où je vous ai vue attachée sur cette table comme une victime prête pour le sacrifice.

Oui, elle savait qu'il la désirait, et ce désir avait éveillé en elle des appétits impérieux qu'elle ne se connaissait pas et qu'elle trouvait de plus en plus difficile d'oublier. Une fièvre dévorante les consumait tous les deux mais ils ne pouvaient pas s'y abandonner, au risque de s'y anéantir.

Elle ne le savait que trop, mais elle ne pouvait ignorer l'ardeur qui enflammait ses veines quand elle l'imaginait l'embrassant à nouveau.

Finalement, elle n'était plus qu'une femme perdue...

— Vous avez froid, dit-il en la voyant frissonner. Rentrons !

Il lui offrit le bras comme il l'aurait fait pour une promenade dans Mayfair et ce geste rappela encore une fois à la jeune femme la vie qu'il aurait dû mener. Comme toujours, cette pensée l'emplit de colère contre lord John et de compassion pour le marquis.

— Grace ? Vous préférez peut-être rester seule ?
— Non, pas du tout.

Il tremblait comme une feuille quand elle lui prit le bras et le voir se départir de son calme habituel la troubla profondément.

Les lèvres de Grace réclamaient les siennes, et le regret lui nouait la gorge. Comme ce baiser trop tôt interrompu était doux, et comme elle aurait voulu qu'il ne cesse jamais !

Elle connaissait assez bien le marquis, maintenant, pour savoir que la force d'âme qui le caractérisait cachait un tempérament plein de sollicitude et de tendresse. C'était cette tendresse à laquelle elle aspirait, même si les baisers qu'il lui avait donnés avaient tous été rapides, froids, presque brutaux.

Elle dut rassembler tout son courage pour parvenir à articuler :

— Pourquoi m'avez-vous embrassée de cette façon ?

— Je vous l'ai déjà dit, inutile de nous appesantir là-dessus. À moins que m'humilier vous divertisse.

De quoi, et contre quoi, se défendait-il maintenant ?
— Pourquoi vous êtes-vous montré si brutal ?
— Je vous ai déjà présenté mes excuses. Que voulez-vous de plus ? Que je me répande des cendres sur la tête ? J'y suis prêt, si vous y tenez tant !
— Vous m'avez parfaitement comprise.
— Vous êtes la première femme que je rencontre depuis l'âge de quatorze ans. Vous pouvez en tirer les conclusions qui s'imposent. Maintenant, pour l'amour du ciel, restons-en là !

Comment ne l'avait-elle pas deviné ? Il sortait à peine de l'enfance quand il était tombé malade et depuis, son tuteur le retenait prisonnier. De jour en jour, elle mesurait mieux tout ce que lord John lui avait volé.

— Riez autant que vous voudrez, je vous en prie ! J'ai vingt-cinq ans et avant de vous rencontrer, je n'avais jamais touché une femme dans un geste d'amour. Mon oncle devrait m'exhiber comme une des curiosités de l'époque.

Il ne tenait qu'à elle de changer cela…
— Ce n'est pas difficile d'apprendre à embrasser.
— Peut-être. À condition d'en avoir l'occasion.
— Eh bien, je vous offre cette opportunité !

Le regard mordoré du marquis avait viré au bronze. Les derniers rayons du soleil filtrant à travers le feuillage allumaient des reflets sombres dans sa chevelure d'ébène et il était beau comme un ange déchu.

— Vous en êtes certaine, Grace ?
Elle en était rien moins que certaine, mais il était trop tard pour reculer.
— Une femme aime qu'on la traite avec douceur, milord.
— Je ferai preuve de douceur, dans ce cas.

Il n'y avait plus trace de rudesse lorsqu'il lui prit le visage entre ses mains, lentement, si lentement, que le cœur de la jeune femme manqua un battement lorsqu'il posa ses lèvres sur les siennes.

C'était un geste d'une douceur poignante...

... Mais c'était déjà fini.

Les préoccupations qu'exprimait son regard étaient celles d'un adulte, même si son baiser était celui d'un adolescent. Elle ne sut jamais ce qu'il avait lu sur son visage, mais il n'hésita pas un seul instant.

Cette fois-ci, il prit le temps de s'attarder, de goûter, de découvrir, de savourer. C'était étonnant de constater à quel point il avait vite appris à maîtriser les premiers rudiments. Ses dents agacèrent la bouche de sa partenaire, puis son baiser se fit plus insistant et les lèvres de Grace s'entrouvrirent sous la délicieuse invite.

Elle sentit tout à coup la langue de Matthew taquiner la sienne. Ni les quelques baisers volés dans le parc de Marlow Hall pendant son adolescence ni les années passées avec Josiah ne l'avaient préparée à cette chaude intimité.

C'était une sensation entièrement nouvelle, enivrante, étourdissante, effrayante aussi.

— Grace ?

Il l'avait relâchée quand elle avait gémi, mais il ne s'était pas écarté. Les arômes de cuir, d'ambre et de citron de son parfum viril enveloppèrent la jeune femme.

Elle leva une main incertaine pour calmer le tumulte de ses sentiments. Comment un homme inexpérimenté pouvait-il lui faire éprouver des sensations qu'elle n'avait jusqu'alors jamais soupçonnées ?

— Je crois que vous surestimez mon expérience. Josiah n'était pas très... démonstratif sur le plan physique.

— Je vois.

Si elle devait le guider dans l'apprentissage des préliminaires à l'amour, il devait savoir qu'elle aussi était novice dans bien des domaines.

— Nous sommes à égalité, dans ce cas.

Comme toujours, le sourire qu'il lui adressa fit chavirer le cœur de la jeune femme. Comment y résister ? Comment résister à un homme qui la prenait dans ses bras avec une telle fougue ?

Jamais elle n'avait éprouvé sa force d'aussi près. Dans ces bras athlétiques, contre cette poitrine virile, elle se sentait en sécurité. Quand il l'approchait, Josiah lui donnait toujours l'impression que sa féminité constituait un secret honteux. Il avait suffi d'un seul baiser du marquis pour qu'elle se sente la femme la plus belle et la plus désirée au monde.

— Milord ?

— Matthew, corrigea-t-il.

— Matthew...

Comme ce nom était facile à prononcer ! Lisse comme la soie, doux comme le miel.

— C'est très bien. Et ce sera encore mieux si vous me prenez dans vos bras, vous aussi.

— Nous sommes allés suffisamment loin, mi... Matthew. Il est temps de nous arrêter.

— Pas question ! décréta-t-il avec toute la hauteur convenant à un homme aussi important que le marquis de Sheene.

Sa bouche se posa sur celle de sa compagne qui, prise au dépourvu, s'abandonna à sa passion.

Ce n'était plus le baiser d'un débutant. Cet homme savait ce qu'il voulait et comment l'obtenir, et devant cette force impérieuse, elle rendit les armes sans combattre.

Un petit démon longtemps prisonnier au plus profond d'elle-même s'anima alors, et lui fit rendre à Matthew ses baisers avec une ardeur égale. Ses bras l'étreignirent aussi étroitement, ses mains le caressèrent avec la même tendresse. Il avait le goût des plaisirs interdits, le goût du désir, de la passion et de l'extase.

Jamais Grace n'avait connu pareilles sensations. Ses seins durcis réclamaient les caresses et du fond de ses reins montait un désir sauvage que lui seul pouvait apaiser.

Comment quelques baisers avaient-ils pu provoquer pareil maelström ?

À la vérité, ce n'étaient pas ces baisers qui avaient fait naître le besoin brûlant qui la consumait depuis leur rencontre ; ils n'avaient fait que l'attiser mais, maintenant qu'elle s'y était abandonnée, le déshonneur la guettait.

— Grace ! Embrasse-moi encore, implora le marquis avec un sourire triomphant.

Et malgré tous ses principes, elle ne se fit pas prier.

Ce dont Matthew avait tant rêvé au cours de toutes ces nuits sans sommeil arrivait enfin. Il tenait Grace dans ses bras, et elle partageait sa passion, elle répondait à ses caresses. Pour conjurer un destin contraire qui risquait de la lui enlever, il l'attira plus près encore pour agacer sa bouche de petits baisers taquins.

Elle avait un goût de paradis…

Deux nuits plus tôt, elle lui avait fait entrevoir les délices dont elle avait le secret mais jamais il n'aurait deviné les trésors qui l'attendaient quand plus rien ne la retenait.

Jamais il n'aurait imaginé qu'un baiser puisse être aussi exaltant, comme si, dès que leurs bouches se touchaient, leurs deux âmes ne faisaient plus qu'une.

D'instinct, il glissa la langue entre les lèvres de sa compagne. Quand il aspira son souffle enivrant, il perdit la tête et ce baiser lui ouvrit la voie vers d'autres plaisirs qu'il n'avait pas le droit de goûter.

Le regard perdu, les lèvres humides et gonflées, Grace, d'ordinaire si pâle, avait le rouge aux joues. À ce spectacle, son membre dressé exigea plus douloureusement encore qu'il la renverse sur l'herbe où il l'avait trouvée endormie.

Hélas, il n'en avait pas le droit.

S'il ne la libérait pas tout de suite, il ne pourrait jamais la lâcher.

Lentement, à contrecœur, alors que chaque fibre de son corps lui criait d'aller plus loin, il s'écarta.

Aussitôt, elle vacilla, et il dut la rattraper pour l'empêcher de tomber. Il lui fallut un effort de volonté surhumain pour ne pas prendre à nouveau sa bouche et oublier le monde entier.

Elle le contemplait en silence, des étoiles au fond des yeux, comme si le monde commençait et finissait avec cet instant.

— Grace ? Vous vous sentez bien ? Grace ?

Elle leva les yeux tandis qu'elle tentait de recouvrer ses esprits. Dieu seul savait ce qu'elle voyait. Un pauvre fou ? Une brute égoïste ? Un puceau ridicule ? Un homme attirant qu'elle voulait dans son lit ?

— Nous avons commis une erreur, murmura-t-elle d'une voix éteinte.

— Une enivrante erreur…

— Effectivement.

À cet aveu, le cœur de Matthew s'emballa une nouvelle fois. L'emprise de sa main se fit caresse sur les bras de la jeune femme qui ferma les yeux et s'approcha de lui.

N'y tenant plus, il oublia ses principes et plongea les doigts dans la somptueuse chevelure de jais... Au moment où leurs bouches se joignirent, il sentit le cœur de sa partenaire s'emballer contre sa poitrine.

Il la désirait.

Il la désirait plus que tout, mais il ne pourrait jamais la posséder. Il n'avait pas le droit de faire d'elle sa maîtresse.

— Il n'a jamais été question d'autre chose que d'un baiser, murmura Grace tandis qu'il s'arrachait à ses bras.

— Une leçon, en quelque sorte.

Elle faisait bien de lui rappeler comment tout ceci avait commencé. Il n'avait aucune raison de lui en vouloir. Les baisers de sa compagne lui avaient offert un aperçu du paradis – un paradis qui lui était à jamais interdit.

— Vous avez obtenu votre diplôme avec les honneurs, remarqua-t-elle en souriant.

— Oui, mais au mépris de l'honneur au singulier...

Elle avait pris plaisir à l'embrasser. Si seulement elle pouvait éprouver pour lui ne serait-ce que le dixième du désir qu'il éprouvait pour elle !

— L'honneur ? Je ne vous crois pas capable de le bafouer d'une quelconque manière.

Lui s'en croyait parfaitement capable. Il n'aurait eu aucune difficulté à la renverser sur l'herbe ou à l'acculer contre un arbre pour faire ce à quoi il aspirait plus que tout, ou encore à l'entraîner vers la maison pour les protéger des regards indiscrets.

Aucune considération d'honneur ne viendrait l'arrêter, à ce moment-là. Seul compterait le plaisir.

La honte viendrait bien assez tôt.

C'était au plaisir, et au plaisir seul, qu'il pensait en admirant le gracieux balancement de ses hanches pendant qu'elle descendait le sentier vers la maison.

L'humeur de Matthew s'était rembrunie quand arriva l'heure du dîner. Leur baiser avait été un enchantement. Jamais rien de plus beau ne lui était arrivé, jamais il n'avait connu un tel bonheur. Maintenant qu'il connaissait la douceur de sa chair et qu'il avait entendu ses soupirs de plaisir, comment pourrait-il vivre sans recommencer ?

Mais s'il recommençait une seule fois, il ne pourrait pas s'en tenir à un baiser.

Et il lui fallait encore passer une chaste nuit à ses côtés. Quelle frustration !

Grace se tourna vers lui quand il entra dans le salon et il dut se retenir pour ne pas courir vers elle et la prendre dans ses bras. Pourtant, il lui fallait oublier l'ivresse de l'après-midi. C'était sa protection qu'elle demandait, elle n'avait que faire de sa passion.

Bien entendu, oublier était plus facile à dire qu'à faire. Quel besoin avait-elle d'être aussi belle ?

— Lord Sheene ?
— Vous m'appeliez Matthew cet après-midi.
— Matthew...
— Grace... Vous avez faim ?
— Oui, souffla-t-elle.

Il ne s'attendait pas à la trouver mal à l'aise. Elle était veuve et avait déjà connu un homme, après tout. À moins que ce vieux barbon de Paget ne se soit montré aussi incompétent dans ce domaine que dans les autres.

Elle portait une robe de soie bleue très décolletée, comme toutes celles qu'elle avait trouvées ici, et elle rougit quand le regard du marquis s'attarda sur le creux de ses seins.

— Je vous en prie, dites quelque chose, même si c'est pour parler de la pluie et du beau temps !

— Je pense qu'il va pleuvoir, remarqua-t-il obligeamment.

Comme pour souligner la vacuité de ses paroles, une bourrasque de pluie s'abattit sur les vitres. Il n'avait d'yeux que pour Grace, la délicatesse de son teint, la douceur de sa bouche et la souplesse de sa silhouette, et n'avait même pas remarqué l'averse qui faisait rage au-dehors.

La jeune femme picorait dans son assiette. Si délicieux soit-il, ce n'était pas ce dîner qui pouvait apaiser la faim qui la tenaillait. Seul l'homme assis en face d'elle le pouvait. Pour le moment, il faisait des efforts méritoires pour animer la conversation, tout en s'appliquant à ne pas la dévorer du regard.

Jamais elle n'avait soupçonné pareil tourbillon de désir, cette soif lancinante qui brûlait sa gorge et qui la laissait désarmée.

Elle admirait l'intelligence, la ténacité et le courage de lord Sheene, mais ce qu'elle désirait par-dessus tout, c'était le contact de sa chair sur la sienne, la douceur de sa bouche et les battements désordonnés de son cœur sous sa main.

Elle n'avait jamais compris comment certaines femmes pouvaient sacrifier leur sécurité, leur réputation et leur avenir à la passion. Cette ivresse physique qui emportait tout lui avait toujours semblé aussi illusoire que la belle âme de Josiah.

Mais maintenant, elle comprenait ce qu'était la véritable passion, ou du moins son merveilleux prélude.

Elle leva les yeux et croisa le regard de feu du marquis qui l'observait comme un naufragé regarde la terre. Il n'essayait plus de cacher son intérêt, ce qui ne faisait qu'attiser son propre désir.

Comment avait-elle pu s'imaginer qu'il ne la voulait pas ? Elle se rendait compte maintenant qu'ils s'étaient toujours désirés. Un désir mêlé de crainte chez elle, tempéré par la méfiance chez lui.

Or, si la méfiance du marquis était tombée, ses craintes à elle n'avaient fait que croître.

Grace Marlow avait reçu une éducation accomplie mais stricte, et Grace Paget n'avait jamais trompé son mari. Elle n'en avait même jamais eu la tentation.

Et voilà que, cinq semaines à peine après avoir perdu son époux, elle ne pensait plus qu'à satisfaire un penchant coupable pour un homme qu'elle connaissait à peine ! Elle ne rêvait que de se donner tout entière au marquis, de le voir la posséder. Elle avait enduré les étreintes occasionnelles de Josiah sans se plaindre mais sans jamais y trouver le moindre plaisir, et elle avait du mal à se persuader que, si elle cédait à l'élan qui la poussait vers lord Sheene, elle ne serait pas déçue.

Pourquoi en irait-il autrement avec lui ?

C'était un homme. Il prendrait son plaisir avec elle avant de s'abîmer dans un sommeil bruyant.

Cependant, l'agilité de ses mains sur son corps, le parfum enivrant de sa chair et le goût délicieux de sa bouche, toutes choses qu'elle n'aurait jamais soupçonnées quelques jours, quelques heures plus tôt, lui laissaient entrevoir des délices jusqu'ici inconnus.

Matthew était jeune, tandis que Josiah avait passé la cinquantaine…

Et il n'avait jamais connu d'autre femme avant elle. Puisqu'elle l'avait éveillé à la passion, peut-être pouvait-elle lui apprendre le plaisir ? Mais comment lui apprendre ce qu'elle ignorait elle-même ? En imaginant le long corps si beau du marquis sur elle, en elle, elle se sentit défaillir et se leva, pâle comme un linge.

— Vous ne vous sentez pas bien ? s'inquiéta lord Sheene en se levant à son tour.

— Si, si. Je suis fatiguée, assura-t-elle avant de quitter précipitamment la pièce.

Couchée aux côtés de Matthew dans l'intimité silencieuse de la chambre, Grace observait une immobilité de statue. Il avait gardé ses vêtements, et elle comprenait pourquoi. Le souvenir de leurs baisers les hantait tous deux.

— Nous avons eu tort de nous embrasser, intervint-elle enfin.

— Non.

Elle attendit qu'il poursuive, en vain.

En elle, la détresse et le remords le disputaient au désir. Elle avait déjà dévoilé à Matthew plus qu'à aucun autre homme, y compris Josiah, mais ce n'était pas encore assez. Tôt ou tard, il lui faudrait s'abandonner complètement, elle le savait. Une larme roula sur sa joue.

— Oh, mon cœur !

Si elle avait espéré profiter de l'obscurité pour dissimuler ses pleurs, elle s'était trompée. Rien n'échappait à son hôte.

— Cela ne sert à rien de pleurer, avoua-t-elle.

— Parfois, on n'a pas le choix...

Il l'attira contre lui et la nicha au creux de son épaule, où elle enfouit le visage pour mieux sangloter. Personne ne l'avait aidée, personne ne lui avait donné la moindre tendresse depuis l'adolescence.

Cela faisait des années qu'elle se battait seule contre un monde hostile.

Elle pleura sur l'écervelée de seize ans qu'elle avait été, elle pleura sur Josiah qui n'avait jamais trouvé le bonheur, elle pleura sur le beau marquis qui perdait sa jeunesse dans une prison dorée, abandonné de tous.

Elle pleura aussi sur Grace Paget qui, après neuf ans de mariage, découvrait enfin le désir, sur Grace Paget qu'on avait prise pour une catin et qui s'apprêtait maintenant à en devenir une.

— Je suis désolée !

— Il m'est arrivé de gémir comme un chien perdu, moi aussi. Vous n'allez pas vous excuser pour quelques larmes !

Quelle gentillesse, et quel courage ! Comment il avait gardé intactes ces qualités dans l'enfer qu'il endurait depuis si longtemps, elle se le demandait. À sentir sous ses mains la puissante poitrine de Matthew, tous ses appétits renaissaient, plus forts que jamais.

À contrecœur, elle tenta de se dégager, mais il l'en empêcha.

— Restez !

La passion contenue qui résonnait dans sa voix n'était que l'écho de son propre désir et elle lui obéit sans discussion.

Le silence s'installa entre eux, lourd comme du plomb. Il leur fallait trouver une solution. S'ils continuaient à se consumer l'un pour l'autre, ils finiraient par étouffer.

Le marquis finit par s'endormir, tandis que Grace se repassait les différents épisodes de son passé.

Les souvenirs de l'enfant et de l'adolescente choyées, puis de l'épouse déçue, et enfin de la veuve sans le sou lui revinrent en mémoire. Le moment le plus cruel de sa vie était certainement celui où son père l'avait chassée et vouée au déshonneur. Elle s'était juré alors que jamais sa malédiction ne se réaliserait. Des souvenirs plus récents venaient s'ajouter à ceux de l'adolescence, ceux d'un dément qui l'avait tout d'abord effrayée et qui l'avait sauvée ensuite, avant de lui laisser entrevoir le septième ciel avec ses baisers.

Au cours de toutes ces années de malheur, elle n'avait eu pour soutien que son honneur et sa réputation sans tache. Eux seuls lui avaient permis de garder la tête haute, et voilà qu'elle s'apprêtait à renoncer à cette réputation, à abdiquer cet honneur si précieux, et qu'étrangement elle n'en éprouvait pas le moindre regret.

Au cours des longues heures de cette nuit sans sommeil, elle eut tout le temps de dire adieu à la femme qu'elle avait toujours été, et de souhaiter la bienvenue à celle qu'elle allait devenir.

Dès le lendemain soir...

# 14

C'est avec un mélange d'appréhension et d'excitation que Grace attendait Matthew. Pendant le dîner comme pendant le reste de la journée, elle avait délibérément évité les sujets épineux.

Il était tard, minuit approchait, et tout était calme dans la maison. Après l'avoir laissé déguster son porto, elle s'était précipitée à l'étage, les nerfs et le désir à fleur de peau.

« Je le veux, je le veux, je le veux », chantonnait son cœur sur un rythme endiablé.

Vêtue de sa plus belle chemise, elle l'attendait au pied du lit.

Ce vêtement de nuit de fine batiste blanche brodée de minuscules étoiles argentées aurait pu paraître virginal, si l'on oubliait sa transparence et la profondeur de son décolleté, et le fait qu'il ne tenait que par de fines lanières qu'il suffisait de faire glisser pour qu'il tombe au sol...

Elle entendit enfin le marquis quitter le salon et s'engager dans l'escalier. Il montait à pas lents, comme à contrecœur, et s'arrêta sur le palier.

Elle savait très précisément ce qu'éprouvait Matthew, puisqu'elle ressentait exactement la même chose.

Ce soir, elle était heureuse de reconnaître sa défaite, qu'elle savait inéluctable depuis qu'elle avait croisé ce regard mordoré pour la première fois.

Il attendit longtemps sur le palier et laissa échapper un soupir qui résonna comme un contrepoint à l'allégresse de la jeune femme.

Un pas, puis deux, et il apparut enfin dans l'encadrement de la porte d'où il embrassa d'un coup d'œil les chandeliers allumés sur tous les meubles et le lit aux draps immaculés largement ouvert, comme une invite.

La chambre embaumait le jasmin. Elle avait utilisé pour elle-même le lourd parfum choisi par lord John et en avait aspergé les draps et les oreillers.

Les yeux du jeune homme s'agrandirent quand ils se posèrent sur elle. Comme elle l'avait espéré, elle le vit se crisper.

— Que faites-vous ? demanda-t-il d'une voix étranglée, se gardant bien de franchir le seuil.

— Mais je vous séduis, voyons !

Immédiatement, son visage se durcit. Pas uniquement son visage, d'ailleurs. Sa culotte de chasse ne cachait rien d'une impressionnante érection.

Grace repoussa son opulente chevelure qui retombait librement sur ses épaules. Jamais encore elle n'avait dénoué ses cheveux devant un homme. C'était une véritable libération, et un geste intensément érotique.

Jamais non plus elle n'avait utilisé de fards mais ce soir, elle avait osé souligner la ligne sensuelle de sa bouche d'un peu de rouge...

— Je vous ai déjà dit que c'était impossible ! Pourquoi ne m'avez-vous pas parlé de vos intentions pendant le dîner ?

— Parce que vous auriez essayé de m'en dissuader. Votre oncle sera convaincu d'avoir remporté une victoire décisive quand il apprendra que nous partageons le même lit et Monks et Filey s'imagineront que j'ai choisi la voie de la galanterie. Après cela, je n'aurai plus de réputation à défendre. Si tout le monde pense que je suis votre maîtresse, pourquoi s'acharner à ne pas le devenir ?

— Vous et moi connaîtrons la vérité.

— Lord Sheene..., commença-t-elle, inquiète du désespoir qui se peignait sur son beau visage.

— Bon Dieu, Grace, je m'appelle Matthew, et dans ce trou à rats, je ne suis lord de rien du tout !

— Matthew, murmura-t-elle doucement.

Elle l'avait déjà remarqué : l'entendre prononcer son nom avait le don de l'apaiser.

Elle s'était attendue à un refus, mais elle avait vaguement espéré que l'atmosphère intime et sa tenue légère le feraient succomber. La partie s'annonçait beaucoup plus difficile qu'elle ne l'avait pensé.

Elle avait sous-estimé sa ténacité et sa capacité de résistance. Si elles n'avaient pas été infinies, comment aurait-il pu survivre onze ans dans cette prison ?

— Matthew, commença-t-elle, vous n'aurez peut-être jamais l'occasion de coucher avec une autre femme...

À peine avait-elle prononcé ces mots qu'elle les regretta. Elle venait de commettre une erreur, mais la tragique image du splendide rapace se mourant de désespoir dans sa cage vint raffermir sa détermination.

— C'est la pitié qui vous a dicté cette mise en scène ? lâcha-t-il d'un ton cinglant.

— Certainement pas ! Je vous désire, et je suis convaincue que ce désir est réciproque, tout simplement.

— En effet, mais cela ne rend pas la chose plus morale pour autant.

— Pourquoi donc ?

— C'est cruel, Grace, et indigne de vous. Cessez donc ce jeu pitoyable. Je ne tomberai pas dans le piège tendu par mon oncle, quelles que soient mes aspirations par ailleurs. Personne ne vous fera de mal, je vous le jure, mais faire de vous ma catin me rabaisserait aux yeux de mes geôliers.

— Peut-être ne sortirai-je jamais d'ici ? rétorqua-t-elle sur le ton du désespoir. Peut-être Monks et Filey me tueront-ils demain ? Je suis arrivée vierge au mariage et j'ai toujours été une femme convenable, mais ma vie s'est terminée quand ces brigands m'ont droguée.

— Et si vous tombiez enceinte ?

— En neuf ans de mariage, je n'ai jamais été enceinte.

— Votre mari était âgé, c'était peut-être sa faute.

— Si je n'ai pas pu avoir d'enfants au bout de tant d'années, c'est que je suis stérile.

— Ce pari sur la vie d'un innocent me paraît bien risqué.

— Chaque minute passée ici constitue un pari sur l'avenir. Votre meilleure revanche contre votre tuteur, ce serait d'être heureux. Je crois que nous pourrions nous apporter mutuellement un peu de bonheur.

— Le bonheur n'a pas sa place ici.

— Et pourquoi pas ? Il s'agit de quelque chose de profondément intime, quelque chose que lord John ne peut pas contrôler. Une part de vérité dans un endroit où tout est faux. Ne laissez pas votre orgueil vous en priver.

— Ce n'est pas mon orgueil qui est en jeu, c'est beaucoup plus que cela.

— Quoi donc ?

— Touchez-moi seulement, et je suis perdu.

— La décision vous appartient, concéda-t-elle en surveillant la flamme qui s'alluma dans son regard lorsqu'elle repoussa sa chevelure derrière ses épaules. Pour une fois, vous êtes libre de votre choix.

— Quel choix me reste-t-il, alors que vous incarnez mes rêves les plus fous ? remarqua-t-il, amer.

Il s'approcha encore un peu. Encore un pas ou deux, et il serait à portée de main. Elle mourait d'envie de le caresser, mais il était encore trop tôt pour le toucher.

— C'est peut-être notre seule chance, Matthew. Moi qui n'avais encore jamais désiré aucun homme, je vous désire plus que tout au monde. Ne me laissez pas seule avec ce désir insatisfait.

— Grace, vous savez très bien que ce désir est partagé ! Mais je risque de vous décevoir. Je n'ai encore jamais touché une femme...

Elle avait gagné.

Dieu seul savait de quoi demain serait fait, mais elle avait toute la nuit devant elle. Pour la première fois depuis que ce cauchemar avait commencé, elle pouvait choisir sa destinée, et elle lui offrait la même opportunité. Il suffisait qu'il ait le courage de la saisir – or elle n'avait jamais douté de son courage.

L'enjeu était d'importance. Devait-elle le guider, lui dire comment s'y prendre, alors qu'elle était à peine moins ignorante que lui ? C'était impensable, après neuf années de mariage, mais ce n'était que la stricte vérité. Elle choisit de ménager sa fierté virile et de ne pas jouer au maître et à l'élève.

— Je suis à votre disposition, murmura-t-elle en souriant.

Il prit son visage entre ses mains.

— J'adore votre sourire, vous savez. Par quoi commence-t-on, chère madame ?

— Un baiser constitue toujours un bon début.

Cela faisait si longtemps qu'il rêvait d'une femme, d'une femme qui viendrait apaiser ses angoisses, calmer ses colères et le délivrer de sa solitude ! Mais ce n'était pas uniquement cela qu'il attendait de Grace.

D'elle, il ne voulait rien de moins que l'amour.

Lentement, il se pencha pour poser sa bouche sur la sienne.

Il la goûta doucement, tandis qu'elle entrouvrait enfin les lèvres, acceptant ce baiser avec un abandon qui enflamma tout son être.

De la langue, il explora la chaleur veloutée de sa bouche, retrouvant la douceur et la passion qui l'avaient enivré la veille. Avec une différence de taille, cependant : la veille, elle observait encore une certaine prudence tandis que ce soir, elle ne connaissait plus aucun frein. Elle s'abandonnait totalement et répondait à ses caresses avec une ferveur égale à la sienne. Ses seins durcis se dressaient orgueilleusement contre la poitrine de son compagnon. Bientôt, il en goûterait aussi la saveur et cette perspective suffisait à allumer un incendie dans ses reins.

Au fur et à mesure qu'il prenait confiance en lui, il accentuait sa pression. Son cœur s'emballa lorsque, avec un petit gémissement satisfait, elle aspira sa langue pour l'attirer plus loin dans sa bouche. Quand il resserra son étreinte, elle s'accrocha à lui, et de tendre leur baiser se fit impérieux.

Pourtant, loin de s'abandonner, Matthew observait une certaine prudence.

S'il ne dominait pas le besoin qu'il avait d'elle, il allait lui faire mal. Il avait tellement faim d'elle qu'il en perdait l'esprit mais il ne voulait pour rien au monde la brusquer.

Le regard perdu, Grace recula d'un pas incertain en direction du lit, comme si elle venait de vivre un tremblement de terre.

— Oh, mon Dieu !
— Viens ! supplia-t-il d'une voix rauque.

Il enfouit les doigts dans le somptueux flot d'ébène qui le narguait depuis qu'il avait passé le seuil et se pencha pour prendre sa bouche. Elle lui répondit avec une frénésie égale à la sienne et leurs lèvres se joignirent comme s'ils pouvaient se fondre l'un dans l'autre. Devant la fougue qu'elle n'essayait plus de refréner, Matthew sentit son sexe se durcir.

Il faisait de son mieux pour se contrôler et s'efforçait de suivre le rythme de Grace, mais elle lui répondait avec tant de flamme qu'elle ne faisait qu'attiser le feu qui le consumait.

Il couvrit de baisers fiévreux ses joues, ses yeux, son cou…

Le lourd parfum de jasmin qui flottait dans la pièce lui faisait tourner la tête, avant-goût de séduction et de péché.

Elle se mit à trembler et s'accrocha à lui quand il déposa dans son cou une pluie de baisers. Il agaça du bout des dents le lobe de son oreille, lui arrachant une plainte extasiée…

Le corps des femmes, ou plutôt le corps de Grace, constituait décidément un monde fascinant.

Il suivit la ligne de sa gorge, s'attarda à la base du cou, là où battait son pouls puis, presque à regret, abandonna le fragile vallon pour explorer la douceur satinée de son épaule. C'est alors que ses lèvres rencontrèrent la bretelle de la chemise.

Dans un instant, cette fragile lanière céderait sous ses doigts.

Son sang bouillonnait dans ses veines, mais il préférait savourer chaque sensation. Qui pouvait dire combien de temps durerait cette joie sans mélange ? Les machinations de son oncle l'avaient privé de tant de choses qu'il avait appris à saisir l'instant et à savourer chaque petit bonheur.

Grace tremblait dans ses bras et, à ses oreilles, ses soupirs résonnaient comme la plus douce des musiques.

N'y tenant plus, il se débarrassa de sa chemise qu'il jeta dans un coin. Il garda cependant son pantalon, s'efforçant de refréner son impatience. La jeune femme méritait mieux qu'une étreinte hâtive avec un puceau.

— Tu es si beau ! soupira-t-elle en effleurant sa poitrine du bout des doigts.

Devant ce visage empourpré et ces lèvres gonflées par les baisers, il sentit toutes ses bonnes résolutions vaciller. Comme elle posait la main sur son ventre, allumant dans sa chair une vague de feu, il gémit :

— Je ne suis qu'un homme fou de désir.

Son évidente curiosité le laissait pantois. Son mari avait sans doute fait un piètre amant, mais elle devait tout de même savoir comment un homme était fait.

Il ne put retenir une plainte lorsque les doigts de sa compagne s'arrêtèrent sur son sexe qu'elle caressa maladroitement à travers le tissu.

Si elle continuait, tout serait fini en quelques secondes, et il ne connaîtrait toujours pas l'ivresse de se perdre dans le corps d'une femme.

— Non, Grace, supplia-t-il d'une voix étranglée.

— Cela ne te plaît pas ?

— Si, mais je ne réponds plus de rien...

Avec un sourire de sirène, elle défit l'un des nœuds qui retenaient sur l'épaule sa chemise de nuit. Avec une lenteur à rendre fou n'importe quel homme normalement constitué, le vêtement glissa sur la courbe d'un sein, découvrant la pointe rosée d'un téton.

La respiration de Matthew s'arrêta.

Comme un homme altéré guettant la pluie, il suivit le mouvement de sa main vers le deuxième nœud.

La fine chemise glissa enfin aux pieds de Grace, qui se retrouva nue devant lui.

Il dévora des yeux les seins blancs et fermes et leurs tétons pointus, qu'il avait à peine entrevus dans la pénombre, trois nuits plus tôt, les courbes voluptueuses de sa taille et de ses hanches, les longues jambes et les chevilles délicates...

Elle était Ève, Vénus et Diane réincarnées en une seule et même femme...

Elle était tous les rêves enfiévrés de ses nuits sans sommeil.

Elle était Grace, la beauté incarnée, toutes les beautés faites femme.

Et bientôt, elle serait sienne...

D'une main tremblante, il s'escrima sur les boutons de son pantalon, en vain. Il se débarrassa d'abord de ses chaussures, puis arracha enfin sa culotte et se trouva nu à son tour.

Le regard stupéfait et plein d'appréhension de Grace s'arrêta sur son érection. Matthew était solidement bâti et elle était plutôt frêle. Leurs corps si dissemblables parviendraient-ils à s'accorder ?

Il avait peur de se ridiculiser s'il attendait plus longtemps, mais il n'oubliait pas l'inexpérience de sa partenaire et c'est avec beaucoup de douceur qu'il l'allongea sur le lit avant de s'agenouiller entre ses jambes.

Lentement, elle suivit de la main les bras aux muscles déliés avant de s'agripper à ses épaules.

Pour lui, Grace était la pluie dans le désert, un somptueux banquet servi à un affamé.

Elle soupira quand il caressa doucement le bouton de rose de son sein. Ses doigts s'attardèrent à agacer le téton dressé, puis descendirent le long de ses bras, de son ventre, tandis que la respiration de la jeune femme se faisait haletante et qu'elle se tordait sous ses caresses.

Cela signifiait-il qu'elle était prête ?

Sa science amoureuse se résumait à des spéculations de collégiens qui ne pouvaient lui être d'aucun secours au moment où il tenait pour la première fois une femme entre ses bras, et que cette femme était Grace Paget.

Il se pencha pour l'embrasser, mais les baisers ne suffisaient plus à sa compagne, qui se tendait sous lui.

Était-elle prête à l'accueillir ? Il n'en savait rien, mais s'il devait s'arrêter maintenant, il n'était pas sûr de s'en remettre.

Lorsque son sexe durci effleura le sien, son cœur s'emballa, tous ses muscles se tendirent, et il donna une poussée.

Elle était étroite, très étroite, et sa chair résistait à ses assauts.

Elle poussa un gémissement lorsqu'il fit une nouvelle tentative.

— Je ne te fais pas mal ?

— Tu es trop grand, bredouilla-t-elle. Nous n'y arriverons jamais.

— Tiens-toi à moi, murmura-t-il.

Et s'il la faisait souffrir ? Si elle changeait d'avis ?

— Essaie encore, chuchota-t-elle en s'accrochant à lui.

Il prit sa respiration et poussa de nouveau, sans succès.

Il recommença, plus fort cette fois-ci, tandis que les yeux clos, pâle comme un linge, elle s'agrippait à ses épaules.

Un gentleman l'aurait laissée tranquille, mais plus rien d'autre ne comptait pour Matthew, qui avait oublié conscience, éducation et honneur.

Il renouvela sa tentative et soudain, le miracle attendu se produisit enfin.

Elle cria lorsqu'il s'enfonça en elle, puis il sentit sa chair se resserrer autour de lui. Jamais il n'avait connu sensation plus voluptueuse.

Pendant un long moment, il s'attarda dans cette délicieuse moiteur.

Personne ne pourrait jamais lui enlever ces instants de bonheur.

Grace était enfin à lui.

Ils ne faisaient plus qu'un, désormais...

— Je te fais mal ?

— Non, assura-t-elle tout en s'agrippant à lui comme une naufragée à un rocher.

En se soulevant pour la soulager, il se retira un peu, et se crut transporté au septième ciel tandis que sa compagne tendait les hanches pour l'accompagner. Il hésita un instant avant de recommencer.

Cette fois-ci, il allait et venait sans difficulté dans le fourreau humide, de plus en plus rapidement. Plus rien n'existait au monde qu'eux deux, et son ivresse croissait à chaque poussée.

Il allait et venait, emporté par un tourbillon furieux, jusqu'à l'éblouissement. Il ne pourrait pas se retenir longtemps.

D'un coup, son cœur s'arrêta de battre, sa vue se brouilla... Pendant une seconde d'éternité, il se répandit en elle.

Et pendant tout ce temps, il se répétait comme une litanie ces mots magiques : « Elle est à moi, elle est à moi... »

# 15

Tandis que Matthew allait et venait en elle, Grace attendait sans bouger qu'il ait fini.

Elle n'aurait pas ressenti plus grande frustration si on l'avait emmenée jusqu'au ciel et abandonnée à la lisière de la voûte étoilée.

Il poussa un autre gémissement, plus intense cette fois-ci. Cela faisait longtemps qu'ils n'étaient plus à l'unisson. Elle était certaine qu'il éprouvait du plaisir, mais elle ne le partageait pas.

Endolorie, meurtrie, amère, elle attendait qu'il ait terminé.

Les yeux fermés, son beau visage contracté, il se faisait de plus en plus lourd. Il l'avait oubliée, il avait rejoint un monde où seul comptait son propre plaisir.

Le blâmer aurait été injuste. Elle seule était responsable de ce désastre. Lui s'était appliqué à se conduire en gentleman, c'était elle qui l'avait aguiché, alors même qu'elle s'attendait à être déçue.

C'était elle qui avait insisté pour aller plus loin. Qu'espérait-elle donc ? Comment avait-elle pu se montrer aussi stupide ? Elle savait ce qu'était l'acte sexuel, elle avait eu neuf ans pour s'habituer à ce qu'un homme sue et gémisse au-dessus d'elle en l'écrasant de tout son poids. Cette nuit n'apportait donc rien de nouveau.

Ce qui rendait sa déception tellement amère, c'étaient ces merveilleux instants où elle avait entrevu quelque chose de plus. Quand un seul long baiser au creux de son cou l'avait remuée tout entière, quand il avait caressé ses seins et surtout, quand il l'avait pénétrée, simple prélude à... à quelque chose qu'elle ne connaissait pas encore.

Quelque chose de miraculeux.

Hélas ! Cela n'avait duré qu'un instant...

Ensuite, il n'était plus resté que Grace Paget couchée sur le dos pendant qu'un homme s'agitait en elle, exactement comme les rares fois où Josiah s'était acquitté de son devoir conjugal.

Et, comme lorsque son mari la possédait, tout ce qu'elle pouvait faire en cet instant, c'était prier pour que cela ne dure pas trop longtemps. Mais cette fois-ci, les larmes perlaient derrière ses paupières closes.

Enfin, un frémissement plus violent que les autres secoua Matthew, qui renversa la tête en arrière et se cabra dans un long gémissement. Épuisé, haletant, en sueur, il enfouit son visage au creux de l'épaule de sa partenaire.

Elle aussi avait chaud et elle était tout endolorie là où leurs corps se joignaient. Il était tellement plus lourd et plus grand que Josiah ! La vue de cet énorme membre l'avait stupéfiée. Sur le moment, ce spectacle un peu effrayant n'avait fait qu'accroître son excitation.

Maintenant, elle suffoquait et tout ce qu'elle demandait, c'était de retrouver la maîtrise de son corps.

— Matthew, je ne peux plus respirer...

Lentement, son regard mordoré encore embrumé de l'extase qu'il venait de connaître, il leva la tête.

— Grace, tu es une femme merveilleuse.

— Même les femmes les plus merveilleuses ont besoin d'air, rétorqua-t-elle.

Immédiatement, elle regretta sa sécheresse de ton. C'était elle qui avait voulu faire l'amour avec lui, et elle ne pouvait pas attendre de lui un grand savoir-faire. Elle avait eu ce qu'elle avait demandé. C'était un homme, il avait fait ce que font les hommes et visiblement, cela lui avait plu. Elle n'avait pas le droit de lui gâcher son plaisir, ni de se laisser aller à l'amertume.

Son bonheur aurait dû constituer pour elle une récompense, et elle aurait dû s'en satisfaire, malgré la frustration qui lui mordait le cœur.

Il se souleva sur un coude pour l'observer comme il l'aurait fait d'une espèce botanique rare, ce qui ne plut pas du tout à la jeune femme, qui n'avait pas envie que Matthew devine sa déception.

— Tu es en colère.

— Mais non, bien sûr que non !

— Pardon, je me suis trompé.

— S'il te plaît, laisse-moi respirer...

S'il restait affalé sur elle, elle finirait par éclater en sanglots. Il voudrait alors la consoler, et elle se reprocherait de s'être montrée mesquine et de ne pas avoir été à la hauteur de ses aspirations.

Il se dégagea pour s'allonger à ses côtés et elle put enfin respirer librement.

Il lui fallait se faire une raison. Le mal était fait, elle n'était plus qu'une fille perdue, et elle n'en avait retiré qu'amertume et déception.

Elle avait perdu le droit de se considérer comme une femme vertueuse, et la prédiction de son père quand elle avait épousé Josiah s'était révélée vraie : en se donnant à un homme qui n'était pas son époux, elle était devenue une pécheresse.

Si seulement le péché avait été plus... pimenté.

En se tournant vers Matthew, elle s'attendait à lui trouver l'air ennuyé ou triomphant, mais il examinait le plafond avec un air de profonde concentration, comme s'il avait une question difficile à résoudre. Elle lui avait déjà vu cette expression quand il soignait un rosier malade ou tentait une greffe délicate.

Ce souvenir lui rappela qu'elle aimait beaucoup le marquis. Elle appréciait son courage, son endurance, sa gentillesse, sa culture, son honnêteté.

Et il était si beau !

Adossé aux oreillers, avec son air pensif et son corps vigoureux, il aurait comblé les rêves de n'importe quelle femme. Se sentant observé, il se tourna vers elle et elle put alors constater qu'il arborait une nouvelle érection.

Fébrilement, elle chercha sa chemise de nuit dont elle se couvrit tant bien que mal.

— Il faut que j'aille faire un brin de toilette, avança-t-elle avec une certaine nervosité en voyant son membre se durcir à vue d'œil.

Apparemment, les hommes jeunes reconstituaient leurs forces bien plus rapidement que leurs aînés.

— Eh bien, je t'attends ! rétorqua-t-il avec un sourire.

C'était justement ce sourire qui l'avait décidée à se donner à lui et qui était la cause de cette si cruelle déception. Elle n'allait tout de même pas s'y laisser prendre une seconde fois.

Elle disparut derrière le paravent abritant la table de toilette avec la vélocité d'une antilope fuyant un lion affamé. Ses mains tremblaient si fort qu'elle aspergea largement le plancher quand elle versa l'eau dans la cuvette.

Pourquoi s'était-elle imaginé qu'elle découvrirait avec Matthew des délices qu'elle n'avait jamais connues avec Josiah ? Parce qu'elle désirait le marquis comme elle n'avait jamais désiré son mari ni aucun autre homme. Parce qu'il était jeune et beau et que lorsqu'il l'avait embrassée, elle avait cru mourir de plaisir.

Sans doute pour les femmes le plaisir s'arrêtait-il aux baisers...

L'eau et le savon firent disparaître les traces de leur étreinte, mais rien ne pouvait effacer le poids terrible qui lui écrasait la poitrine ni calmer la soif inassouvie qui la rongeait.

Il ne s'était pas montré brutal, loin de là, mais elle avait l'entrejambe tout endolori. Cela faisait longtemps qu'elle n'avait pas eu d'homme en elle, et jamais elle n'en avait connu de si bien membré.

— Tu comptes te cacher encore longtemps ? s'inquiéta Matthew.

Il avait raison. Elle n'allait pas rester derrière ce paravent jusqu'à la fin de ses jours. Il lui faudrait bien se résoudre à affronter le marquis, tôt ou tard, mais elle aurait préféré avoir sur le dos quelque chose d'un peu plus épais que ce semblant de chemise de nuit.

— Grace ?

La jeune femme aurait pu penser que sa froideur aurait blessé sa fierté masculine mais au contraire, il paraissait d'excellente humeur.

— J'arrive, lança-t-elle en enfilant sa chemise de nuit.

Ils venaient de faire l'amour et la pudeur n'était plus de mise, mais elle protégea tout de même sa poitrine de ses bras croisés lorsqu'elle sortit de derrière le paravent. Elle fut soulagée de trouver Matthew les draps remontés jusqu'à la taille mais son regard s'attarda tout de même sur sa poitrine athlétique et sur ses larges épaules.

— Reviens te coucher !
— Tu veux... recommencer ?
— Oui, mais cette fois-ci, je veux que tu y prennes plaisir, toi aussi.
— Les femmes n'ont jamais de plaisir. Pas moi, en tout cas, avoua-t-elle.
— Peut-être parce que tu n'as jamais connu l'amant qu'il te fallait.

Elle s'était trompée sur son compte, il était aussi vaniteux que les autres hommes.

— Et tu crois que tu es cet amant ?
— Je te demande pardon, rougit-il. L'expérience s'est révélée encore plus intense que je ne m'y attendais.
— Tu n'as pas à t'excuser, ce n'est pas ta faute. C'est moi qui... qui ne suis pas normale, balbutia-t-elle, les larmes aux yeux.
— Tu es parfaitement normale. Tu es absolument parfaite. Reviens te coucher, et je vais te le démontrer. Tu m'as assuré que tu me faisais confiance. C'est toujours vrai ?

Elle ne le savait plus elle-même. Il était tellement séduisant, et sa longue main fine qui caressait machinalement le drap immaculé était tellement suggestive !

— Oui.
— Alors prouve-le-moi et reviens te coucher !

Pourquoi pas, après tout ? Il voulait la faire sienne encore une fois, elle en était aussi certaine que le soleil se lèverait le lendemain matin. Au moins l'un d'eux y prendrait-il plaisir...

— Tu veux que j'enlève ma chemise ? proposa-t-elle en se glissant à ses côtés.

— Plus tard. Je t'ai bousculée, tout à l'heure.

— Cela n'aurait fait aucune différence, tu sais. Je n'ai jamais été très douée en la matière. Je pensais que ce serait peut-être différent avec toi, mais...

— Mais ça n'a pas été le cas. Je sais que je dois faire amende honorable.

Si seulement il ne s'était pas montré aussi prévenant... Mais il était tellement gentil ! Il n'était coupable que d'enthousiasme excessif, ce qui était bien naturel pour un homme qui tenait pour la première fois une femme dans ses bras.

Le sourire aux lèvres, elle se tourna vers lui.

# 16

Le marquis se dressa sur un coude pour contempler le visage de sa compagne qui, malgré sa beauté, ne constituait pas un spectacle encourageant.

Il venait de vivre les moments les plus enivrants de toute son existence, tandis qu'elle n'était qu'une boule de nerfs. Il ne pouvait pas la blâmer, d'ailleurs. S'il ne s'était pas conduit comme un butor...

Au milieu de son absolue solitude, il avait passé beaucoup de temps en conjectures sur ce que pouvaient être les relations entre un homme et une femme, mais ce qu'il venait de vivre dépassait tout ce qu'il avait jamais pu imaginer.

Il n'était surtout pas préparé à une intimité si étroite ni à cet abîme vertigineux.

Il se sentait maintenant lié à Grace à tout jamais.

Le bonheur qu'il avait éprouvé cette nuit illuminerait toute sa vie, comme un fil d'or sur le tissu gris de sa pauvre existence.

Ce soir, il avait franchi un portail de lumière, mais sa partenaire était restée de l'autre côté.

Il n'était qu'un humain, faillible comme les autres. L'ivresse de la faire enfin sienne l'avait aveuglé, et il n'avait pensé qu'à son plaisir.

Et maintenant, il lui fallait trouver le moyen de réveiller la passion qui, il en était certain, couvait encore au plus profond d'elle-même. Il lui fallait panser les plaies qu'avait laissées son butor de mari. Il ne l'avait sans doute jamais brutalisée, mais il l'avait meurtrie durablement, peut-être même à jamais.

Comment allait-il s'y prendre ? Il était novice en la matière, encore plus qu'elle. Et il savait maintenant qu'elle était beaucoup moins expérimentée qu'il n'avait imaginé.

Il ne pouvait compter que sur son instinct et sur son besoin impérieux de lui faire partager l'extase qu'il avait connue dans ses bras.

Elle se trompait en disant que les femmes n'éprouvaient jamais de plaisir. À l'école, il avait entendu parler de femmes qui recherchaient les hommes pour le plaisir qu'ils leur procuraient.

Ce n'était sans doute pas une preuve indiscutable, mais c'était suffisant pour lui donner à penser que les dames n'enduraient pas l'acte sexuel uniquement pour accomplir leur devoir conjugal et pour perpétuer l'espèce.

Il devait mettre son désir entre parenthèses et réfléchir d'un point de vue scientifique.

C'était plus facile à dire qu'à faire, surtout quand la femme qu'on désirait plus que tout au monde était allongée toute tremblante à vos côtés.

Comment réfléchir à proximité d'une telle déesse ? En soupirant, il ferma les yeux, ce qui ne l'aida en rien à se concentrer.

Maintenant qu'il ne la voyait plus, il n'en était que plus sensible à son parfum, à sa chaleur, à la douceur de sa chevelure contre son épaule, à son souffle si léger…

Grands dieux, Grace était la tentation faite femme !

Elle prenait plaisir à ses baisers, et à ses caresses.

Tout s'était passé le mieux du monde jusqu'à ce qu'il tente de la pénétrer.

Elle lui avait dit que les baisers constituaient un bon début, il n'y avait donc rien à changer de ce côté-là. Il se tourna vers la jeune femme qui le surveillait d'un œil inquiet. Elle se mordillait la lèvre inférieure, signe chez elle d'une grande nervosité.

Il se pencha pour déposer sur sa bouche une salve de petits baisers, jusqu'à ce qu'elle se détende et cesse de martyriser cette malheureuse lèvre. À ce moment-là seulement, il prit sa bouche. Elle poussa un petit cri, de protestation ou de surprise, il n'aurait su le dire.

Il ne fallait surtout pas l'effrayer. Cette idée l'aurait paralysé s'il n'avait pas senti un semblant de réponse à son étreinte.

S'il ne commettait pas d'impair, s'il gardait la tête froide, tout se passerait bien.

Doucement, ses lèvres s'attardèrent sur celles de sa compagne, comme pour s'imprégner de leur forme et de leur saveur. À part ce baiser, il ne la toucha pas et, sous cette simple caresse, elle se détendit peu à peu.

Quand il recula légèrement et qu'elle lui tendit sa bouche, il sut qu'il avait gagné.

Son baiser se fit plus profond, mais sans rien d'impérieux. Ce qu'il voulait, c'était lui faire miroiter les plaisirs qu'il lui offrait.

Penché au-dessus d'elle, il poursuivit ces baisers si tendres, si tentants, comme s'il s'agissait d'un jeu. C'en aurait été un s'il n'avait pas été fou de désir...

Lorsque les lèvres de Grace se firent chaudes et tendres sous les siennes, il la prit dans ses bras et la fit pivoter.

— Matthew, je ne sais pas si c'est une bonne idée, avança-t-elle timidement, toute son anxiété revenue d'un coup. Je ne sais pas si je pourrai revivre cela encore une fois, même pour toi.

— Je m'arrêterai quand tu me le demanderas, promit-il en priant le ciel de ne pas avoir à tenir cet engagement.

Cette tentative de lente séduction ne manquait pas de charme, mais il sentait son désir grandir à chaque seconde, et il ne savait pas très bien jusqu'où il pourrait aller.

Il l'embrassa à nouveau. Sa main descendit lentement le long de son dos avant de remonter, puis de recommencer, comme pour apaiser chacun de ses muscles tendus à l'extrême.

De nouveau, elle se détendit peu à peu, caresse après caresse, poussa de petits soupirs étouffés et commença à s'éveiller sous ses doigts.

Lorsque la fine batiste de la chemise de nuit vint effleurer son sexe durci, il dut se retenir pour ne pas hurler.

Il n'avait pas le droit de se laisser aller. Il devait la traiter avec autant de précautions que la plus fragile de ses roses. Il devait l'amener à s'épanouir, à lui offrir sa beauté, jusqu'à ce que sa patience soit récompensée.

Toute trace de raideur et d'appréhension avait maintenant disparu chez Grace. Son corps magnifique avait retrouvé toute sa souplesse, sa respiration s'était accélérée et sa poitrine ronde et pleine se pressait contre son torse. Seule la mince chemise les séparait encore...

Il n'en pouvait plus et dut faire un effort surhumain pour ne pas arracher le vêtement et la prendre immédiatement.

Se retenir était encore plus difficile que de réapprendre à marcher, à parler et à lire après sa maladie. Cela lui demandait un effort surhumain mais il parvint cependant à continuer de l'embrasser avec tendresse.

Et cette fois-ci, quand le ventre de Grace vint effleurer son sexe, il se garda bien de répondre à cette invite encore hésitante.

Ignorant son propre désir, il s'attacha à éveiller celui de sa compagne. Il se rappela le frisson qui l'avait parcourue lorsqu'il l'avait embrassée dans le cou, mais pour l'heure il préférait se concentrer sur ses lèvres.

Enfin, tandis que le corps de Grace se plaquait contre lui, la bouche de la jeune femme s'entrouvrit sous la sienne comme une fleur qui s'ouvre à la rosée, et il glissa aussitôt la langue entre les lèvres offertes.

Avec un soupir, elle se lova tout contre lui. Ses doigts s'enfoncèrent dans la chevelure de Matthew, sa langue s'enroula à la sienne, pour une rapide exploration d'abord, avant de revenir plus longuement.

Ivre de désir, le marquis se demanda si elle se rendait compte de ce qu'elle faisait. Il en doutait. Leurs baisers enivraient Grace et, s'il n'avait pas gardé à l'esprit ce qui était en jeu, il en aurait été de même pour lui.

Elle s'était fiée à lui et s'il trahissait sa confiance, plus jamais elle ne lui ferait crédit.

Et Dieu seul savait à quel point il était difficile de s'en tenir au but qu'il s'était fixé alors qu'elle l'étreignait aussi étroitement et que sa langue taquinait la sienne avec un art consommé.

Malgré le désir qui le consumait, il interrompit cette délicieuse exploration pour de petits baisers légers.

Ce qu'il souhaitait par-dessus tout, c'était goûter chaque partie de son corps, savoir si sa chair avait le même goût de miel que sa bouche. Il se pencha et suivit de la langue la ligne élancée de son cou, jusqu'au creux de l'épaule. Elle frémit comme une biche effarouchée avant d'enrouler ses jambes à celles de Matthew.

Sa stratégie fonctionnait au-delà de ses espérances et, s'il ne commettait pas d'impair, elle se verrait peut-être couronnée de succès. Il continua donc à agacer des lèvres et de la langue le cou délicat, jusqu'à ce qu'elle gémisse d'impatience.

Le visage empourpré, les yeux brillants d'une fièvre qu'il ne lui avait encore jamais vue, elle s'offrait à lui comme une fleur s'ouvre à l'abeille.

Il releva la chemise de nuit pour dévoiler les longues jambes de gazelle et la douceur de son ventre de neige, qu'il couvrit de baisers, explorant de la langue le creux de son nombril, dessinant un chemin d'une hanche à l'autre, comme pour marquer de son empreinte chaque pouce du territoire qu'il entendait conquérir. Sa main montait et descendait le long de la jambe de Grace, comme pour en souligner la ligne si pure.

Jamais il n'aurait imaginé quel fascinant mystère constituait le corps d'une femme !

Il n'osait pas encore toucher le sexe de sa compagne, même s'il la sentait prête. Des années de souffrance et de captivité lui avaient appris la discipline, et il imposa silence au fauve altéré qu'il sentait s'éveiller en lui.

— Enlève-la, supplia-t-il en désignant la chemise de nuit. Enlève-la ou je la déchire !
— Une minute, souffla-t-elle.

Cette fois-ci, elle ne s'attarda pas sur les nœuds et la passa au-dessus de sa tête avant de la jeter au loin.

Le sang battant comme un torrent à ses oreilles, il s'agenouilla au-dessus d'elle et saisit les deux somptueux globes de ses seins.

Elle sursauta quand il se pencha pour embrasser l'un des mamelons, mais elle le laissa faire.

C'était une invitation à continuer, du moins en décida-t-il ainsi. Il saisit délicatement entre ses lèvres le téton dressé et commença de le taquiner.

— Je te fais mal ? questionna-t-il en la voyant sursauter.

Elle rougit avant d'avouer :
— Non... J'aime beaucoup ça.
— Tant mieux. Moi aussi !

Il suça plus fort cette fois-ci, soulignant du bout de la langue l'aréole qui se contractait sous la caresse, tandis qu'elle enfouissait une main tremblante dans ses cheveux pour le supplier d'approcher.

Il n'eut pas besoin d'encouragements supplémentaires.

Là encore, il prit tout son temps.

Il prit le temps de découvrir ce qui la faisait frissonner, ce qui la faisait soupirer, ce qui la faisait trembler. Il était si attentif à la moindre de ses réactions que chaque frôlement de ses lèvres, de ses dents ou de ses doigts devenait source de plaisir.

Elle s'animait entre ses bras, mêlant ses jambes aux siennes, s'offrant à ses caresses. Quand sa main descendit vers la toison qui couvrait son jardin secret, elle se cambra vers lui comme pour venir à sa rencontre.

Il glissa enfin les doigts entre ses cuisses, dans la douce moiteur. Ne pas la posséder tout de suite constituait un véritable supplice, mais il était encore trop tôt, même si elle frémissait et se tordait sous sa caresse.

Il avait trouvé un endroit particulièrement sensible, où le moindre effleurement avait le don de lui arracher une plainte.

Tout en titillant du bout des dents la pointe de son sein, il s'attarda sur ce petit bouton qui palpitait sous son doigt.

Elle se cabra en étouffant un cri et un liquide tiède vint mouiller la main de Matthew.

Pourquoi se prétendait-elle une femme froide, alors qu'elle était plus ardente que la plus vive des flammes ?

— Oh, Matthew ! soupira-t-elle en s'ouvrant à lui, Matthew...

Elle n'hésitait plus sur son prénom, et il s'en réjouissait, mais ce qui lui faisait encore plus plaisir, c'était de la voir se tordre au rythme de ses caresses comme pour demander plus encore.

Peut-être finissait-elle par le désirer...

Il couvrit de baisers ses hanches, son ventre, ses cuisses, qu'il écarta doucement.

Les plis roses de son sexe lui parurent encore mille fois plus beaux que la plus précieuse de ses fleurs. Et comme pour toutes les fleurs, son impulsion première fut de s'imprégner de son parfum.

Il s'était juré d'embrasser chaque parcelle de son corps, et il avait la ferme intention de tenir sa promesse.

Adossée aux oreillers, Grace savourait les hommages que lui prodiguait Matthew de la bouche et des doigts. Elle avait trouvé un amant capable de faire battre son cœur et d'enfiévrer son sang. Même quand il la poussait dans ses derniers retranchements, il la touchait avec une délicatesse qu'elle n'aurait jamais soupçonnée chez un homme. Jamais non plus elle n'aurait pensé qu'on puisse un jour lui faire perdre le contrôle d'elle-même.

Et le plus étonnant était qu'un jeune homme sans expérience initie à la sensualité une femme qui avait été mariée pendant neuf ans !

Elle aurait dû mettre fin à ses tourments et lui dire qu'il pouvait la prendre maintenant. Il lui avait procuré des plaisirs qu'elle n'aurait jamais osé imaginer même dans ses rêves les plus fous, mais elle aimait trop ce qu'il faisait pour ne pas prolonger ces instants merveilleux.

Elle se sentait adorée comme une véritable déesse antique et ne voulait surtout pas le voir s'arrêter. Tout ce qu'elle demandait, c'était qu'il continue, même si c'était pur égoïsme de sa part.

Si l'acte lui-même n'offrait aucun plaisir, elle le supporterait, à condition qu'il lui prodigue à nouveau les mêmes caresses enivrantes qu'il lui avait fait découvrir cette nuit.

Ces mains si douces, ces mains si habiles, ces mains de magicien, ouvrirent un peu plus largement ses cuisses.

Mon Dieu, il allait encore la caresser... Là...

Frémissante d'excitation, elle ferma les yeux, savourant à l'avance les délices qu'il allait lui prodiguer.

Et rien ne vint...

Il se contentait de contempler ce qu'aucun homme avant lui n'avait jamais regardé.

Une femme convenable se serait cachée sous les draps, mais une femme de la sorte ne se serait pas trouvée dans ce lit.

Avant qu'elle ait eu le temps de comprendre ce qui lui arrivait, il s'était baissé, elle avait senti l'espace d'un instant son souffle tiède sur son ventre, et les lèvres de son partenaire s'étaient emparées du bouton gonflé comme un bourgeon sur le point d'éclore.

C'en était trop...

Elle attendit un long moment, palpitant sous cette bouche chaude jusqu'à ce que, du bout de la langue, Matthew allume une vague de feu qui la transperça.

Elle ne pouvait pas le laisser continuer, il s'agissait certainement d'une perversion...

Elle avança une main tremblante pour le repousser et tenta d'ignorer la douceur affolante de ses cheveux.

— Tu ne peux pas faire ça ! bredouilla-t-elle, partagée entre la réprobation et la curiosité.

Il leva la tête.

— Pourquoi ? demanda-t-il.

Avec ses yeux brillants, sa chevelure en désordre et son sourire diabolique, il avait tout du faune émergeant des cuisses d'une nymphe.

— Parce que c'est mal.
— Cela ne te plaît pas ?
— Pas du tout !
— C'est vrai ? insista-t-il en jouant l'étonné.
— C'est vrai !
— Tu ne veux pas essayer encore une fois pour en être sûre ? Tu n'es pas curieuse ? Moi, si.
— La curiosité est un vilain défaut !

La curiosité avait beau être un vilain défaut, elle dévorait Grace. Que ressentirait-elle s'il l'embrassait à cet endroit ? Les quelques secondes où sa bouche l'avait touchée n'avaient pas été déplaisantes du tout. Loin de là, pour être tout à fait honnête.

L'ennui, c'était qu'aucune femme honnête ne pouvait accepter de tels attouchements.

Mais depuis cette nuit, elle n'était plus ce genre de femme...

Cette nuit, elle avait cessé d'être une veuve pauvre mais irréprochable, et une véritable dame. Cette nuit, elle était devenue de son plein gré la catin d'un dément.

Et la catin d'un dément n'avait aucune raison de refuser une caresse sous prétexte qu'elle lui paraissait incongrue ou perverse. La catin d'un dément se plierait sans rechigner à toutes les fantaisies que lui suggérerait son amant.

— J'arrêterai dès que tu me le demanderas, je te le jure !

— Mais tu n'as pas envie de me prendre ?

— Oh, si ! Mais cette fois-ci, tu resteras avec moi du début à la fin...

— Tu arrêteras si je te le demande ? Tu me le jures ?

— Je te le promets, mais tu ne devrais pas trop te fier à ce qu'un homme te dit quand il a la tête entre tes jambes.

Le rire de Grace se mua en un soupir langoureux lorsqu'il souleva ses hanches et enfouit sa bouche entre ses cuisses.

Ce que faisaient ses lèvres, sa langue et ses dents, elle n'aurait su le dire. C'était une sensation étrange, qu'elle n'était pas certaine d'aimer.

Jusqu'à ce que la première onde de bonheur vienne la transpercer, tandis que Matthew titillait le cœur de son plaisir.

Jusqu'à cette soirée, la jeune femme n'avait jamais soupçonné qu'elle possédait un organe si sensible.

Elle se cabrait sous sa bouche, ne sachant trop si elle préférait qu'il cesse ou qu'il continue.

Insensiblement, il avait accentué sa pression sur son sexe et cette fois-ci, il ne s'arrêta pas avant de lui avoir arraché un cri de volupté et avant que ne tombent toutes ses inhibitions.

Pendant un long moment, tremblant et frémissant sous la bouche de Matthew, Grace resta suspendue au-dessus de cet abîme de feu qui incendiait ses reins.

C'était une sensation étonnante, effrayante et absolument enivrante.

Lorsque cette extraordinaire fulgurance s'apaisa, elle était en nage et cherchait son souffle. Jamais elle ne s'était sentie aussi bien. Elle était épuisée, mais s'estimait prête à danser toute la nuit.

— Que s'est-il passé ? questionna Matthew, effaré.
— Je n'en sais rien. Comment as-tu fait ça ?
— J'ai deviné.
— Tu pourrais recommencer ?
— Je ne sais pas. Pas tout de suite...

Il l'avait emmenée au septième ciel, mais lui n'avait pas encore trouvé son plaisir. Après ce qu'il venait de faire pour elle, il aurait fallu beaucoup d'égoïsme pour le lui refuser.

— Prends-moi, chuchota-t-elle en l'enlaçant.

Cette fois-ci, le membre gonflé pénétra sans aucune difficulté dans le fourreau satiné.

En pareilles circonstances, Grace avait toujours eu l'impression d'être prise au piège mais aujourd'hui, jamais elle ne s'était sentie aussi proche d'une autre personne, comme si le même sang circulait dans leurs veines, comme s'ils n'avaient plus qu'un seul cœur pour deux.

Elle ondula légèrement des hanches et ce simple mouvement provoqua en elle une vague de sensations étourdissantes. Accrochée aux épaules de son compagnon, elle renouvela l'expérience et cette fois-ci, ce fut lui qui se cabra en un long frisson.

— Grace, si tu continues, je ne réponds plus de rien.

— J'espère bien...

C'était si bon de l'avoir en elle, comme s'il comblait un vide dont elle n'avait jamais eu conscience. Elle fléchit les genoux et leva les hanches pour qu'il puisse la pénétrer plus profondément.

Il se retira alors pour mieux revenir, et elle s'ouvrit à lui tandis que ses ongles s'enfonçaient dans les muscles de son dos.

Avec une lenteur délibérée, il commença à aller et venir, tissant chaque fois qu'il s'enfonçait en elle un nouveau lien, plus étroit.

Il lui était de plus en plus difficile de se contrôler et peu à peu, son rythme se fit plus rapide, plus impérieux et, à chaque poussée, Grace retrouvait les sensations qui l'avaient tellement enivrée quand la bouche de Matthew caressait son sexe, plus puissantes encore car cette fois-ci, il était avec elle.

Il s'enfonçait en elle comme s'il voulait la transpercer mais, prise dans un tourbillon qui l'emmenait un peu plus haut à chaque fois, elle aurait voulu que cette ivresse ne s'arrête jamais.

Elle l'accompagnait maintenant des hanches et son plaisir se faisait si intense qu'il en était presque douloureux. Il devenait aussi plus pressant, plus exigeant. Enfin elle s'ouvrit complètement à lui et il se perdit en elle tandis qu'elle jouissait.

Dans l'univers merveilleux qu'elle explorait pour la première fois, seul Matthew existait et, pendant qu'elle se laissait emporter par ce tourbillon furieux, il gémit dans ses bras et la rejoignit dans la même volupté.

Épuisé, hors d'haleine, il s'abattit contre elle et enfouit le visage au creux de son épaule.

Il était grand, il était lourd, et ce poids sur son corps frêle lui était si précieux qu'elle aurait voulu le garder à jamais.

Alors même que de longs frissons venaient encore lui rappeler la saveur du paradis qu'elle venait de découvrir, d'un paradis dont elle n'avait même jamais soupçonné l'existence, elle retrouva peu à peu son souffle.

Avec une tendre gratitude, elle caressa le dos nu de Matthew, suivant du doigt le dessin des muscles lacérés de longues cicatrices.

Elle aurait pu passer le restant de ses jours à le câliner ainsi sans jamais se lasser.

— Je t'aime, Grace, murmura-t-il soudain en déposant un baiser au creux de son cou.

# 17

Ces mots si doux résonnèrent dans le silence comme une déclaration de guerre plutôt que comme une déclaration d'amour.

À peine les avait-il prononcés que Matthew comprit son erreur. La plus grossière qu'il ait faite au cours de cette nuit mémorable.

Il était trop tard pour ravaler ses paroles et, même s'il en avait eu la possibilité, il n'était pas certain d'en avoir envie.

Après tout, il n'avait aucune raison d'avoir honte de ses sentiments...

Il l'aimait, c'était une évidence. Il l'avait aimée dès qu'il l'avait vue attachée, droguée et apeurée, sur cette table de souffrance. Même quand il se méfiait d'elle et la prenait pour ce qu'elle n'était pas, il l'avait aimée.

Après ce qu'ils venaient de partager, elle devait bien le savoir. Chaque caresse, chaque baiser, chaque coup de reins proclamait son amour.

En tout cas, elle n'était pas prête à entendre des serments éternels. Même s'il ne l'avait pas deviné, sa réaction horrifiée aurait suffi à l'éclairer. Ce corps qui s'était ouvert à lui avec tant de confiance s'était soudain raidi, ces mains qui avaient caressé sa peau nue avec tant de douceur s'étaient crispées comme si elles s'étaient changées en pierre.

— Milord...

Quelques secondes plus tôt, ils avaient partagé une intimité qu'ils n'avaient encore jamais connue. Le fait qu'elle prît ses distances lui était insupportable.

— Pourquoi reviens-tu au « milord » ?

— Matthew, écoute-moi. Tu ne peux pas m'aimer !

Le plus étrange, c'était qu'elle avait l'air furieux. Il s'était attendu à de l'embarras ou, pire, à de la pitié, mais certainement pas à la colère ni à la peur qu'il lisait dans son regard.

Qu'est-ce qu'un tel aveu avait d'effrayant ? Cela le dépassait.

Elle s'était un peu écartée et avait remonté le drap sur elle, comme pour ériger une barrière entre eux. Maintenant, pas un pouce de leurs corps n'était en contact, et le petit espace qui les séparait semblait aussi infranchissable que des kilomètres de banquise. S'il tentait de s'approcher d'elle, il tomberait dans un abîme glacé...

— Bien sûr que je peux !

— C'est impossible ! Tu ne dois pas tomber amoureux de moi ! protesta-t-elle en remontant encore un peu plus haut le drap, comme si elle voulait se cacher de lui.

— Si tu as couché avec moi pour te sauver de mon oncle, et me faire plaisir par la même occasion, j'apprécie beaucoup ta générosité, mais c'était parfaitement inutile. Partager la même chambre aurait suffi à le convaincre que nous sommes amants, ce n'était pas la peine de te sacrifier.

— Bien sûr que non ! Comment peux-tu penser une chose pareille ? s'insurgea-t-elle en pâlissant. Tu sais bien que j'ai envie de toi !

— Ta réaction me ferait plutôt penser le contraire.
Toute trace de courroux brusquement envolée, elle tenta de se justifier :
— Tu m'as surprise, et j'ai parlé trop vite. Pardonne-moi. Ce n'était pas gentil de ma part.
— Je ne veux pas de ta gentillesse ! se rebella-t-il, plus blessé encore par sa pitié que par sa colère.
— Pardonne-moi, Matthew ! Je sais que ce n'est pas facile pour toi, mais tu attaches trop d'importance à ce qui vient de se passer entre nous.
— Mais qu'y a-t-il de plus important ?
— Écoute-moi. Tu avais quatorze ans quand tu as été enfermé, et la seule femme que tu aies vue depuis onze ans, c'est Mme Filey.
— Je ne te demande rien, Grace, et surtout pas de m'aimer.

Il était intimement convaincu qu'une femme comme elle, aussi fine, aussi belle et aussi passionnée ne pourrait jamais aimer un lourdaud comme lui, qui ne connaissait rien à rien. Il avait encore du mal à admettre qu'elle venait de se donner à lui.

— Matthew...
— Je t'aime, Grace. Que cela te plaise ou non, c'est ainsi.
— Tu m'en vois très flattée.
— Je ne te demande pas d'être flattée, bon Dieu !
— Eh bien, je le suis tout de même. Je ne doute pas de ta sincérité, s'empressa-t-elle de continuer avant qu'il ne l'interrompe une seconde fois, mais c'est ta première expérience amoureuse, et on peut facilement confondre le plaisir et l'amour.

Elle s'arrêta, comme pour quêter son approbation.

Tout son être, toute son intelligence s'insurgeaient contre les paroles de sa compagne. C'était dans ses bras qu'il avait découvert l'amour, et toute sa vie en serait changée, c'était un fait, mais ce n'était pas tout.

Il l'aimait, qu'ils fassent ou non l'amour. Tout ce qui la touchait, tout ce qui la concernait, son souffle même lui était précieux et si ce n'était pas de l'amour, il se demandait bien de quoi il s'agissait.

— Je comprends que tu sois bouleversé. Je le suis autant que toi, mais un jour, tu seras libre et tu rencontreras une femme que tu aimeras vraiment.

— Tu te trompes, s'entêta-t-il. Tu peux tenter d'expliquer tout ce que tu veux, tu ne pourras pas changer mes sentiments.

Il ne jugea pas utile de relever le bel optimisme avec lequel elle envisageait son avenir. En ce qui le concernait, cela faisait longtemps que pour lui, la liberté n'était plus qu'un rêve impossible.

— Je t'ai blessé, et j'en suis désolée.
— Cela n'a pas d'importance. N'en parlons plus.
— J'ai gâché notre nuit féerique. Pardonne-moi, je t'en prie, implora-t-elle en lui effleurant la joue.

Il ferma les yeux pour mieux savourer la caresse et laisser sa douceur apaiser sa colère et sa tristesse. Son désir, qu'il avait brièvement satisfait, se réveilla aussitôt.

Il se promit de ne plus mentionner son amour, mais rien ni personne sur terre ne pourrait jamais l'empêcher de lui montrer ce qu'elle représentait pour lui. Et elle finirait bien par le croire et par croire en lui.

Grace n'eut qu'un bref instant pour se rendre compte de son changement d'humeur, il avait déjà rabattu le drap pour la prendre dans ses bras et l'entraîner dans un baiser passionné.

Loin de résister, elle lui rendit son étreinte. Sa fougue et son ardeur désespérées, loin de l'effrayer, l'excitaient.

Cette fois-ci, il ne s'embarrassa pas de délicatesse, et elle ne le lui demandait pas. Sa rudesse conquérante lui convenait parfaitement. C'était ce qu'elle voulait, être vaincue, prise comme une forteresse.

Elle l'avait blessée en refusant de croire à sa déclaration, et elle s'en voulait. L'espace d'une merveilleuse seconde, ces mots magiques l'avaient transportée au paradis. Elle avait même failli lui avouer ses propres sentiments, avant que la cruelle vérité ne vienne lui mordre le cœur.

Elle n'avait pas le droit de l'enfermer dans une relation qu'il regretterait plus tard mais tant qu'il la désirerait, elle serait à lui.

Elle devait lui mentir, mais elle ne pouvait pas se mentir à elle-même. Elle lui appartiendrait corps et âme jusqu'à la fin de ses jours.

La fougue de ses baisers la faisait trembler au plus profond d'elle-même. Ils avaient le goût du désir, de la passion, et d'un besoin vital.

Haletante, gémissant sous ses lèvres, le sang battant précipitamment dans ses veines, elle enroula les jambes autour des reins de son partenaire pour mieux s'offrir à lui, et s'agrippa à ses épaules pour l'attirer plus près.

Tout son corps exulta quand le membre de Matthew vint effleurer son sexe. Elle ne se reconnaissait plus. Où était donc passée la très prude Grace Paget ? La bacchante déchaînée qui l'avait remplacée était pour elle une inconnue.

Il la pénétra d'une seule poussée, et elle chercha son souffle sous le délicieux fardeau. Avec une plainte extasiée, il commença un va-et-vient de plus en plus implacable tandis qu'elle levait les hanches pour mieux le rejoindre.

Il était fou de désir et il mettait toute son ardeur à le lui démontrer, mais cela ne signifiait pas qu'il éprouvait pour elle des sentiments profonds.

C'était pourtant un amour égal au sien qu'elle réclamait de tout son corps, de tout son être.

Elle crut mourir et elle aurait voulu clamer sa gratitude, mais il la chevauchait dans un galop furieux, l'entraînant toujours plus haut dans un maelström insensé.

Elle cria son nom et le retint une dernière fois pour qu'il la rejoigne dans ce brasier dévorant. Il avait déjà déversé en elle toute sa semence qu'elle vibrait encore comme la corde sous l'archet.

À bout de souffle, il s'allongea à ses côtés. Encore bouleversée par ses assauts furieux, elle tourna la tête pour contempler son amant. Son amant... À ce mot si charmant, elle se sentit envahie d'une langueur aussi douce qu'un zéphyr.

Un vague sourire jouait sur les lèvres sensuelles de Matthew, donnant à son visage creusé par la fatigue un air juvénile des plus émouvants.

Comme elle aimait son sourire !

Elle aimait tout en lui, d'ailleurs. Elle l'aimait, tout simplement.

L'aube approchait, et le premier oiseau chantait déjà dans le jardin. Matthew l'attira tout contre lui pour l'embrasser avec une tendresse déchirante et elle se nicha au creux de son épaule, la main sur son cœur.

Quand Matthew s'éveilla, midi approchait. Il émergea lentement des profondeurs d'une mer inondée de soleil, une de ces mers du Sud aux eaux turquoise qu'il ne verrait jamais, une mer dont les flots étincelants abritaient des monceaux de perles et de trésors exotiques.

Une mer où vivaient des sirènes.

Pour le moment, sa petite sirène à lui dormait paisiblement dans ses bras.

Quand il était en elle, elle ondulait par vagues toujours recommencées, comme un océan de plaisir. Découvrir qu'elle aussi pouvait atteindre cette sensation enivrante de mourir à soi-même qu'il avait tout d'abord éprouvée seul avait constitué une surprise dont il n'était pas encore revenu.

Il savait si peu de chose des femmes...

Peut-être avait-il bien fait après tout d'adopter une approche scientifique. Après le fiasco de leur première fois, il avait apparemment trouvé la bonne méthode. Il avait déjà en tête d'autres expériences. Peut-être finirait-il par écrire un traité...

Il écrirait un traité en latin et l'enverrait aux revues scientifiques qui publiaient ses articles de botanique. Ils n'avaient jamais reçu d'ouvrage sur l'art et la manière de faire jouir la femme aimée, il en était absolument certain.

Il avait encore le goût de sa chair sur les lèvres et jamais il ne serait rassasié de cette saveur féminine un peu salée. Rien que d'y penser, son sexe se dressait, prêt pour de nouvelles joutes.

La chambre ressemblait à un champ de bataille. Les couvertures pendaient en désordre, leurs vêtements jonchaient le parquet...

Le corps frêle de Grace épousait parfaitement le sien. Sa main aux ongles cassés et aux paumes rendues rugueuses par les travaux domestiques reposait sur sa poitrine, et cette rugosité ajoutait un attrait érotique supplémentaire à ses caresses.

En la regardant dormir dans ses bras, on avait peine à croire qu'elle avait été mariée neuf ans. Avec ses joues rosies et ses lèvres gonflées, elle avait l'air d'une adolescente.

Il aurait volontiers déposé un baiser sur cette bouche entrouverte, et même fait beaucoup plus, mais elle était épuisée et il lui fallait apprendre à dominer ses pulsions.

Une longue mèche de cheveux venait serpenter jusqu'aux globes d'ivoire de ses seins aux tétons épanouis, comme si les boutons de rose si délicieux à embrasser au cours de leur nuit d'amour avaient fleuri avec l'aube.

Sa barbe naissante avait irrité la peau tendre et laissé des marbrures rouges à l'endroit de ses baisers. Et comme il l'avait embrassée partout...

À quoi donc pouvait-elle bien rêver ?

Il l'imaginait volontiers, mais peut-être se donnait-il trop d'importance... Il avait suffi d'une nuit pour qu'il se prenne pour le coq de la basse-cour !

Quand Grace se serra davantage encore contre lui avec un soupir léger, étrangement semblable aux plaintes que lui arrachait le plaisir, il sentit aussitôt son membre se dresser pour répondre à cet appel.

Il aurait tout loisir d'entendre à nouveau ces gémissements délicieux, mais il était trop tôt, et surtout trop doux de revivre à ses côtés les moments enivrants de la nuit passée, et de penser à celle qui s'annonçait.

Elle enfouit le visage dans sa poitrine avant d'ouvrir des yeux encore tout embrumés de sommeil.

— Bonjour, Matthew, dit-elle enfin.
— Bonjour, Grace !
— Tu as bien dormi ?

Cette question anodine, et surtout sa main qui descendait doucement le long de son torse, suffit à ranimer le désir de Matthew.

— Très bien. Et toi ?

La main de Grace continuait de descendre, lentement, très lentement, trop lentement, jusqu'au mât qui se dressait sous le drap froissé.

Les doigts fins s'enroulèrent autour du membre durci et le cœur de Matthew fit un bond dans sa poitrine.

La main de Grace commença à monter et descendre, et il perdit complètement le fil de ses pensées. Ce n'était pas tout à fait le rythme idéal, mais peu importait, pourvu que la jeune femme continue son va-et-vient enivrant.

Elle s'agenouilla au-dessus de lui et rejeta le drap. Il lut sur son visage sa fierté et sa satisfaction lorsqu'elle constata les effets de ses caresses. Sa main se fit plus assurée, plus douce et plus ferme à la fois.

— Je ne peux plus tenir, gémit-il en la renversant.

— Moi non plus, murmura-t-elle en enroulant les jambes autour de sa taille.

Ils ne faisaient plus qu'un à nouveau. Ils partageaient le même désir et les mêmes joies. Pour un homme qui avait vécu seul si longtemps, c'était un bonheur enivrant. En onze ans de persécutions, son oncle n'était jamais parvenu à l'abattre mais Matthew savait déjà, après cette unique nuit passée dans ses bras, que s'il devait perdre Grace, il ne s'en relèverait jamais.

Elle se souleva un peu pour qu'il puisse la pénétrer plus profondément et il commença son va-et-vient avec douceur, comme s'il n'osait pas.

Il l'adorait, il la révérait, il la désirait plus que la vie même et il voulait le lui clamer à chaque étreinte, même s'il s'interdisait désormais de prononcer le mot « amour ».

Elle se pliait à son rythme et le suivait désormais dans son galop furieux, comme si à chaque poussée proclamant ses sentiments, le corps de la jeune femme lui répondait qu'elle les partageait.

Il fallait être fou ou bien naïf pour le croire, mais il n'était qu'un pauvre dément, après tout.

Elle jouit presque tout de suite. Il reconnaissait déjà tous les signes du plaisir et il poursuivit avec plus de force ses assauts, dans l'attente de la voir s'abîmer dans le tourbillon qui l'emporterait.

Éperdue, elle resserra son emprise autour de lui, s'agrippa encore plus fort à ses épaules et serra ses jambes si violemment autour de ses reins qu'il était certain d'en garder l'empreinte. En véritable barbare, il se réjouissait de porter dans sa chair la marque de son étreinte, tout comme elle gardait sur le corps la trace de ses baisers.

L'orgasme de sa compagne lui fit définitivement perdre la tête. Incapable de se contenir plus longtemps, il se répandit en elle, se libérant du même coup de toute son amertume, tout son mal de vivre, toute sa solitude et tous ses doutes.

Tout son amour, aussi...

Enfin il se sentait un homme, un homme fier, un homme capable d'aimer et de protéger ceux qu'il aimait.

En la serrant plus étroitement contre lui, il défia en silence tous les démons qui hantaient depuis si longtemps sa pauvre existence. S'ils osaient menacer le joyau le plus précieux qu'il ait jamais possédé, ce serait à leurs risques et périls.

Le monde entier s'imaginait dominer Matthew Lansdowne.
Eh bien, il donnerait tort au monde entier !

# 18

C'est dans une félicité proche de l'extase que Grace se promenait dans le sous-bois inondé de soleil. Cela faisait trois jours qu'elle était devenue la maîtresse de Matthew et son corps se trouvait délicieusement engourdi par ses multiples hommages. À chaque fois qu'ils faisaient l'amour, le plaisir qu'elle éprouvait devenait plus intense.

Comment croire qu'avant leur première nuit cet amant si sûr de lui n'avait jamais approché une femme ? Comment croire qu'elle s'était toujours crue incapable de passion ? Comment croire que la perte de son inestimable vertu la rendrait aussi heureuse ?

Cela faisait une demi-heure qu'elle avait, à regret, laissé Matthew à ses précieux rosiers. Il tentait une greffe délicate et sa présence ne faisait que le distraire. Il ne lui restait plus qu'à attendre le soir, où elle seule serait le centre de toutes ses attentions.

— Voilà, c'est ça que j'aime, un joli petit lot qui sourit pour dire qu'elle m'attend, grasseya Filey en lui barrant tout à coup le chemin.

Toute la joie de la jeune femme s'évanouit en un clin d'œil.

Où avait-elle la tête ?

Comment avait-elle pu oublier même une seconde qu'elle n'était qu'une prisonnière sans défense ? Comment avait-elle pu oublier quel péril la guettait à chaque instant ?

Elle était seule et sans la moindre protection. Matthew était occupé dans la cour de l'autre côté de la maison, Wolfram était resté avec son maître et elle avait laissé son petit couteau de table dans la poche d'une autre robe.

— Le marquis est derrière moi, articula-t-elle, la gorge nouée au souvenir de la grosse main moite du gredin écrasant ses seins.

Lentement, elle fit quelques pas en arrière. Avait-elle le temps de s'échapper ? Elle en doutait. Contre un colosse comme Filey, elle n'avait aucune chance s'il la rattrapait.

— Me prends pas pour un idiot, ma belle ! Je l'ai vu en train de faire des trous dans son jardin. C'est pas moi qui laisserais un joli petit brin de femme comme toi pour planter des bouts de bois ! Il est temps de te mettre un homme, un vrai, entre les jambes, ma petite, et ça fait longtemps que j'ai la gaule pour toi.

— Vous n'avez pas à me parler sur ce ton ! protesta-t-elle, son courage ranimé par le dégoût. Monks vous a dit de ne pas m'approcher tant que lord Sheene voulait de moi.

— Ouais, mais justement, Monks est pas là, il est occupé ailleurs ! Et puis, si le marquis s'amuse avec ses brindilles au lieu de te sauter, c'est bien la preuve qu'il a eu son compte avec toi.

— Certainement pas !

— Qu'est-ce que ça fait, de toute façon ? C'est pas une part en moins dans le gâteau qui fera une grande différence.

— Vous êtes répugnant !

— Fais attention, ma petite ! Je me souviendrai de ce que tu viens de dire quand je te bourrerai.

— Vous ne me toucherez jamais, espèce de brute répugnante !

Grace détala de toute la force de ses jambes en direction de la maison, mais elle s'était éloignée plus qu'elle ne pensait, et un bon bout de chemin la séparait encore des bras de Matthew et de la sécurité.

— Petite salope !

Terrifiée en entendant derrière elle le pas lourd de Filey, Grace força l'allure autant qu'elle pouvait.

En coupant une boucle du sentier, elle glissa soudain sur un tas de feuilles mortes, tomba sur les genoux et perdit un temps précieux avant de pouvoir reprendre sa course. Son agresseur était sur le point de la rattraper, car elle l'entendait haleter derrière elle.

Elle ne jugea pas utile de ralentir pour vérifier et fit un effort désespéré pour accélérer. La canaille était si près qu'elle sentait l'odeur âcre de sa sueur.

Elle voyait devant elle les arbres s'éclaircir...

Trop tard !

Une main de fer s'était abattue sur son épaule. Grace hurla quand son front heurta le sol avec tant de violence que ses dents s'entrechoquèrent.

Filey se jeta sur elle, l'écrasant de tout son poids. Elle avait oublié qu'il était si grand. Elle tenta de s'accrocher au sol pour se dégager mais il l'avait déjà retournée comme si elle ne pesait pas plus qu'un fétu de paille.

Elle hurla de nouveau à perdre haleine, tout en sachant bien que personne ne pouvait l'entendre.

— Ferme-la ! gronda la brute en abattant sur sa bouche une paume noire de crasse.

Elle avait beau se débattre et le bourrer de coups de pied et de poing, il l'étouffait complètement sous son poids. Incapable de respirer, elle finit, dans une dernière tentative désespérée, par mordre jusqu'au sang la main de son agresseur.

Grace n'eut que le temps d'aspirer une grande lampée d'air avant que le poing de la brute ne vienne la frapper en plein visage.

Une douleur fulgurante lui déchira la tête, sa vue se brouilla. Elle fit un effort surhumain pour ne pas perdre connaissance et hurler de toute la force de ses poumons.

Son cri se répercuta dans le sous-bois sans trouver le moindre écho. Comment aurait-il pu en être autrement ? Matthew était bien trop loin pour l'entendre...

Elle devait affronter seule cette épreuve. Les larmes ruisselaient sur ses joues tandis qu'elle s'évertuait en vain à repousser la carcasse massive de Filey. Ce dernier sentait la sueur, la crasse, l'oignon et le mâle en rut. Elle tenta bien un coup de genou dans ses parties viriles, mais il avait vu venir l'attaque et il bloqua à temps la jambe de la jeune femme.

— Pas de ça, ma belle, ou je t'assomme pour de bon ! J'ai pas forcément besoin que tu sois réveillée !

— Je préfère être inconsciente !

— Je peux t'en mettre une, si c'est ça que tu cherches. Y a des tas de femelles qui aiment ça.

— Lord Sheene vous tuera !

— Cette lavette ? Il me fait pas peur !

Ses mains se refermèrent comme des serres sur les bras de Grace tandis qu'il commençait à frotter son érection sur le ventre de sa proie.

— Et lord John ? Il ne vous fait pas peur non plus ?

— Ah, lord John Lansdowne... Lui, c'est une autre paire de manches. Mais il pensera que tu étais consentante. Il sait quel métier tu fais.

— Je ne suis pas une catin !

— Maintenant, t'en es une ! ricana la brute. J'ai pas vu le prêtre bénir tes parties de jambes en l'air avec le marquis. Maintenant, cesse de piailler et relève tes jupes !

— Lâchez-moi ! s'emporta-t-elle en essayant de se dégager.

— Continue, j'aime bien les femelles qui ont du répondant. On va s'en payer une bonne tranche, tous les deux !

Hors d'elle, Grace se jeta toutes griffes dehors sur les yeux de son agresseur, qui fit un saut en arrière. Elle en profita pour planter ses ongles dans ses joues flasques et ne les retira que lorsque quatre longues traînées rouges commencèrent à suinter du sang.

— Salope !

Le poing de Filey s'abattit sur la tempe de Grace avec tant de violence que ses oreilles se mirent à bourdonner. À demi assommée, elle n'eut pas la force de réagir quand son assaillant plongea la main dans son décolleté. Elle eut vaguement conscience de doigts boudinés malaxant ses seins, et ne reprit ses esprits que lorsqu'il déchira sa robe jusqu'à la taille.

— Ça, c'est une belle paire de roberts ! grasseya-t-il devant sa poitrine découverte avec un horrible claquement de langue qui dénuda ses chicots noirâtres.

Elle fit un effort désespéré pour rassembler les pans de son corsage, mais Filey arrêta son geste d'un revers de main avant d'enserrer ses bras d'une poigne de fer pour les immobiliser au-dessus de sa tête.

— Arrêtez, je vous en supplie ! implora-t-elle, abandonnant toute fierté.

— Sûrement pas !

En hurlant de dégoût, Grace fit une nouvelle tentative pour se dégager lorsque les lèvres ruisselantes de bave se penchèrent pour mordre l'un de ses seins. Jamais encore elle ne s'était rendu compte à quel point une femme était désarmée lorsque le poids d'un homme l'écrasait. De sa main libre, il fourragea dans la fermeture de ses culottes de grossier coutil.

— Depuis le temps que j'attends ça ! ricana l'horrible satyre.

— Non !

— C'est pas beau, ça ? fanfaronna-t-il en flattant son membre.

— Laissez-moi ! supplia-t-elle, malade de dégoût, lorsqu'il voulut l'obliger à lui caresser le sexe.

— Ça va te plaire, tu vas voir ! ricana-t-il en l'immobilisant.

— Ne me touchez pas ! sanglota-t-elle.

— Ça va pas ? Je bande plus dur qu'un cheval.

Trop occupé à remonter les jupes de sa proie jusqu'à la taille, il n'entendit même pas la voix étranglée de Grace l'implorer encore une fois.

Elle essaya de rouler sur le côté, mais Filey l'arrêta d'un coup de poing si violent qu'il lui fendit la lèvre. Le menton ruisselant de sang, elle n'avait plus de forces pour résister quand il déchira ses sous-vêtements avant de lui écarter les jambes.

Tout juste retrouva-t-elle un semblant d'énergie pour se détourner légèrement sur le côté au moment fatidique.

— Tiens-toi tranquille, salope ! intima Filey en pesant de tout son poids.

— Vous le paierez cher !

Comme elle fermait les yeux pour ne pas voir cette horreur sans nom, des aboiements frénétiques retentirent soudain.

Wolfram !

Ses prières avaient-elles été exaucées ?

Un grondement furieux, et une ombre passa au-dessus de ses yeux comme une flèche, cachant brièvement le soleil avant de se jeter sur Filey, qui s'abattit sur elle de tout son poids. Le sexe mollissant de son agresseur glissa contre sa jambe nue, et elle eut un haut-le-cœur en réalisant à quel point cette vermine avait été près de parvenir à ses fins.

— C'est bien, Wolfram ! Attaque !

En tentant de repousser le chien, le scélérat manqua sa cible et assena un violent coup de poing dans les côtes de sa victime, qui poussa un hurlement. Les mâchoires du dogue se refermèrent sur le bras de la brute, dont ce fut le tour de hurler.

Par-dessus l'épaule de son assaillant, Grace vit Matthew, le visage convulsé de fureur, brandir une grosse branche sur l'infâme canaille, tel un archange poursuivant le démon.

— Couché, Wolfram ! ordonna-t-il avec un calme trompeur.

L'animal obéit aussitôt et vint docilement se poster aux côtés de son maître.

Revenu de sa surprise, la fripouille parut soudain rassurée par la présence du marquis.

— Milord est venu regarder ? Vous allez voir comment y faut s'y prendre avec les femelles.

— Vous êtes un homme mort !

D'un coup de pied bien senti Matthew, son regard mordoré étincelant de fureur, envoya Filey rouler sur le sol. Le gourdin s'abattit sur le dos de la brute avec un craquement sinistre.

— Salaud ! haleta Filey.

Hors de lui, le marquis frappa encore une fois avant que le gredin ait le temps de se mettre à l'abri.

— Laissez-moi, par pitié !

Une fois libre Grace, tremblant comme une feuille, se pelotonna sur le bord du chemin en serrant sur sa poitrine les morceaux de son corsage en lambeaux. Son visage la brûlait comme si elle avait été la proie d'un essaim d'abeilles.

Maintenant qu'elle était en sécurité, elle pouvait donner libre cours à ses larmes. Elle qui s'était vue perdue n'arrivait pas à admettre qu'elle était bel et bien sauvée.

— Tu ne la toucheras plus jamais ! gronda Matthew, beau comme l'ange de la vengeance.

La jeune femme ne reconnaissait pas son amant. Il ne restait plus trace du jeune homme si courtois qui la comblait de prévenances avec une nonchalance affectée.

— Matthew ! Ne le tue pas ! l'adjura Grace tandis qu'il levait son gourdin au-dessus de la tête de Filey.

— Pourquoi pas ?

— C'était pour rire, milord ! Vous savez comment sont les filles ! Enfin, vous savez peut-être pas... La petite pute avait envie de se faire ramoner par un homme qui s'y connaît.

— Je vais t'en donner, ordure !

Blanc de rage, Matthew bondit sur le gredin, le bâton levé pour l'achever.

— Arrête ! supplia Grace, horrifiée de le voir perdre tout contrôle. Si tu le tues, ton oncle te fera enchaîner et se servira de ce meurtre comme preuve de ta folie.

— Il voulait te...

— Oui, et je n'ai aucune pitié pour lui, mais il ne vaut pas la peine de sacrifier tout ce que tu as accompli jusqu'à maintenant !

— Je vous en prie, milord ! S'il vous plaît, ma petite dame, ayez pitié d'un pauvre bougre ! geignit la brute en reboutonnant son pantalon.

Ses supplications étaient presque plus abjectes que ses rodomontades. Il se leva en titubant pour batailler avec sa braguette, entrecoupant tous ses mouvements de courbettes théâtrales.

Grace préféra ignorer les répugnantes supplications de son agresseur. Même si elle avait soif de vengeance, elle ne pouvait pas laisser le marquis compromettre sa sécurité.

— Ne donne pas à ton oncle des armes contre toi, murmura-t-elle.

— Je meurs d'envie de le couper en morceaux, gronda-t-il en effleurant la joue meurtrie de sa compagne.

— Moi aussi, mais il ne faut pas que ton oncle s'imagine que tu as eu une nouvelle crise.

Wolfram gronda sourdement. Ils se retournèrent et virent Filey boitiller vers les taillis. Courbé en deux, le visage tordu de douleur, il n'était pas remis du coup que lui avait porté lord Sheene.

Filey avait mérité chaque frappe que Matthew lui avait assenée. Les hématomes que cette canaille avait faits à Grace devenaient plus douloureux à chaque seconde. La tête de la jeune femme résonnait comme les cloches de Westminster et son cœur se soulevait en pensant qu'il avait failli parvenir à ses fins.

— J'ai le dos cassé, gémit la brute en surveillant Wolfram d'un œil inquiet.

— Malheureusement, non. Décampez avant que je regrette ma mansuétude et que je change d'avis à votre sujet ! coupa Matthew avec toute la hauteur qui convenait au marquis de Sheene.

— Oui, milord ! À vos ordres, milord !

— Wolfram, chasse !

Le dogue s'élança sur les talons de Filey, l'obligeant à clopiner le plus vite possible.

— Nom de Dieu ! Rappelez votre chien, s'il vous plaît ! Va-t'en, sale bête !

Matthew passa un bras protecteur autour des épaules de Grace, qui s'appuya contre lui avec reconnaissance. Elle avait les jambes en coton et sa mâchoire lui semblait prête à exploser.

— Tu crois que Wolfram va lui faire du mal ?

— Seulement si je le lui ordonne, expliqua Matthew en jetant d'un air dégoûté la branche qui lui avait servi d'arme.

Il enleva sa veste pour en envelopper la jeune femme, qui tremblait de tous ses membres.

— Bon Dieu, regarde ce qu'il a fait ! J'aurais dû tuer cette ordure pendant que j'en avais l'occasion ! fulmina-t-il en tamponnant la lèvre tuméfiée de sa compagne.

— Tu es arrivé juste à temps. Il allait...

Les sanglots qui montaient dans sa gorge l'empêchèrent de poursuivre.

— C'est fini, c'est fini maintenant...

Avec mille précautions, il la prit dans ses bras pour lui offrir l'abri de sa chaleur et de sa force.

— Je suis désolée...

— Nous allons rentrer.

Et, avec une vigueur surprenante chez un homme aussi mince, il la souleva comme une plume.

— Je peux marcher, protesta-t-elle faiblement.

— Je vais te porter.

— Avec toi, je me sens en sécurité.

— Tu as tort.

— Tu n'es pas responsable de ce qui s'est passé.

— C'est mon oncle le coupable, mais je m'en veux aussi.

Maintenant que le danger était passé, la douleur augmentait à chaque pas qu'ils faisaient et elle resserra son étreinte autour du cou de Matthew. Sentir sa chevelure soyeuse contre sa main était si réconfortant !

— Je te croyais occupé avec tes rosiers.
— Tu me manquais.
— Si tu n'étais pas arrivé...
— Je suis arrivé.
— Heureusement !

Il était solide comme un roc et avec lui, elle ne courrait jamais le moindre danger. Il était son port d'attache. Il était son bien-aimé.

Le malheur les avait réunis ; restait à espérer que ce serait pour le meilleur.

# 19

Matthew installa Grace sur le divan le plus confortablement possible. Son visage tuméfié commençait à enfler et, malgré son courage, elle ne put retenir une grimace douloureuse quand il la posa.

Grands dieux, il aurait dû tuer Filey pendant qu'il en avait la possibilité. Maintenant, il lui faudrait attendre une autre occasion.

Ce ne serait sans doute pas long...

Mais avant toute chose, il lui fallait assurer la sécurité de sa compagne. Tant qu'elle ne serait pas à l'abri, il avait les mains liées et ne pourrait pas exercer cette justice si longtemps différée.

— Je vais te chercher un remède qui te fera du bien, expliqua-t-il comme elle faisait mine de le retenir.

— Entendu.

Elle resserra craintivement les pans de la veste dont il l'avait enveloppée pour cacher sa poitrine meurtrie, cette poitrine que Filey avait osé toucher... Ce soir, la brute avait signé son arrêt de mort et il allait expier son forfait avant l'arrivée de l'été.

— Je ne serai pas long, promit-il en déposant un baiser sur le front miraculeusement intact de la jeune femme.

Il passa dans la cuisine pour faire chauffer de l'eau et alla chercher dans la serre les onguents dont il avait besoin. Il ne voulait pas la laisser seule longtemps. Grace était une femme courageuse, mais la terreur qu'il avait lue dans son regard outremer quand il s'était éloigné l'inquiétait.

Elle n'avait pas bougé d'un pouce et n'essaya même pas de cacher son soulagement lorsqu'il apparut dans l'encadrement de la porte.

— Dis-moi où tu as mal, questionna-t-il en alignant avec un soin exagéré les médicaments sur une petite table.

Il avait besoin de se calmer, et se montrer méthodique l'y aidait.

— Partout ! dit-elle en souriant, malgré sa lèvre enflée.

— Filey n'a pas eu ce qu'il voulait, et il ne l'aura pas, murmura-t-il tendrement en s'agenouillant à ses côtés. Je t'en donne ma parole.

— Ton oncle voudra peut-être se venger, objecta-t-elle, terrorisée.

— Mon oncle n'a pas toutes les cartes en main dans la partie que nous jouons depuis onze ans. Tu es en sécurité, je t'assure.

Après une longue hésitation, elle finit par acquiescer.

Soulagé, il se baissa pour lui enlever ses chaussures et ses bas déchirés, avant de repousser la veste qui lui couvrait les épaules.

— Grace, laisse-moi voir, pria-t-il en essayant d'écarter ses doigts convulsivement serrés autour des pans de son corsage déchiré.

— Non !

Elle se rencognait contre le mur comme si elle avait peur de lui.

— Je ne te ferai jamais de mal, tu le sais bien ! Tu n'as rien à craindre de moi...

Elle se détendit et consentit enfin à le laisser ôter les morceaux de tissu souillés, tout en croisant les bras sur sa poitrine.

— Grace ?

Doucement, il écarta ses bras et découvrit enfin ce qu'elle voulait tant lui cacher. Les traces des dents de l'horrible brute s'imprimaient là où il l'avait mordue jusqu'au sang et la chair nacrée se marbrait de bleus et d'ecchymoses sur les côtes et la poitrine.

Matthew ne put retenir un juron devant tant de violence.

— Je n'ai pas pu l'empêcher, se défendit-elle, rouge de honte.

— Non, mais moi, je le pourrai !

— C'est trop tard, plaida-t-elle en lui prenant le bras d'une main tremblante.

— Je te demande pardon de ne pas être arrivé plus tôt, murmura-t-il en découvrant les bras couverts de contusions et de marques violacées. Tu seras mieux sans cette robe.

— Tu n'es sûrement pas le premier à trouver ce prétexte, ironisa-t-elle tandis qu'une ombre de sourire venait éclairer son visage.

Ému aux larmes par tant de courage, le marquis se jura de faire payer cher à Filey tout le mal qu'il avait fait à sa bien-aimée.

Avec mille précautions, il acheva de la déshabiller et défit les longs cheveux de jais qu'il arrangea sur les épaules de la jeune femme avant de la recouvrir d'une couverture.

Il l'aida à s'asseoir, trempa un linge dans l'eau chaude et entreprit de nettoyer ses plaies et ses contusions.

— Ce baume à l'arnica et au calendula est très efficace pour résorber les ecchymoses, expliqua-t-il après l'avoir séchée avec beaucoup de soin et de tendresse. Avoir un botaniste pour amant a tout de même des avantages, tu vois.

Elle gémit quand il enduisit de pommade sa joue enflée et, pour la énième fois, il se promit de faire payer au centuple à Filey toutes les souffrances de Grace.

— Repose-toi, maintenant, conseilla-t-il une fois sa besogne terminée.

— Où vas-tu ?

— À la cuisine, préparer une tisane qui t'aidera à dormir.

— Je ne pourrai plus jamais dormir tranquille !

— Tu finiras par oublier, tu verras. Je ne serai pas long, assura-t-il en lui tapotant gentiment l'épaule.

À la cuisine, il prépara une infusion de valériane, d'écorce de bouleau et de camomille qui soulagerait un peu les souffrances de la jeune femme. Bien entendu, elle aurait mal et se sentirait percluse pendant plusieurs jours, mais elle se remettrait de cette épreuve qui, avec le temps, ne serait plus qu'un mauvais souvenir.

Quant à lui, tout ce qu'il pouvait espérer, c'était d'être encore là pour être témoin de sa guérison.

— Tu te sens un peu mieux ? questionna-t-il en apportant le plateau.

— Oui.

— J'ai aussi apporté du pain et du fromage.

— Je n'ai pas faim.

Elle était à l'évidence épuisée, physiquement et nerveusement. Maintenant que le choc commençait à s'atténuer, le plus petit mouvement devenait très douloureux.

— C'est épouvantable ! grimaça-t-elle après la première gorgée.

— C'est ce qu'on fait de plus efficace comme analgésique. Après le laudanum, mais tu ne peux pas en prendre.

— Tu t'en es souvenu ?

— Je me souviens de tout ce qui te touche, de près ou de loin. Bois, maintenant. Et ensuite, essaie de manger quelque chose.

Il s'attendait à de nouvelles objections mais elle n'en avait probablement pas la force, car elle termina sans broncher l'infusion et la collation.

— J'ai un mal de tête atroce.

Il était tout prêt à le croire, même si la tisane commençait à faire son effet. Elle réagit à peine lorsqu'il l'enroula dans la couverture et la souleva pour l'emmener à l'étage.

— Ne me laisse pas ! supplia-t-elle d'une voix déjà ensommeillée lorsqu'il l'étendit sur le lit.

— Jamais !

C'était une promesse qu'il ne pourrait et ne devait pas tenir, mais elle parut rassurer la jeune femme, qui ferma les yeux et se laissa aller sur l'oreiller. Sa respiration s'apaisa peu à peu, et elle ne tarda pas à sombrer dans un sommeil qu'il espérait réparateur.

Il enleva ses chaussures et s'allongea à ses côtés. Elle allait dormir des heures, mais il ne voulait à aucun prix qu'elle se trouve seule à son réveil.

Grace poussa un petit gémissement de détresse. Matthew, qui avait fini par s'assoupir, se dressa immédiatement.

Il s'était allongé tout habillé sur le lit, sans se glisser sous les couvertures, de peur de lui faire mal.

Ils n'étaient amants que depuis quelques jours, mais il s'était déjà habitué à l'avoir dans les bras toute la nuit. Sans elle, il se sentait seul et perdu, comme si la Terre ne tournait plus dans le bon sens.

Grands dieux, comment ferait-il pour continuer à vivre sans elle, pas seulement une nuit, mais jusqu'à la fin de ses jours ?

Il alluma une chandelle pour repousser ses idées noires.

— Grace, tout va bien ?

La lueur tremblotante de la bougie lui révéla de nouvelles ecchymoses sur le visage de la jeune femme, malgré tous ses soins. Dans le regard indigo de sa bien-aimée, il ne lisait plus que douleur et détresse, et il se jura une nouvelle fois que Filey et son oncle paieraient cher chacune de ses souffrances. Si le ciel lui accordait la grâce de faire justice, il mourrait heureux.

— Oui. Quelle heure est-il ?
— Trois heures vingt. Veux-tu un peu d'eau ?
— S'il te plaît.
— Comment te sens-tu ?
— Comme si une voiture à quatre chevaux m'était passée dessus. Deux fois, essaya-t-elle de sourire en prenant d'une main tremblante le verre d'eau qu'il lui tendait.
— As-tu besoin de quelque chose ?
— Non. Prends-moi dans tes bras.
— J'ai peur de te faire mal.

Ce n'était pourtant pas l'envie qui lui en manquait, comme chaque fois qu'il se trouvait avec elle, mais ce soir, le désir passait après la tendresse et la prévenance.

— Matthew, j'ai besoin de toi.

Comment lui refuser quoi que ce soit ? Il se ferait hacher si elle le lui demandait. Avec mille précautions, il se glissa sous les draps.

Comme la vie serait froide et sombre sans elle ! Froide comme le plus rude des hivers, et sombre comme un tombeau.

Il l'attira doucement contre lui et, rien qu'à la façon dont elle se nicha au creux de son épaule et s'accrocha à sa taille, il mesura tout le poids de sa souffrance.

— Ah, ça va mieux ! soupira-t-elle en glissant la main sous la chemise du jeune homme pour sentir battre son cœur.

Elle tremblait contre lui, toujours en proie à la même terreur.

Depuis qu'elle était devenue sa maîtresse, il se croyait au paradis. Il avait toujours su ce bonheur précaire, mais il s'était refusé à voir les risques qu'il courait en s'abandonnant à cet amour, et Grâce avait payé les conséquences de son aveuglement.

— Tu sais ce qui est le plus difficile à supporter ?

Pour son malheur, il avait été battu et ligoté assez souvent au cours de sa brève existence pour le savoir.

— Ce sentiment de totale impuissance.

— Exactement ! acquiesça-t-elle d'une voix ensommeillée.

— Dors, ma douce. Je veille sur toi, murmura-t-il avec tendresse.

Ce n'était pas une promesse en l'air. Il était bien décidé à la défendre contre Filey, Monks et son oncle, quel que soit le prix à payer.

Et ce prix serait vraisemblablement sa santé physique et mentale, sinon sa vie.

Il était temps de passer à l'action, s'il voulait la sauver, et s'il voulait se prouver qu'il était digne du nom d'homme.

Il était temps de regarder la vérité en face. Son petit paradis n'avait jamais été qu'un songe et, comme tous les songes, il s'était évanoui.

Même s'il parvenait à la protéger des griffes de Filey, Grace ne pouvait plus rester ici. Trop de dangers la menaçaient.

Cela faisait longtemps qu'il avait abandonné tout espoir de mener un jour une vie normale mais une femme comme Grace appartenait au monde des vivants. Elle méritait d'être heureuse aux côtés d'un homme honnête et bon qui l'aimerait, prendrait soin d'elle et lui donnerait de beaux enfants. Et cet homme ne pouvait pas être Matthew Lansdowne, même s'il était prêt à se damner pour démontrer le contraire.

Il lui fallait à tout prix trouver un moyen de la faire évader. Et, une fois qu'elle serait en sécurité, il mettrait fin à tout jamais au règne de son oncle.

# 20

Durant les dix jours suivants, Matthew fut sur des charbons ardents. Chaque minute que passait Grace sur le domaine la mettait en danger, il ne pouvait pas l'oublier une seconde, mais travailler à son évasion lui rongeait le cœur.

Sa détermination à la faire partir ne fléchit cependant jamais. Il lui suffisait de se remémorer cette brute immonde de Filey vautrée entre les jambes de la jeune femme et son poing s'écrasant sur la chair délicate pour se sentir malade de rage et d'angoisse.

Tant qu'elle serait prisonnière de lord John, elle ne serait jamais en sécurité.

Le gredin, qui arborait sur le bras que Wolfram avait mordu un bandage particulièrement crasseux, s'esquivait en boitillant du plus loin qu'il l'apercevait, mais le marquis se méfiait de l'eau qui dort et il n'avait pas la naïveté de s'imaginer que tout danger était écarté de ce côté-là.

Les ecchymoses sur le corps de Grace commençaient à s'estomper et ses estafilades n'étaient pas assez profondes pour laisser des cicatrices. Les seules conséquences visibles de l'épreuve qu'elle avait traversée étaient une fébrilité nouvelle dans ses étreintes et une profonde répugnance à s'éloigner de lui.

Chaque jour qui passait, il l'aimait davantage. Quand ils s'unissaient, qu'il plongeait au plus profond d'elle, il avait le sentiment de ne plus faire qu'un avec elle, une seule chair, un seul souffle, une seule âme. À maintes reprises, il voulut lui crier son amour mais à chaque fois, le souvenir cuisant de la réaction de Grace à son premier aveu lui fit ravaler précipitamment les mots fatals.

Sa compagne avait beau vanter son courage, il n'était pas assez téméraire pour risquer de se voir rejeté. Elle lui faisait confiance, elle l'appréciait, elle le désirait, elle l'aimait bien, mais elle ne l'aimait pas d'amour, et c'était pour lui une souffrance indicible.

Savourer dans le salon les derniers feux du crépuscule en compagnie de Grace avait quelque peu apaisé son angoisse. Qu'avait-il donc fait pour mériter une femme pareille ? Car, pour quelque temps du moins, elle était à lui, toute à lui.

Négligemment appuyée à l'accoudoir du canapé, un verre de porto à la main, l'incarnat de sa robe accentuant la transparence laiteuse de son teint, elle lui parut la séduction faite femme.

Rien qu'à la vue de son décolleté vertigineux, le goût de sa chair lui venait aux lèvres et un désir brûlant enflammait ses veines...

Bientôt...

Elle avait relevé sa longue chevelure et il s'imaginait passant autour de ce col de cygne des cascades de rubis, de perles, de diamants et d'émeraudes. Certainement pas de saphirs, ils ne pourraient pas rivaliser avec l'éclat de ses yeux outremer.

Hélas, le seul joyau qu'il pouvait lui offrir, c'était son cœur débordant d'amour, et il savait le peu de prix qu'elle attachait à ce modeste cadeau.

Avec sa grâce habituelle, elle porta son verre à ses lèvres et ce simple geste suffit à enflammer le sang du jeune homme.

Jamais, même dans ses rêves les plus fous, il n'aurait pu désirer compagne plus accomplie, et l'idée qu'ils devaient se séparer lui transperçait le cœur.

Il ne lui avait pas encore expliqué qu'elle devait à tout prix le quitter. Tant qu'il n'avait pas de plan bien arrêté, il était inutile de lui donner de vains espoirs de liberté.

— Matthew, qu'est-ce qui ne va pas ?

— Cette robe appelle les rubis, dit-il pour dissimuler ses préoccupations, mais je n'en ai pas à t'offrir.

— Je n'ai pas la folie des bijoux, tu sais.

Il l'avait deviné, et il n'aurait de toute façon jamais l'occasion de la couvrir de joyaux, mais il ne pouvait s'empêcher de le regretter. Il écarta bien vite la vision de Grace uniquement vêtue de rivières de pierreries étincelantes.

— Qu'est-ce que c'est ?

Il suivit son regard vers la fenêtre ouverte et entendit lui aussi le roulement de la voiture qui s'engageait dans l'allée.

Une seule personne pouvait venir au domaine quand bon lui semblait. L'arrivée de lord John, même si elle était malvenue, ne constituait donc pas à proprement parler une surprise. Monks avait dû l'informer des événements de la semaine passée.

— C'est mon oncle.

Oubliant ses rêveries érotiques, il vint se placer à côté de sa compagne, comme un valeureux chevalier protégeant sa souveraine.

— Ton oncle ? répéta la jeune femme en se levant comme pour prendre la fuite.

— Courage, mon amour. Ne lui laisse pas voir que tu as peur de lui.

— Mais il me terrifie vraiment, souffla-t-elle.

La porte s'ouvrit à deux battants sur un laquais portant la livrée verte des Lansdowne, et sir John fit son entrée, suivi de trois valets de pied.

— Bonsoir, Matthew ! lança-t-il en tendant ses gants et son chapeau à l'un des domestiques qui s'inclina très bas avant de disparaître.

— Mon oncle...

— Fermez les fenêtres et les rideaux, faites du feu et allez-vous-en ! intima lord John à ses valets.

Les domestiques s'exécutèrent prestement, transformant l'agréable salon ouvert sur le jardin en fleurs en cellule étouffante et surchauffée.

— Je suis très mécontent de ta conduite, mon garçon ! claironna lord John une fois les domestiques partis.

— Vous m'en voyez fort marri, mon cher oncle !

Ce genre de petites insolences était puéril, Matthew le savait pertinemment, mais c'étaient ses seules armes et, au fil des années, il y avait acquis une virtuosité qui ne manquait pas d'efficacité.

Comme il s'y attendait, son tuteur ignora le sarcasme. Avec toute l'assurance du propriétaire, il se laissa tomber dans le fauteuil abandonné par le marquis, les deux mains appuyées sur le pommeau d'ambre de sa canne. Un insecte préhistorique était enfermé dans la pierre dorée, et le sens de ce symbole n'avait pas échappé à son neveu.

— J'étais en Écosse au service de la Couronne et j'y ai reçu des rapports alarmants, m'informant que tu t'en étais pris à l'un de tes gardiens.

— L'un de mes gardiens a attaqué cette dame !

La tête haute, droite comme un « i », Grace avait la noblesse des statues antiques. Les traces d'ecchymoses sur son visage attestaient ce qui s'était passé. Elle ne s'était pas levée pour faire la révérence, et cette incongruité n'avait certainement pas échappé à lord John.

— Quoi qu'il en soit, ces incidents me préoccupent. Cette fille s'est révélée décevante. J'aurais dû me rendre compte tout de suite qu'elle ne ferait pas l'affaire. Je vais la faire remplacer.

Ainsi, la bataille était engagée, et son oncle avait dégainé le premier, à la grande satisfaction de Matthew. John Lansdowne adorait jouer au chat et à la souris, laisser espérer à ses victimes une échappatoire avant de les écraser. La rapidité et la brusquerie de l'attaque indiquaient que lord John était bien plus inquiet qu'il ne voulait l'avouer.

Jusque-là, les choses ne se présentaient pas si mal.

Matthew posa une main rassurante sur l'épaule de sa compagne. La jeune femme savait ce que leur visiteur entendait par « remplacer », et elle s'était figée.

— Bien au contraire. Mme Paget est exactement tout ce dont je pouvais rêver, répliqua le marquis d'un ton suave.

— Voyons, mon garçon ! Ce n'est qu'une petite mijaurée incolore, inodore et sans saveur, crois-moi ! Tu as besoin d'une femme d'expérience, une femme qui sache combler un homme. En ce qui concerne la bagatelle, tu n'as aucun point de comparaison…

— Mme Paget restera ici.

John Lansdowne n'avait pas l'habitude de se voir contrarié. Un éclair de colère traversa ses yeux bleu glacier, tandis que ses longues mains aristocratiques se crispaient sur sa canne. Il avait pris au fil des années des manières de plus en plus autoritaires, comme s'il avait progressivement endossé tous les attributs du marquisat, à l'exception du titre, qui lui resterait à jamais inaccessible, ce qu'il n'avait jamais pu accepter.

— Tu l'oublieras quand une putain au sang chaud viendra réchauffer tes draps. À ma dernière visite, Mme Paget s'est jetée à mes pieds pour me supplier de la relâcher. Il est immoral d'obliger une femme respectable à se prostituer, tu dois bien t'en rendre compte, mon garçon !

— Et les reproches que vous vous faites pour l'avoir mise dans cette triste situation vous empêchent de dormir, j'en suis certain, persifla Matthew.

— Vous ne me libérerez jamais, lord John, intervint Grace. Vous voulez me tuer, car j'en sais trop.

— Vous surestimez votre importance, madame ! coupa John Lansdowne.

— Je ne crois pas, milord !

— Faire la catin pour mon neveu vous a rendue bien impudente. Où est donc passée la vertueuse petite veuve ?

— Mieux vaut une catin qu'un tricheur, un voleur et un tortionnaire, milord ! rétorqua Grace du tac au tac, avec toute la majesté d'une reine.

— Espèce de sale petite pute !

Lord John avait bondi, la main levée... pour se heurter à son neveu.

— Osez toucher un seul cheveu de sa tête, et vous le regretterez ! gronda-t-il en toisant son oncle de toute sa haute taille.

Au cours de ces onze années, jamais la haine que les deux hommes éprouvaient l'un pour l'autre n'avait encore donné lieu à une confrontation physique, mais la fureur qui animait le marquis l'aveuglait. Une envie folle de faire ravaler ces affronts à son tuteur le dévorait, et il sentait déjà le souffle venimeux de son ennemi mourir sous ses doigts.

Il suffit que la main de Grace se pose sur son épaule pour qu'il recouvre tout son sang-froid.

Il ne pouvait pas tuer John Lansdowne ici, ses domestiques étaient trop nombreux. Et s'il perdait la bataille, qu'adviendrait-il de la jeune femme ?

Pour satisfaire sa vengeance, il devait attendre que sa compagne ait franchi les hauts murs lisses du domaine.

Prudemment, lord John battit en retraite.

— Calme-toi, enfin ! Je ne m'abaisserais jamais à toucher cette fille de rien, voyons !

— Je vous le déconseille, en tout cas !

Seule la main de Grace sur son épaule retenait Matthew de faire une folie et de sauter à la gorge de son oncle.

— J'en ai assez vu. La petite putain partira ce soir, et nous te trouverons une autre garce. Dans le noir, toutes les juments se ressemblent !

— Je ne veux pas d'autre compagne. Je vous l'ai déjà dit, Mme Paget reste ici !

— Ton expérience toute nouvelle du sexe féminin t'a donné l'impression que tu avais le choix, mais c'est une grossière erreur, mon cher neveu, persifla lord John qui avait retrouvé son assurance et sa morgue habituelle.

— On a toujours le choix. Vous oubliez que le dernier atout est dans mon jeu.

Pour la première fois en onze ans, leur affrontement, qui jusque-là se tenait à fleurets mouchetés, éclatait au grand jour. S'il voulait remporter cette bataille, Matthew devait garder son calme jusqu'au bout.

— Tu es devenu fou, ma parole ? Tu as oublié comment Monks devait t'attacher, te nourrir et t'essuyer comme un nourrisson pendant que tu pleurais et proférais des paroles sans queue ni tête ?

Matthew n'avait pas besoin de relever ces insinuations humiliantes. Grace lui avait insufflé une confiance en lui qu'il n'avait jamais éprouvée jusque-là, surtout en présence de son oncle.

— Touchez à Mme Paget, et je vous jure sur la tombe de mes parents que vous perdrez le contrôle de la fortune des Lansdowne.

— Et de quelle manière comptes-tu t'y prendre pour m'évincer, s'il te plaît, mon petit ?

Son oncle pouvait bien l'appeler « mon petit » ou « mon garçon » autant qu'il le voulait, cela n'empêchait pas que le pouvoir avait changé de mains. En envoyant ses sbires enlever cette femme-là, son tuteur avait commis une erreur qui lui serait fatale. Avec Grace à ses côtés, Matthew était invincible.

— Votre pouvoir ne tient qu'à un fil, mon cher oncle, vous l'oubliez un peu vite. Et ce fil bien ténu, c'est ma vie. Si je meurs, vous perdez tout contrôle sur la fortune familiale. Touchez un seul cheveu de Grace Paget, enlevez-la-moi, faites-lui le moindre mal, et mes jours sont comptés !

— Non ! cria Grace, affolée.

Il avait beau souffrir de sa détresse, rien n'aurait pu faire fléchir sa détermination, et il ne se retourna pas pour la réconforter.

— Cesse tes vantardises ridicules, mon garçon ! lâcha lord John avec un rire qui sonnait faux.

— En la matière, c'est moi qui ai le dernier mot, mon oncle ! Rien que dans cette pièce, je trouverais aisément de quoi mettre fin à mes jours. Mon cousin deviendrait marquis de Sheene, et les coffres des

Lansdowne vous seraient alors fermés à jamais. À moins que vous ayez l'intention de soudoyer d'autres médecins pour le faire déclarer fou, lui aussi, mais je doute que la même supercherie puisse être utilisée deux fois.

— Cesse de te prendre pour un héros de mélodrame ! intima sir John, pâle comme un linge.

— Matthew, oublie cette idée, implora Grace.

— Il n'y a pas d'autre moyen, ma chérie.

— Tu es prêt à risquer ta vie pour cette traînée ? se récria lord John avec autant de mépris que d'incompréhension. Ce n'est qu'une putain de bas étage, enfin ! Tu trouveras sa pareille pour quelques sous sur n'importe quel trottoir !

— Manquez encore une seule fois de respect à cette dame et je vous ferai ravaler vos paroles !

— Tu t'imagines que tu es amoureux, et cela ne sert à rien d'essayer de te faire entendre raison. Je reviendrai quand tu auras retrouvé ce qui te tient lieu de bon sens.

Tout en reculant prudemment hors de portée de son neveu, John Lansdowne frappa le parquet avec sa canne. Un laquais vint ouvrir la porte, apportant dans la pièce étouffante une fraîcheur bienvenue.

— Garde ta catin pour le moment, et profites-en tant que tu le peux ! lança sir John depuis le seuil.

En nage, Matthew ôta sa redingote et alla se servir un verre de cognac qu'il avala d'un trait avant d'en verser un second. Il allait le proposer à Grace lorsqu'il se figea sur place.

Pâle comme une morte, le visage ruisselant de larmes, la jeune femme tremblait de tous ses membres.

— Je ne vaux pas la peine que tu risques ta vie, hoqueta-t-elle entre deux sanglots.

— Bien sûr que si ! Tu vaux le ciel et la terre pour moi.

Ces mots interdits, « Je t'aime », lui vinrent à nouveau aux lèvres. En deux pas, il la rejoignit et la prit dans ses bras.

— Je ne veux pas que tu meures ! sanglota-t-elle en se blottissant contre sa poitrine.

Il la serra plus fort encore contre lui.

— Petite folle ! Tu sous-estimes l'avidité de mon oncle.

— Je hais ton oncle !

— Il ne s'avouera pas vaincu, ma douce. Tant que tu es en son pouvoir, tu ne seras pas en sécurité. Et ne t'y trompe pas, tout ce qui se trouve dans ce domaine est en son pouvoir.

— Je ne peux rien contre lui.

— Si, tu peux t'évader.

— Mais je suis prisonnière ici, comme toi !

— Je peux te faire évader.

— Tu m'as répété sur tous les tons que c'était impossible. Qu'y a-t-il de changé ? Comment pourrions-nous nous échapper ?

— Pas nous, toi seulement. Tu vas partir, et je vais rester.

Jamais aveu ne lui avait tant coûté.

— Je ne comprends pas. Si je peux m'évader, pourquoi ne le pourrais-tu pas ?

— Je donnerais tout pour m'enfuir avec toi, mais toute personne qui me viendrait en aide serait considérée comme criminelle et sévèrement condamnée. C'est déjà arrivé une fois.

— Mais cette fois-ci, je serai avec toi. Je pourrai témoigner de ce qu'a fait ton oncle.

— Crois-tu que je ne vendrais pas mon âme au diable pour être libre avec toi si je n'avais pas été reconnu fou et interné pour préserver l'ordre public ?

— Tu n'es pas fou, et tu le sais parfaitement ! s'emporta-t-elle.

— Ces dernières années, non, mais mes médecins attesteront que je suis un homme dangereux.

— Des médecins à la solde de ton oncle. Il ne s'est même pas donné la peine de le nier !

— Cela ne signifie pas que leur diagnostic est faux.

— Il est faux !

— Grace, arrête !

Il se pencha pour l'embrasser avec une ardeur désespérée. Dès que leurs lèvres se joignirent, tout bascula. Elle avait noué les mains derrière son cou mais malgré le plaisir intense qu'il éprouvait, il avait le sentiment que sa compagne continuait d'argumenter avec lui à travers ce baiser.

Comment pourrait-il se résoudre à la voir partir ?

Elle se dégagea soudain, pâle et tremblante, visiblement désemparée.

— Je ne partirai pas ! le défia-t-elle. Tu ne peux pas m'y obliger. Je veux rester avec toi !

Il avait mal entendu, sans doute. Des circonstances malencontreuses l'avaient obligée à partager le lit d'un aliéné, elle avait été insultée, attaquée, brutalisée... N'importe quelle femme sensée aurait saisi l'opportunité de s'échapper et ne se serait arrêtée qu'une fois arrivée à mille lieues de ce domaine et de tous ses habitants.

Grace n'avait apparemment rien d'une femme sensée.

À moins qu'elle n'ait pas bien compris...

— J'ai trouvé un moyen d'évasion pour toi. C'est ta seule chance de retrouver la liberté. Tu veux être libre, n'est-ce pas ?

— Je ne veux pas être libre sans toi ! persista-t-elle avec cet air de défi qui l'avait séduit dès leur première rencontre. Quoi qu'il nous arrive, nous y ferons face ensemble !

Le cœur de Matthew s'arrêta de battre.

S'il comprenait bien...

Il n'y avait qu'une façon d'interpréter ce qu'elle venait de lui dire, mais il devait en avoir le cœur net. Rassemblant tout son courage, il commença :

— Grace...

Puis il s'interrompit. Lui qui avait affronté la maladie, les mauvais traitements et la réclusion reculait devant trois petits mots.

— Grace, tu m'aimes ?

Un silence de mort s'abattit sur la pièce.

Grace demeura silencieuse.

Il s'était donc trompé !

Pourtant, l'espace d'un instant, tout s'était éclairci, et il avait cru au bonheur.

Comme si une femme comme Grace Paget pouvait aimer quelqu'un comme lui, un demi-homme condamné à ne vivre qu'une demi-vie. Quelquefois, comme en ce moment, il se disait qu'il ne méritait pas mieux que cette existence tronquée.

Elle paraissait si malheureuse !

Elle ne voulait certainement pas lui faire de peine. Il ne pourrait jamais supporter sa pitié, mais qu'avait-elle d'autre à lui offrir après le désastre qu'il venait de provoquer ? Pouvait-on se montrer plus maladroit ? En quelques minutes, il avait gâché les quelques jours qui leur restaient.

— Je croyais aimer Josiah, confia-t-elle enfin en le regardant droit dans les yeux.

— Tu n'étais qu'une adolescente à peine sortie de l'enfance.

— Je suis une femme, maintenant.

— Je le sais, approuva-t-il en détaillant les courbes voluptueuses de sa silhouette et la chair nacrée que rehaussait l'incarnat de la robe.

— Je me connais, Matthew, et je sais que mes sentiments ne changeront pas. Si je te dis que je t'aime, cela veut dire que je t'aimerai toujours, déclara-t-elle en tendant vers lui une main tremblante.

Que faire lorsque vos rêves les plus fous se réalisent tout à coup ?

Jamais le marquis n'aurait pu imaginer que cet instant viendrait. Quand les paroles de Grace eurent pris tout leur sens, elles lui firent l'effet d'une ondée sur un désert.

— Tu m'aimes ? Tu m'aimes ! s'exclama-t-il en saisissant la main tendue.

— Tu ne peux pas savoir à quel point !

— Je n'arrive pas à y croire...

— Je t'en prie, crois-moi. Je t'aime, Matthew, et je t'aimerai toujours, murmura-t-elle tandis qu'il la prenait dans ses bras.

— Et moi aussi, je t'aime !

Ces mots si simples venaient de changer sa vie. Maintenant, il ne serait plus jamais le même.

Toutes ses angoisses s'évanouirent lorsqu'il posa ses lèvres sur celles de Grace. Seuls restaient sa reconnaissance et son amour.

Surtout son amour...

— Ne m'éloigne pas de toi, supplia-t-elle.

— Chut !

En enfouissant le visage dans la somptueuse chevelure d'ébène, il se demanda comment il pourrait bien faire pour vivre sans elle désormais.

# 21

— Rien de ce que tu pourras dire ne me fera partir !

Depuis la veille, Grace n'avait cessé d'aborder le sujet de son départ et ce matin, elle refusait de laisser son amant balayer ses objections ou la distraire par ses baisers.

Ni par ses baisers, ni par le reste.

Ils étaient allés se promener dans les bois et, rien qu'à voir la façon dont Wolfram musardait dans les fourrés, on pouvait être certain que ni Monks ni Filey ne rôdaient dans les parages. Le soleil nimbait d'or le visage de Matthew et la jeune femme se plaisait à y voir un symbole. Pour elle, il valait tout l'or du monde. Jamais elle ne le quitterait, même si cela signifiait demeurer prisonnière jusqu'à la fin de ses jours.

— Nous n'avons pas le choix, soupira-t-il. Tu as entendu mon oncle ?

— Mais bien sûr que si, nous avons parfaitement le choix ! s'écria-t-elle en lui barrant le chemin pour être certaine d'avoir toute son attention.

— Grace, écoute-moi, je t'en prie ! Ta vie est trop précieuse pour que je prenne le risque de la voir menacée !

— Viens avec moi, alors !

— Tu sais bien que c'est impossible.

— Si tu as trouvé un moyen de me faire évader, tu peux en trouver un pour nous faire évader tous les deux.

— Je mourrai entre ces murs. Je l'ai accepté l'année dernière quand mon tuteur a fait déporter Mary et sa famille.

Le désespoir qui perçait dans ses mots déchira le cœur de la jeune femme.

— Comment veux-tu que je parte sans toi ?

— Tu es suffisamment forte pour y arriver.

— Tu te trompes, je ne suis pas forte, murmura-t-elle, les larmes aux yeux.

— Mais si, et tu le sais bien. Tu as tenu tête à ton père, à Josiah, même à mon oncle. La seule chose qui me console de me séparer de toi, c'est de savoir que rien ne te brisera jamais !

— Je ne partirai pas.

— Si. Tu sais ce qu'il m'en coûtera si mon oncle te touche...

— C'est du chantage !

— Peut-être, mon amour, mais c'est le seul moyen d'obtenir ce que je veux...

— Si tu veux jouer à ce jeu-là, nous serons deux !

D'une main mal assurée, elle attira le visage de Matthew vers le sien. Elle avait déjà essayé sans succès de le séduire contre sa volonté mais à ce moment-là, elle ignorait le pouvoir qu'elle avait sur lui.

Il ne résista pas, mais ses lèvres restèrent obstinément closes et il ne lui rendit pas son baiser.

Elle n'était cependant pas prête à s'avouer vaincue.

Elle l'enlaça, se serra contre le corps athlétique et sentit le cœur du jeune homme battre plus vite contre sa poitrine. Tout n'était pas perdu, elle parviendrait bien à briser sa carapace et à lui faire abandonner cette cruelle idée de l'exiler loin de lui.

Doucement, elle agaça les lèvres de Matthew jusqu'à ce qu'il glisse sa langue dans sa bouche où elle s'attarda avec volupté. Il finit enfin par céder et lui rendre son baiser avec une ardeur égale à la sienne. Elle aurait été bien en peine de dire maintenant qui était l'assaillant. Fermant les yeux, elle s'abandonna à la fièvre qui l'emportait.

— Enfin, Grace, cela ne prouve rien !

Elle ouvrit les yeux et, lorsqu'il voulut se dégager, lui prit la main et la posa sur son sein.

— Tu pourrais vivre sans ça ? Ou ça, demanda-t-elle en flattant sa virilité qui se durcit immédiatement sous ses doigts.

Jamais encore elle n'avait osé un tel geste, mais l'amour et le désespoir lui donnaient une audace dont elle ne se serait jamais crue capable.

Matthew résista un instant, puis ses doigts se refermèrent sur le sein offert.

— Non, se rebella-t-il. Je ne pourrai pas vivre si cela te met en danger !

— Tu n'y peux rien. Je te ferai céder. Je te connais trop bien.

— C'est vrai, mais as-tu envie de te servir de nos sentiments comme d'une arme ? À ce régime-là, nous finirons par nous détruire mutuellement.

— Je ne veux pas te quitter. Ne m'y oblige pas !

— Laisse-moi au moins te sauver, Grace. Pour l'amour de Dieu, fais-moi cette faveur ! C'est la seule liberté qu'il me reste !

Le désespoir et la souffrance qu'elle lisait sur le visage aimé eurent raison de sa résistance. Il se rongeait d'inquiétude pour elle, lui qui avait tant enduré !

— Tu me brises le cœur.

Il comprit immédiatement qu'elle venait de rendre les armes.

— Je donnerais tout pour qu'il y ait une autre solution, ma chérie.

— Quand je serai libre, je te ferai sortir d'ici ! lança-t-elle farouchement.

— Quand tu seras libre, oublie-moi, je t'en prie. Si mon oncle retrouve ta trace, tu seras perdue, et tous nos efforts auront été vains.

— Je ne t'abandonnerai jamais.

— Il le faut, mon amour. C'est ta seule chance.

— Jamais ! Quand dois-je partir ? se dépêcha-t-elle d'ajouter pour couper court à ses objections.

— Demain.

— Ce n'est pas possible !

— À chaque heure que tu passes ici, le danger s'accroît. Mon oncle a déjà tout prévu pour t'emmener et te tuer. À l'heure qu'il est, il a dû se persuader que mes menaces ne sont que des paroles en l'air. D'un autre côté, chaque heure qui passe redonne de l'audace à Filey. Demain, on nous livre nos provisions de la semaine. Monks et Filey ouvriront le portail. C'est comme ça que je me suis échappé la dernière fois. Je ferai diversion et tu en profiteras pour t'enfuir.

— Mais pas demain ! se lamenta-t-elle en luttant contre les larmes.

Elle refusait de pleurer. Elle avait pleuré la nuit dernière, elle avait pleuré ce matin, mais maintenant elle voulait lui montrer qu'elle avait du courage.

— C'est plus prudent. Je vais t'expliquer comment nous allons procéder...

Lorsque Grace rejoignit le marquis pour le dîner, elle savait que c'était la dernière soirée qu'ils passaient ensemble. Même si elle parvenait à le délivrer, leur liaison prendrait fin dès qu'elle quitterait le domaine. Elle n'avait pas la naïveté de s'imaginer qu'une heureuse issue l'attendait à l'extérieur.

Un grand seigneur et la pauvre veuve d'un fermier n'avaient aucun avenir commun. Matthew devrait prendre l'entière possession de son titre et de tous les privilèges qui y étaient attachés, tandis qu'elle vivrait chichement auprès de son cousin Vere.

Quant à l'amour, il n'avait pas sa place une fois franchie la porte de leur prison.

Et elle aurait beau l'aimer jusqu'à son dernier souffle, l'amour que Matthew éprouvait pour elle était une plante de serre qui se fanerait au contact du monde extérieur. Comment en serait-il autrement, alors qu'il aurait tout à découvrir ?

Une seule petite lueur d'espoir l'empêchait de s'effondrer. Pour Matthew, elle représentait la seule chance de liberté.

À condition qu'elle échappe à ses geôliers, à condition que lord John ne la rattrape pas, à condition qu'elle trouve quelqu'un pour croire à son histoire...

La réussite de son plan était certes très hasardeuse, mais elle n'avait pas le choix.

— Un peu plus de vin ?
— Non, merci. Je veux t'avoir dans mes bras.

Le regard de Matthew brûlait de désir et d'amour.

Il savait ce qu'il en coûtait à la jeune femme de lui céder et de le quitter.

Et elle était certaine qu'il la comprenait, qu'il la savait prête à affronter n'importe quel danger pourvu qu'il soit à ses côtés. Dans cet étrange endroit, elle s'était révélée et avait enfin rencontré un homme digne de son amour.

Mais il ne lui aurait appartenu que si peu de temps...

Si seulement...

Ce genre de pensées ne faisaient qu'affaiblir sa détermination, songea-t-elle en tentant de se ressaisir. Lui aussi faisait des efforts méritoires pour ne pas faiblir et elle ne pouvait pas le décevoir en lui montrant son désarroi. Elle avait honte de sa conduite du matin.

— Viens, mon amour !

— Il est tôt. Tu n'as pas peur d'éveiller les soupçons ? chuchota-t-elle en prenant la main qu'il lui tendait.

— Ils penseront que je me consume de désir pour toi, et ils auront raison, dit Matthew dans un sourire.

— Prouve-le-moi.

— Je ne demande pas mieux.

Elle prit le bras qu'il lui offrait et ils quittèrent la pièce en feignant la plus parfaite nonchalance. Mais, une fois dans l'ombre de l'escalier, Matthew, vibrant de désir, la plaqua contre la rampe pour prendre sa bouche, tandis que son érection se faisait insistante contre son ventre.

Ce soir, il avait plus que jamais besoin d'elle, elle ne le savait que trop.

En réponse à son invite, elle fit courir dans son dos ses mains fébriles, luttant contre les vêtements qui les séparaient encore, tandis que les baisers fiévreux de Matthew enflammaient ses veines.

— Je te veux ! gronda-t-il d'une voix étranglée.

Le fer forgé de la balustrade lui meurtrissait le dos tandis qu'il se pressait contre elle, mais elle n'en avait cure. Qu'importaient quelques instants d'inconfort, du moment qu'il la caressait ? Aucune gêne ne serait aussi pénible que la séparation qui les menaçait.

— Mme Filey pourrait nous voir, protesta-t-elle faiblement tandis que sa main se posait sur le membre gonflé.

Il se pressa davantage encore contre elle.

— Tu me rends fou ! Continue ! Mme Filey peut bien aller au diable.

— C'est toi qui es diabolique...

D'ici à quelques instants, toute cette puissance virile qui vibrait sous ses doigts serait sienne. Elle avait besoin de se donner à lui, de lui appartenir pour que la passion lui fasse oublier son chagrin et sa peur. Elle enfouit le visage contre sa poitrine et s'enivra de son parfum viril de cuir, d'ambre et de citron.

Car bientôt, elle n'aurait plus que des souvenirs...

Les larmes aux yeux, elle resserra son étreinte autour du cou du marquis, comme si elle pouvait encore le retenir.

D'un coup d'épaule, Matthew referma derrière eux la porte de la chambre. Il la plaqua contre le battant de chêne où elle s'adossa afin de mieux s'offrir à lui. Elle voulait qu'il la pénètre au plus profond comme pour imprimer à jamais sa marque dans sa chair.

Tout en relevant ses jupes d'une main fébrile, il l'embrassa farouchement de la langue et des dents, sans aucune douceur, mais ce n'était pas la douceur qu'elle recherchait. Encore un geste impatient, un craquement sec, et ses dessous déchirés tombèrent à terre.

La passion de Matthew était plus violente que jamais, et c'était très excitant. Elle sentit un frisson courir dans tout son corps tandis qu'un nectar tiède inondait ses cuisses.

Il se débarrassa à la hâte de son habit, puis de son pantalon. Un nouveau frisson lui coupa le souffle lorsqu'il se dressa orgueilleusement devant elle.

— Ici ?

— Oui ! intima-t-il en la poussant contre le battant de chêne avec une sauvagerie qui la laissa pantelante. Et aussi là-bas, reprit-il en désignant le lit. Mais après. Lève la jambe et appuie-toi sur ma hanche.

La haute taille de Matthew ne rendait pas la chose facile, et ses jupes relevées la gênaient.

— Ce n'est pas très confortable…

— Fais-moi confiance.

Il le lui avait souvent répété au cours de leurs ébats. Elle le voulait en elle, tout de suite, et elle se dressa sur la pointe des pieds pour atteindre son membre, mais il s'en fallait encore de beaucoup.

— Penche-toi en arrière.

Il glissa la main sous ses reins et la souleva comme une plume tout en caressant de l'autre main sa fente humide. Elle ne put retenir son cri lorsqu'il introduisit en elle un doigt, puis deux. Dans cette position, elle s'ouvrait à lui comme une fleur à la rosée du matin, et c'était une sensation inoubliable. Elle frémissait sous ses doigts, mais pas au point d'atteindre l'orgasme. Cette nuit entre toutes, elle ne voulait pas jouir sans lui.

Il écourta les préliminaires et elle ne lui en voulut pas. Elle avait si faim de lui !

— Matthew !

Il la souleva un peu plus et elle vit avec stupéfaction ses pieds quitter le sol. Enroulant ses deux jambes autour de lui, elle accueillit le mât rigide qui se pressait contre son ventre.

— Tiens-toi à moi, souffla-t-il à son oreille avant de s'introduire en elle d'une seule poussée.

Elle ne put retenir une plainte sous l'assaut et gémit encore de plaisir lorsqu'il plaqua les deux mains sous ses fesses.

Elle était prisonnière entre son corps rigide et le battant de la porte. Tandis qu'il s'enfonçait de plus en plus profondément en elle, toute sa peine, tous ses regrets, toutes ses espérances et tout son amour se fondirent dans cette passion désespérée avec laquelle il la faisait sienne à tout jamais.

La fièvre qui s'était emparée de leurs corps monta rapidement. Grace cria le nom de Matthew lorsque cent mille soleils explosèrent devant ses yeux. Elle fit de son mieux pour retenir l'instant mais, même au plus fort de ce merveilleux cataclysme, le sentiment de leur séparation imminente ne la quitta jamais. Les larmes ruisselaient sur ses joues.

Du fond de l'abîme où elle avait sombré, elle sentit Matthew se répandre en elle. Il était à elle, il lui appartenait...

Du moins jusqu'au lendemain matin...

Comment pourrait-elle le quitter ? Chaque fois qu'ils faisaient l'amour, ils s'unissaient plus parfaitement l'un à l'autre. L'abandonner équivaudrait à s'amputer d'un membre.

Épuisés, ils tombèrent à genoux. À bout de souffle, Matthew s'était laissé aller contre son épaule. D'un geste plein de tendresse, elle repoussa les mèches de cheveux qui collaient à son front, comme une mère l'aurait fait à son enfant.

Comment vivre sans lui, sans leur passion ? Jamais elle ne connaîtrait d'autre amour. Ses doigts se crispèrent sur les épaules de son partenaire, comme pour défier quiconque de venir le lui arracher. Puis, avec un soupir résigné, elle relâcha son emprise.

À quoi bon défier le destin ? Leur sort était déjà scellé. Ils devaient se séparer, c'était écrit depuis le premier baiser qu'ils avaient échangé.

Matthew s'était rasé avant le dîner mais sa barbe repoussait déjà. Avant l'aube, ses joues râpeuses comme du papier de verre lui grifferaient la peau, mais elle s'en moquait. Au contraire, ce soir plus que jamais, elle voulait voir cette marque imprimée sur sa chair.

— Je t'aime, Grace, déclara-t-il en la contemplant comme s'il voulait graver dans sa mémoire chacun de ses traits.

— Moi aussi, Matthew. Avec toi, j'oublie tout ce qui n'est pas nous.

Jamais elle n'aurait dû lui dire qu'elle l'aimait. Maintenant qu'elle l'avait fait, elle ne pourrait jamais se lasser de le répéter.

Elle se pencha pour l'embrasser. Elle comptait le séduire avec la même autorité qu'il l'avait possédée, mais sa tendresse et sa tristesse étaient trop grandes. Ses lèvres se firent plus douces et, au lieu d'être possessif, son baiser exprima toute la mélancolie qui l'habitait. Il le lui rendit avec une tristesse poignante qui déchira le cœur de la jeune femme.

Lentement, ses lèvres tremblantes se posèrent sur le front, les yeux, les joues, la ligne virile de son menton et sur la veine bleue qui battait à son cou, comme pour marquer sa possession.

D'habitude, c'était lui qui prenait la tête des opérations quand ils faisaient l'amour mais cette fois-ci, il paraissait décidé à lui laisser l'initiative.

Elle prit son temps, explorant de la bouche chaque parcelle de son corps. C'était la dernière nuit qu'ils passaient ensemble et cela lui donnait envie de s'attarder, pour garder de lui un souvenir plus vivace.

Elle fit glisser la chemise trempée de sueur du jeune homme et caressa son torse, ses épaules athlétiques, ses bras vigoureux. Ses lèvres se posèrent au creux de son cou, puis semèrent une pluie de baisers sur tout son corps.

Matthew ne restait pas insensible à cette exploration méthodique, mais il la laissa continuer sans broncher. Il l'aimait assez pour prendre patience et ne pas lui refuser ce plaisir. Enhardie par cette preuve d'amour supplémentaire, sa compagne redoubla d'audace...

Lentement, elle se glissa derrière lui. D'ordinaire, le spectacle de son dos martyrisé la révoltait. Comment, après de telles épreuves, avait-il pu devenir ce gentleman accompli, cet homme merveilleux ? C'était un véritable miracle.

Elle rassembla son courage et posa la bouche sur la cicatrice qui courait de son épaule gauche à sa hanche droite.

— Grace, je t'en prie, se cabra-t-il, comme si elle lui avait fait mal, alors que ses blessures étaient guéries depuis longtemps.

— Mais j'en ai envie, protesta-t-elle en appuyant la joue contre son dos.

— Mes cicatrices devraient te faire horreur, insista-t-il, tendu à craquer.

— Certainement pas ! Ce sont les preuves de ton courage et tu peux en être fier. Ce sont elles qui t'ont fait l'homme que tu es, l'homme que j'aime de tout mon cœur.

Elle embrassa de nouveau la trace du fouet, qu'elle suivit sur toute sa longueur jusqu'à la hanche. Puis, doucement, tendrement, elle posa les lèvres sur la moindre estafilade, sur les marques de la cravache, sur ce qui ne pouvait être que des brûlures, comme si, en dressant l'inventaire des sévices qu'il avait subis, elle pouvait effacer ses souffrances passées.

Chaque baiser raffermissait sa détermination à le sauver. Quoi qu'il lui en coûtât, elle vaincrait les brutes qui avaient commis ces forfaits.

Et peu à peu, il finit par accepter ses caresses et même par les devancer, comme si elles apaisaient effectivement les douleurs anciennes.

La respiration hachée de son partenaire, la chaleur de son corps, le goût de sa chair enfiévraient les sens de la jeune femme. Sa bouche descendit le long de la poitrine et elle entendit Matthew étouffer un gémissement quand ses doigts agacèrent son téton. Elle sentait son cœur battre follement sous sa main.

À chacun de ses baisers, la curiosité la poussait plus loin. Ses lèvres connaissaient presque toutes les parties de ce corps viril mais maintenant, elles voulaient les connaître toutes.

C'était une idée absurde, indécente. Elle ne pouvait pas...

La tentation était trop forte, pourtant. C'était leur dernière nuit, après tout, et elle entendait bien repousser encore une fois les limites de la décence.

— Allonge-toi, intima-t-elle.

À sa grande surprise, il lui obéit aussitôt.

Elle regarda son sexe fièrement dressé, preuve évidente de la force de son désir pour elle. Il ne la quittait pas des yeux, le sourire aux lèvres, savourant son attente...

Une fois encore, Grace sentit la douleur de la séparation à venir lui déchirer le cœur. Savoir qu'elle n'aurait pas d'autre occasion eut raison de ses dernières hésitations. Elle se pencha et posa sa bouche sur la verge dressée.

Matthew sursauta lorsque les lèvres de sa compagne entourèrent son sexe, puis il se dégagea d'un mouvement vif.

— Ça ne te plaît pas ?

Il lui avait souvent posé la même question depuis qu'ils étaient amants. Elle attendit patiemment sa réponse, toute appréhension envolée.

— Grace, c'est... Ce n'est pas...

Elle profita de sa stupéfaction pour recommencer et passer la langue sur toute la longueur de son membre. Il avait un goût de musc, de sexe... Le goût de son sexe à elle...

Quand elle recommença à le lécher, il gémit et se cambra sous la caresse mais cette fois-ci, il la laissa faire. Obéissant à son impulsion, elle le prit tout entier dans sa bouche.

Il était grand, chaud et doux sous la langue.

Il lui avait souvent prodigué la même délicieuse caresse et maintenant, c'était son tour. Quand il se mit à trembler sous sa bouche et qu'il cria son nom, Grace sentit sa féminité investie d'une puissance qu'elle ne soupçonnait pas. Cet homme si beau et si fort était à sa merci...

Mue par la curiosité, elle approfondit sa caresse. Matthew se cabra et enfouit les doigts dans la chevelure de sa compagne, la pressant de continuer. Elle accéléra donc le rythme en serrant la base du membre avant de refermer la main sur ses testicules...

— Grace, je t'aime ! gémit-il. Je t'aime, je t'aime !

Tendrement, avec mille précautions, elle lui donna du plaisir avec sa bouche, savourant chacun de ses soupirs, chacun de ses frissons, attendant qu'il perde enfin le contrôle de lui-même et s'abandonne à la volupté.

C'était le geste le plus osé qu'elle se soit jamais autorisé, et pourtant elle n'éprouvait pas la moindre gêne. L'amour de Matthew purifiait tout, absolvait tous les péchés et transfigurait le monde entier.

Elle l'aimait. Mon Dieu, comme elle l'aimait !

Il se pencha pour l'attirer à lui. Elle avait deviné qu'il était près de jouir. Quant à elle, elle garderait toujours sur les lèvres le goût de son sexe.

Il soupira d'aise lorsqu'elle l'enfourcha.

Avec une aisance qui lui était maintenant naturelle, elle commença sa danse de plaisir...

D'un geste sec, Matthew déchira le corsage de soie emprisonnant la poitrine de Grace, qui frémit lorsque ses seins en jaillirent.

— Que tu es belle ! s'extasia-t-il.

Il effleura les globes de neige, les emprisonnant dans ses mains, agaçant entre ses doigts les délicates aréoles. Puis ses caresses se firent plus insistantes, tandis qu'il se soulevait en cadence pour la rejoindre. À chacune d'elles, une vague de feu transperçait les reins de Grace, qui resserrait son emprise sur le sexe de Matthew. Il se souleva enfin pour prendre dans sa bouche l'un des tétons tout en poursuivant de la main son exquise torture.

Dieu qu'elle aimait lui donner du plaisir !

Avant leur rencontre, son corps n'était pour Grace qu'une machine destinée à accomplir les tâches quotidiennes tandis que maintenant, il était devenu le réceptacle du plaisir que lui offrait son amant et l'instrument de celui qu'elle lui donnait.

— Maintenant ! lança-t-il en se cabrant de toutes ses forces.

Leurs corps vibraient à l'unisson, et ils sombrèrent en même temps dans un tourbillon de volupté.

Elle cria son nom avant de s'abandonner aux vagues de plaisir qui l'emportaient loin, très loin...

Un orgasme succéda au premier, puis un autre plus puissant encore, la laissant éperdue et tremblante.

Enfin, lorsque le tumulte s'apaisa, elle se laissa tomber sur la poitrine de Matthew. Il lui brisait le cœur mais jamais elle ne regretterait d'avoir partagé ces instants avec lui. Le souvenir qu'elle en garderait continuerait d'illuminer sa vie, quelle que soit la distance qui les séparerait.

Tout son corps était endolori, mais peu lui importait. Elle enfouit son visage au creux de l'épaule de Matthew pour mieux retenir les larmes qui lui montaient aux yeux.

Comment pourrait-elle se résoudre à le quitter le lendemain ?

L'aube approchait lorsque Matthew réveilla Grace. Elle avait peu et mal dormi et elle avait les traits tirés.

Il s'était conduit comme le dernier des égoïstes. Il n'avait pensé qu'à lui, qu'à assouvir le désir qui le consumait, et il lui avait laissé peu de répit. À sa grande honte, il ne s'était pas montré particulièrement doux et attentionné, et elle serait fatiguée alors qu'elle avait besoin de toute son énergie.

Jamais ils n'avaient évoqué leur séparation prochaine, même si elle était toujours restée présente à leur esprit. Il avait voulu faire de cette nuit une célébration de leur amour dont elle se souviendrait avec bonheur au cours des années à venir.

Au cours des années qu'il ne pourrait pas vivre à ses côtés…

C'était la dernière nuit qu'ils passaient ensemble. Elle poussa un soupir ensommeillé et se retourna vers lui lorsqu'il posa la main sur l'un de ses seins. Il se pencha pour effleurer des lèvres le téton qui s'était dressé à son contact, avant de tourner son attention sur l'autre sein qu'il prit doucement dans sa bouche.

L'horrible trace de la morsure de Filey était presque effacée maintenant, et elle finirait par disparaître alors que ce qu'ils éprouvaient l'un pour l'autre ne s'effacerait jamais...

— Je t'aime, murmura-t-elle en lui caressant les cheveux.

Elle le lui avait répété à maintes reprises au cours de la nuit, mais il ne se lassait pas de l'entendre. Combien de fois devrait-elle le lui dire pour réchauffer l'atroce solitude qui serait bientôt son lot ?

Sa bouche descendit avec lenteur le long du ventre d'albâtre. Elle le regardait faire, son regard outremer assombri par le chagrin. L'imminence de la séparation pesait lourdement sur leurs caresses.

Il se redressa pour l'embrasser avec toute la tendresse du monde, et elle s'ouvrit tout de suite à lui. Il ne s'agissait plus des baisers enfiévrés qu'ils avaient échangés au cours de leur nuit de passion mais d'un baiser très doux, très tendre et très triste.

Les longues jambes s'ouvrirent devant sa verge durcie. Avec toute la douceur dont il était capable, il caressa le vallon des délices. Ainsi, elle n'oublierait jamais qu'il l'aimait autant qu'il la désirait.

La nuit passée avait épuisé sa compagne, et aucun nectar ne venait lui souhaiter la bienvenue.

Il l'embrassa de nouveau et savoura le goût de ses lèvres pour qu'il s'imprime à jamais dans sa mémoire. Un seul de ses baisers pouvait réveiller un mort, et c'était ce qu'elle avait fait. Dans ses bras, il s'était éveillé à la vie, lui qui n'était qu'une ombre parmi les vivants.

Ses lèvres s'attardèrent sur sa bouche, sur son cou, sur ses seins, et il fut finalement récompensé par une onde tiède qui vint inonder ses doigts.

— Non, l'arrêta-t-elle comme il redescendait pour l'amener au plaisir avec la langue avant de la posséder. Je veux que tu sois avec moi.

Elle avait raison. Il s'agissait de leur adieu. Il devait être en elle, ils en avaient besoin tous les deux. Toute la nuit, ils s'étaient donné du plaisir l'un à l'autre. Maintenant, c'était à lui de lui offrir tout ce qu'il avait.

— Grace, tu me brises le cœur !

Elle était pâle comme une morte et sur sa chair nacrée, ses lèvres gonflées étaient aussi rouges qu'une fleur abandonnée sur la neige. C'était l'image qu'il garderait d'elle jusqu'à son dernier souffle.

— Fais-moi l'amour, Matthew, adjura-t-elle en lui caressant la joue. Comme si le monde allait sombrer demain.

Mais le monde sombrerait le jour même...

Il savait ce qu'elle voulait. Ce n'étaient ni les assauts frénétiques d'une passion désespérée, ni les frissons d'expériences nouvelles. Non, ce qu'elle voulait, c'était qu'ils sombrent tous deux dans un vertige insondable, comme si rien ne devait jamais venir les séparer.

Un premier oiseau se mit à chanter. Le soleil allait bientôt se lever.

Avec douceur, il entra en elle, goûtant chacun de ses soupirs, chaque frémissement des muscles fatigués. Il s'enfonça profondément, si profondément en elle qu'il toucha son âme, avant de s'arrêter pour respirer au même rythme qu'elle, et écouter leurs deux cœurs battre à l'unisson.

Tendrement, les mains de Grace couraient sur les épaules de son partenaire, sur sa poitrine, son dos, comme pour imprimer sur sa chair la chronique de toute une vie d'amour.

Il commença son va-et-vient, la pénétrant plus profondément à chaque poussée avant de s'immobiliser un instant pour entrevoir le paradis.

Elle s'était abandonnée à lui, et il maintint longtemps ce rythme lent et constant, comme le flux et le reflux de la mer qu'il n'avait jamais vue. Une seule pensée l'occupait : la femme qu'il avait dans les bras et l'amour qu'elle lui inspirait. Quels mots seraient assez forts pour exprimer ses sentiments ? Seuls les battements de son cœur, leurs soupirs de volupté et la fusion de leurs deux corps pouvaient les proclamer suffisamment haut.

Il ne pourrait plus se retenir bien longtemps. Grace montait peu à peu vers le plaisir, emportée par des vagues de plus en plus puissantes, l'entraînant avec elle vers ce soleil éblouissant d'amour et de joie où ils allaient se brûler ensemble.

Plus tard, ils se diraient les mots de la séparation mais, en ce qui le concernait, il lui avait déjà fait ses adieux.

# 22

Grace se faufila dans le salon et se dirigea droit vers le bureau qui occupait le fond de la pièce. Il était encore tôt, Mme Filey s'activait dans la cuisine sans accorder la moindre attention à leurs allées et venues. Quant à Matthew, il était allé soigner ses chers rosiers.

Ils étaient convenus de se conduire aussi normalement que possible. Après la nuit agitée qu'ils avaient connue, ils avaient pris un plaisir amer à bavarder pendant qu'ils s'habillaient. Elle avait toujours aimé le regarder se raser mais ce matin, son plaisir se teintait de regret car c'était la dernière fois qu'ils partageaient cette si précieuse intimité.

Ils se touchaient dès qu'ils passaient à proximité l'un de l'autre et elle ne cessait de se demander comment elle allait pouvoir se passer de ces contacts si brefs, presque furtifs, et si délicieux.

Après une telle nuit, comment abandonner son amant à la solitude de sa prison ?

Non seulement elle allait l'abandonner, mais elle s'apprêtait aussi à le trahir...

Elle jeta un regard furtif par-dessus son épaule : la porte était bien fermée. Comme elle l'avait déjà fait une fois, elle inspecta le bureau de Matthew. S'il la surprenait en train de fouiller dans ses papiers, elle ne saurait pas quoi prétexter. N'importe quoi, mais certainement pas la vérité...

Elle trouva enfin ce qu'elle cherchait, du moins l'espérait-elle, car elle n'avait pas le temps de vérifier. Si le marquis apprenait ce qu'elle méditait, il ne le lui pardonnerait jamais.

En toute hâte, elle cacha des documents partout où elle pouvait, dans ses poches et sous sa robe, puis saisit un vêtement de rechange au hasard et se hâta hors de la pièce.

En espérant que son forfait ne se lisait pas sur sa figure, Grace rejoignit Matthew dans la cour. Il paraissait parfaitement calme quand il l'accueillit d'un sourire, mais il avait appris de longue date à dissimuler ses sentiments les plus intimes.

Quant à elle, elle se devait de montrer le même courage, pour lui comme pour elle.

— Tu viens faire une promenade ?

Cela ne faisait pas partie de leur plan, et il l'interrogea du regard.

— S'il te plaît ! insista-t-elle.

— Comme tu voudras.

En silence, comme si un guide invisible les avait menés, ils se dirigèrent vers la clairière où ils s'étaient embrassés pour la première fois. Ce moment d'enchantement paraissait si loin ! Depuis, ils avaient vécu toute une vie ensemble, toute une vie d'amour en deux petites semaines...

— Tu as peur ? s'inquiéta-t-il en caressant du bout du doigt les cheveux soigneusement tirés en arrière de sa compagne.

— Oui, mais j'ai surtout peur pour toi.

— Mais que veux-tu qu'il m'arrive ? Ils ne peuvent rien me faire qu'ils ne m'aient déjà fait. Tout ira bien pour moi. Je te l'ai dit, si je meurs, la fortune des Lansdowne échappera définitivement à mon oncle, et...

Quelque temps plus tôt, elle l'aurait cru mais depuis, elle avait eu le temps d'envisager toutes les conséquences de son évasion.

— Je sais très bien ce que tu comptes faire ! coupa-t-elle.

Effrayé par le ton dramatique de sa voix, Wolfram se serra dans les jambes de son maître.

— Je compte te rendre la liberté.

— Et ensuite, tu iras tuer Filey et tu te suicideras. Je ne suis pas idiote, Matthew. Tu attendras juste assez longtemps pour que je sois en sécurité. C'est peut-être la dernière fois que nous nous parlons ! explosa-t-elle, incapable de garder son calme plus longtemps. Nous ne pouvons pas nous quitter sur un mensonge.

— Grace, ce qui m'arrivera ensuite n'a pas la moindre importance.

— Comment peux-tu dire une chose pareille ?

— Je ne vais pas mourir de vieillesse dans cette cage, comme un animal dans une ménagerie ! J'en ai assez de voir mon oncle dilapider mon héritage et je ne peux pas m'échapper de ce domaine sans faire de tort à des innocents. Je n'ai que deux possibilités : rester dans cette prison jusqu'à la fin de mes jours ou mourir. Eh bien, je préfère mourir. C'est ma seule liberté.

— Promets-moi d'attendre six mois...

— Pour quoi faire ? Qu'est-ce que cela changera ?

— Je suis désolée...

— Pas moi, mon amour. Je mourrai en pensant à toi. Ton visage et ta voix me disant que tu m'aimes m'accompagneront dans la tombe. Il y a des façons plus pénibles de quitter ce monde.

— Je ne veux pas que tu quittes ce monde !

Il semblait résigné à son destin, mais elle n'allait pas le laisser échapper de cette façon à cette réclusion sans fin. Elle savait quel enfer l'attendait après son départ, son cœur saignait pour lui, mais elle ne céderait pas.

— Tu préfères me voir moisir dans cette cage comme un dindon qu'on engraisse jusqu'à ce que je devienne vraiment fou ? Si tu m'aimes, laisse-moi la liberté de choisir mon destin.

Le moment qu'elle redoutait tant depuis qu'elle avait compris les intentions de Matthew était arrivé. Elle décida de le défier.

— Si tu ne me promets pas de ne rien tenter pendant six mois, je ne pars pas !

— Je ne céderai pas à ce chantage indigne de toi, Grace !

— Je te demande six mois ! insista-t-elle en priant pour que lord John ne la retrouve pas et qu'elle puisse trouver de l'aide pendant ce laps de temps.

— Pour l'amour du Ciel, ne va pas te mettre en danger pour me sauver ! Que peux-tu faire contre mon oncle ? Il t'écrasera comme une mouche. Tu n'as donc rien appris ?

— Je ne prendrai pas de risques inutiles, mais je connais quelqu'un qui pourrait peut-être nous aider.

— Je ne serai jamais libre. Tu ne fais que prolonger mon supplice, siffla-t-il comme s'il la haïssait, tout à coup.

— Six mois, six mois seulement ! supplia-t-elle en cherchant sa main, qu'il retira aussitôt.

— Tu n'en fais qu'à ta tête, et tu me mets dans une situation impossible.

Il ne lui avait jamais parlé aussi froidement depuis leur première rencontre et elle avait oublié combien il pouvait se montrer cinglant.

— Je veux ta parole que tu ne tenteras rien avant six mois.

Et dire qu'à l'origine, elle avait pensé lui demander un an ! Six mois lui suffiraient-ils pour le sauver ?

Il évitait de la regarder, comme s'il ne pouvait plus supporter sa vue, et elle devinait la colère et la rancœur qu'il éprouvait.

— Qu'est-ce que six mois, après tout ? ironisa-t-il avec toute la froideur dont il était capable. C'est entendu, tu as ma parole.

Grace retint un soupir de soulagement. Matthew n'avait qu'une parole, elle le savait, et il tiendrait sa promesse.

— Merci.

Il lui prit cérémonieusement le bras.

— Maintenant, es-tu prête à partir ou veux-tu poser d'autres conditions ?

Il était soudain redevenu le hautain marquis de Sheene, et elle ne reconnaissait plus son tendre, son ardent amant.

Il lui en voulait de ce qu'il considérait comme une trahison. Ils n'avaient pas joué à armes égales. Quand elle lui avait mis le marché en main, elle était sûre de l'emporter, mais pourquoi la rancœur devait-elle empoisonner leurs derniers instants ensemble ?

Ils n'allaient tout de même pas regagner la maison comme deux étrangers...

— Matthew, est-ce ainsi que nous allons nous dire au revoir ?

— Grace, tu as dépassé les bornes. Tu sais ce que nous allons faire, et tu sais pourquoi nous le faisons.

Il n'y avait plus la moindre trace de colère dans ses paroles, mais une amertume qui brisa le cœur de la jeune femme.

Le remords qui la taraudait depuis qu'elle avait subtilisé ses papiers se réveilla en elle. C'était pour son bien, se répéta-t-elle, car si elle lui avait révélé les détails de son projet, il s'y serait opposé.

— Cela me brise le cœur de te laisser.

Il se détendit et prit ses deux mains dans les siennes mais, malgré son sourire, son regard restait empreint de tristesse et de lassitude.

— Tu as ma parole. Pendant six mois, je ne ferai rien pour changer ma situation. Maintenant, faisons la paix, mon amour.

Il s'était toujours montré si généreux, même du temps où il la prenait pour son ennemie ! Jamais elle ne pourrait supporter d'échouer.

Si elle commençait à envisager l'échec, le courage lui manquerait pour s'évader, or elle avait besoin de toute son énergie pour réussir. Même s'il en fallait encore plus à Matthew pour rester...

— Je ne trouverai pas la paix tant que tu ne seras pas libre, chuchota-t-elle, le cœur lourd.

— Ne recommence pas, Grace ! Cours aussi vite que tu peux et oublie-moi, je t'en prie.

Il était inutile de discuter. Sa résolution était prise, de toute façon.

— Embrasse-moi, demanda-t-elle d'une voix blanche.

Avec une grande douceur, il prit le visage de Grace entre ses mains. Très vite, ses lèvres se firent plus insistantes, et la passion eut vite raison de sa retenue.

Il prit tout son temps et savoura ce baiser comme un condamné son dernier repas.

Leurs langues se mêlèrent, il la souleva pour l'écraser contre lui tandis qu'elle nouait ses bras autour de son cou pour lui rendre son étreinte avec la même ardeur désespérée.

Ils mirent dans ce baiser toute leur ferveur, toute leur peine et surtout, tout leur amour, cet amour qui les consumait comme un brasier.

Si seulement elle pouvait rester dans ses bras pour toujours !

De nombreux dangers la guettaient, des souffrances sans nom attendaient Matthew. Il s'était montré extrêmement discret sur les conséquences de ce qu'il s'apprêtait à faire, mais elle en savait assez pour les deviner. Et il serait seul pour affronter ces épreuves ; elle l'abandonnait sur le champ de bataille, face à un ennemi implacable.

Leur fièvre retomba peu à peu, et leur baiser s'acheva comme il avait commencé, plein de tendresse et de regrets. Dans les yeux mordorés de Matthew, la jeune femme vit briller une larme qu'il était trop fier pour verser.

— Je t'aime, Grace.
— Je t'aime, Matthew.
— Il est temps, prévint-il sombrement.
— Oui. Dieu te garde, mon chéri, chuchota-t-elle en déposant sur ses lèvres un rapide baiser, avant de se détacher et de courir vers la maison sans se retourner.

Grace l'avait quitté depuis une demi-heure. Caché derrière les arbres, Wolfram à ses côtés, Matthew attendait non loin du portail.

Monks s'activait avec un marteau devant la maison des gardiens. Il ne voyait nulle part trace de Filey mais, pour les avoir observés des centaines de fois décharger les provisions, il savait pertinemment qu'il n'était pas loin.

Grace n'avait pas la moindre idée de ce qu'elle exigeait quand elle lui avait fait jurer d'attendre six mois, et lui-même osait à peine y penser.

Il savait à quoi s'attendre une fois qu'elle serait partie. Après sa dernière évasion, son oncle l'avait fait attacher, sans plus se donner la peine de prétexter que c'était pour le protéger ou pour l'empêcher de nuire. Ses geôliers l'avaient ligoté sur cette fameuse table et battu sans raison particulière, juste pour le plaisir.

Cela n'avait pas duré plus de quelques heures, mais c'était suffisant pour lui rappeler que la mort était préférable à cette vie de fauve enchaîné.

Et voilà qu'il se jetait délibérément dans la gueule du loup ! Ils allaient l'attacher, l'humilier et le torturer jusqu'à ce qu'ils en aient assez. Parce qu'ils le croiraient fou, cette fois-ci, ses souffrances seraient plus longues, plus brutales et plus terribles.

Que Dieu lui donne la force de surmonter cette épreuve ! Chaque fois que ses geôliers l'avaient traité comme un dément, il avait éprouvé une peur panique de perdre la raison pour de bon.

Un craquement le fit se retourner. Grace avait l'air d'une nonne, avec sa stricte robe noire et ses cheveux sévèrement tirés en arrière, comme si elle n'avait déjà plus rien à voir avec la femme qui avait embrasé ses nuits. Cette femme était toujours aussi belle, il ne pouvait pas en être autrement, mais elle appartenait déjà à un autre monde, hors d'atteinte pour lui.

— Tu es prête ?

Il mourait d'envie de la prendre dans ses bras une dernière fois mais s'il la touchait, il ne pourrait jamais se résoudre à la laisser partir.

— Oui.

Elle serrait dans sa main un baluchon. Après moult discussions, ils avaient décidé de privilégier ce qu'elle pourrait échanger contre un bout de conduite ou quelque chose à manger. Elle avait donc emporté, avec un peu de nourriture et une gourde d'eau, des mouchoirs, quelques bijoux de fantaisie, des boucles de chaussure et autres brimborions.

Hormis les quelques pièces qu'elle avait sur elle à son arrivée et que Filey et Monks n'avaient pas jugé utile de lui voler, elle manquait cruellement d'argent. Par chance, il n'était pas non plus venu à l'esprit de ses ravisseurs de détruire ses pauvres vêtements de veuve.

— La charrette est déjà arrivée ?

— Pas encore, mais elle ne va pas tarder.

— Tout ira bien, chuchota-t-elle en glissant sa main glacée dans celle de Matthew.

— Bien sûr !

C'était bien de Grace, de tout faire pour réconforter les autres, alors qu'elle-même avait tant besoin de soutien. Elle avait deviné qu'il lui mentait, mais cela lui était égal. Les souffrances qui l'attendaient ne seraient pas trop cher payées comparées à tout le bonheur qu'il avait connu dans ses bras.

Pendant quelques jours, il avait eu le droit de se sentir un homme comme les autres, et même plus. Chaque fois qu'elle lui répétait qu'elle l'aimait, il se faisait l'effet d'un dieu. Et voilà que le dieu, comme toutes les idoles, tombait de son piédestal...

Mais que faisait donc cette maudite charrette ?

La cloche retentit enfin. Comme il s'en doutait, Filey n'était pas loin. Il accourait déjà pour aider Monks à relever la lourde barre du portail. Les énormes vantaux s'ouvrirent en grinçant, et une charrette bâchée s'avança dans l'allée. Sur instruction expresse de lord John, deux hommes la conduisaient. Il avait donc quatre personnes, cinq avec Mme Filey, à convaincre au moment d'entrer en scène.

— Va ! Vas-y tout de suite ! intima-t-il après un baiser rapide mais plein de passion.

— Au revoir, mon amour !

Un dernier regard de ses yeux outremer, et elle s'était envolée.

Machinalement, il esquissa un geste pour la retenir, mais sa main ne rencontra que le vide.

Il la regarda se faufiler entre les buissons et s'arrêter près du portail. Arrivée là, elle se retourna pour lui sourire, d'un sourire crâne, sans la moindre trace de tristesse ou d'angoisse, avant de disparaître sous les arbres.

— Suis-la, intima-t-il au grand dogue.

Le succès de leur plan reposait sur les minutes qui allaient suivre. Parviendrait-il à convaincre ses geôliers ?

Pour le salut de Grace, il n'avait pas le droit d'échouer.

Il sortit de sa poche une poignée d'herbes sèches et la fourra dans sa bouche. Immédiatement, le goût âcre lui monta à la tête.

Grace contempla une dernière fois l'homme qu'elle aimait. Ce qui l'avait frappée dès leur première rencontre, c'était l'impression de profonde solitude qui émanait de lui, et c'était le souvenir qu'elle emporterait avec elle. Tout le bonheur qu'elle avait pu lui apporter s'était évanoui.

Wolfram vint l'arracher à ses mélancoliques considérations, et elle chercha la corde qu'elle avait prise en guise de laisse. Elle avait protesté quand Matthew avait insisté pour qu'elle emmène son chien mais maintenant, elle était heureuse d'avoir accepté. Si l'aventure tournait mal, il tiendrait à distance Monks et Filey et, une fois franchi le portail, il resterait un lien entre Matthew et elle.

— Courage, mon bon.

En fait, c'était plutôt elle qui avait besoin d'encouragements. L'angoisse lui nouait la gorge non seulement pour elle, mais surtout pour Matthew.

S'il se trompait et prenait trop de drogue, il pouvait en mourir.

Pourvu que son évasion ne connaisse pas une fin tragique !

Il fallait lui faire confiance. Il était un botaniste accompli, et il lui avait assuré qu'il savait exactement quoi prendre pour se rendre malade sans compromettre sa santé.

Au lieu de se ronger les sangs, mieux valait guetter la meilleure occasion de franchir le portail.

La main crispée sur le cou de Wolfram, sans quitter des yeux les quatre hommes qui entouraient la charrette, elle se leva sans bruit.

Elle avait fini par s'habituer aux tenues légères et, avec cette douceur printanière, sa robe de lainage aux longues manches et au col montant la gênait.

Les hommes avaient commencé à décharger les marchandises tandis que les deux chevaux de trait attendaient patiemment. Les cochers semblaient se méfier de Monks, et on ne pouvait pas leur donner tort.

Le cri guttural de Matthew leur fit tourner la tête. Il s'avançait en titubant, les mains crispées sur la poitrine comme si elle était sur le point d'éclater. Grace eut beaucoup de peine à réprimer un cri. Il semblait tellement souffrir !

Maintenant, elle comprenait ce qu'il voulait dire lorsqu'il parlait d'une violente réaction à certaines herbes. Son visage et ses mains avaient doublé de volume et elle entendait d'ici le sifflement de sa respiration.

Si elle avait su ce qu'il allait endurer pour elle, jamais elle n'aurait souscrit à son plan. À ses côtés, le grand dogue gémit doucement.

— Silence, Wolfram, intima-t-elle à voix basse.

Tremblant de tous ses membres, le chien ne quittait pas des yeux son maître qui se débattait comme un furieux.

— À l'aide ! implorait Matthew d'une voix étranglée. Aidez-moi, je vous en supplie !

— Nom de Dieu ! pesta Monks. Filey ! Notre petit marquis est en train de crever !

Le cœur chaviré, Grace regarda les quatre hommes se ruer vers Matthew qui se tordait sur l'herbe. C'était pour elle qu'il endurerait ce supplice, et il ne fallait pas que ses souffrances soient vaines. Si elle voulait le libérer, elle devait s'évader. Tant qu'elle resterait dans l'enceinte de ces murs infranchissables, elle ne pourrait rien faire d'autre que partager son fardeau.

— Viens, Wolfram !

Le chien la regarda en gémissant, tourna la tête vers son maître et ne bougea pas d'un pouce quand elle tira sur la laisse.

— Wolfram ! ordonna-t-elle en s'efforçant de faire preuve de la même autorité que Matthew.

De nouveau, elle tira sur la corde. Déchiré entre deux maîtres, l'animal gémissait à fendre l'âme. Soudain, il se dégagea et se rua en aboyant vers son maître, dont il se mit à lécher frénétiquement le visage. Monks et Filey tentèrent de le repousser, mais ils n'étaient pas de taille contre un tel molosse.

C'était le moment ou jamais...

Serrant son baluchon contre sa poitrine, elle traversa en courant à toutes jambes l'espace découvert, le regard braqué sur la charrette.

Le cœur battant à tout rompre, elle s'accroupit derrière une roue. Personne ne semblait l'avoir remarquée et tout le monde avait oublié la livraison à décharger. Monks tempêtait et jurait, Filey se débattait avec Wolfram... Seuls les charretiers essayaient d'aider l'homme qui se tordait devant eux.

Tandis que le premier tentait de soulever le grand corps agité de tremblements convulsifs, le second lui essuyait le visage avec le mouchoir fané qu'il portait autour du cou. Le cœur de Grace saignait à l'idée de laisser son amant malade entre les mains de ces deux brutes sans cœur.

— Que Dieu te garde jusqu'à mon retour, mon chéri, murmura-t-elle.

Sans doute était-ce un effet de son imagination mais, l'espace d'un instant, elle crut voir son bien-aimé tourner les yeux dans sa direction avant de sombrer dans l'inconscience sur l'épaule du jeune charretier.

Ici, elle ne pouvait rien pour lui. Il était temps d'aller voir à l'extérieur comment elle pouvait lui venir en aide.

Le cœur lourd, elle se tourna vers le portail.

Pour se trouver face à face avec Mme Filey.

# 23

Grace étouffa un cri et recula jusqu'à la charrette en brandissant son baluchon devant elle comme un bouclier. Comment n'avait-elle pas eu l'idée de vérifier où se trouvait Mme Filey ?

— Je vous en prie…, commença-t-elle, avant de se rappeler que la malheureuse était sourde.

Au bord de la nausée, elle s'efforça de surmonter la panique qui s'était emparée d'elle devant ce visage inexpressif. Les secondes s'écoulaient, longues comme des heures, et la gouvernante gardait le silence.

Pouvait-elle se révéler une alliée ? Jamais cette femme sans âge n'avait montré la moindre compassion envers la prisonnière. Pourquoi irait-elle tout à coup encourir la colère de son irascible époux ?

Du menton, Mme Filey désigna la charrette. Grace suivit la direction qu'elle lui indiquait. Le véhicule était vide, à l'exception de quelques brassées de foin qui avaient protégé les marchandises les plus fragiles. La femme de charge réitéra son geste, haussa les épaules comme pour regretter de ne pas pouvoir faire plus et jeta à l'intérieur du chariot le paquet de linge sale qu'elle avait dans les bras, avant de s'en retourner aussi silencieusement qu'elle était venue.

Revenue de sa stupeur et de sa frayeur, Grace réalisa enfin ce qui venait de se passer : Mme Filey avait compris ses intentions, et elle n'avait pas donné l'alerte !

Elle pouvait fort bien se cacher derrière le tas de linge jusqu'au prochain village. Jetant son baluchon à l'intérieur, elle grimpa prestement et se pelotonna sous les draps brodés aux initiales de Matthew.

La gorge nouée par l'angoisse, elle reçut un nouveau paquet de linge sale sur le dos. Si Monks et Filey ne s'apercevaient pas de son absence avant le départ des charretiers, les chevaux l'emmèneraient plus loin et plus vite que si elle allait à pied. À moins qu'ils ne fouillent le chariot avant son départ, ou que la gouvernante ne la dénonce à son mari...

Et Matthew, comment allait-il ?

Mon Dieu, pourvu qu'il se remette de cette épreuve ! Tapie sous le monceau de draps, elle percevait des sons assourdis. Monks hurlait toujours mais pour une fois, il semblait avoir perdu un peu de sa belle assurance. La crise du marquis l'avait pris au dépourvu et visiblement désarçonné. Quant à Filey, il faisait des suggestions toutes plus stupides les unes que les autres.

— Il vaudrait mieux le porter dans la maison, proposa une voix inconnue avec un fort accent du Somerset.

— Ouais, c'est pas bête ! grasseya Monks. Eh, la grosse ! Remue-toi un peu, viens nous aider ! Filey, attrape-lui les jambes.

— Il est sérieusement atteint. Je ne l'avais pas vu comme ça depuis longtemps, commenta son acolyte.

— Ferme-la ! grogna Monks. Mais qu'est-ce qu'elle fabrique ? Eh, la grosse !

— Tu sais bien qu'elle est sourde comme un pot !

— Alors, remue-toi et va la chercher !

Grace retint son souffle tandis qu'atterrissait sur elle un nouveau paquet de linge sale. Et si le volume du tas intriguait le geôlier, et qu'il se mettait en tête de l'inspecter ?

— Maggy ! On a besoin de toi, articula Filey en détachant bien les syllabes pour que sa moitié puisse lire sur ses lèvres.

Terrifiée, Grace retenait son souffle. La brute ne l'avait plus approchée depuis qu'il avait tenté de la violer et le souvenir de sa carcasse malodorante qui la clouait au sol lui donnait la nausée. Il suffisait qu'il soulève les draps pour la trouver. Et cette fois-ci, Matthew ne pourrait pas venir à son secours.

— J'apporte le reste du linge et j'arrive, acquiesça sa femme d'une étrange voix sans timbre.

— Laisse tomber le linge ! Milord Tête fêlée nous fait une crise pas piquée des vers. Sa literie peut attendre.

Après ce qui parut à Grace une véritable éternité, le couple s'éloigna enfin, et la jeune femme respira plus librement.

Malgré la tentation, elle renonça à jeter un coup d'œil au-dehors pour voir comment allait Matthew. Le risque était trop grand. Pour le moment, elle devait se contenter de croiser les doigts et de rester en vie pour l'aider une fois dehors.

— Vous avez besoin qu'on reste pour vous donner un coup de main ? demanda l'un des charretiers.

— C'est pas la peine, on va se débrouiller, déclina Monks. À la prochaine fois !

— Bon. Tout est chargé ?

— Ouais, ça ira ! Le marquis a pas besoin de changer de linge. Ce cinglé verra pas la différence !

— Il m'a pas l'air particulièrement cinglé, même s'il paraît pas au mieux de sa forme, rétorqua le charretier.

— Pour sûr qu'il a pas l'air bien, renchérit le natif du Somerset.

— En tout cas, lord John te paie pas pour aller bavarder à droite et à gauche, Banks ! aboya Monks. Remue-toi et ferme-la !

Grace se recroquevilla au fond de la charrette. Elle commençait à regretter son impulsion. Et s'il leur prenait la fantaisie de vérifier leur cargaison ? De toute façon, il était trop tard pour revenir en arrière.

Son cœur s'arrêta de battre quand le chariot se mit à tanguer, jusqu'à ce qu'elle comprenne que les deux hommes prenaient place sur le banc. Un claquement parvint à ses oreilles, et le véhicule s'ébranla lentement.

Elle était en route...

Dieu fasse qu'elle ne revienne plus jamais dans cette maison maudite, sauf pour délivrer son bien-aimé !

— J'ai besoin de lâcher une gourdée. Pas toi ? s'enquit le plus âgé des charretiers d'une voix un peu pâteuse.

Grace, qui osait à peine bouger un cil sous son tas de linge sale, dressa l'oreille, tous les sens aux aguets. Qu'ils aient besoin de soulager leurs vessies n'avait rien d'étonnant, ils n'avaient pas cessé de boire depuis leur départ du domaine. Dans la touffeur de cet après-midi, les effluves âcres du cidre parvenaient jusqu'à sa cachette. Dieu merci, les chevaux avaient l'air de connaître le chemin.

— Ouais, on fait une pause !

Elle l'avait déjà remarqué, le plus jeune semblait d'un tempérament taciturne.

Le chariot cahota lorsque les deux hommes sautèrent hors du véhicule, puis la voix du plus âgé faiblit tandis qu'il s'éloignait un peu.

Peut-être était-il temps de quitter son abri... Avec mille précautions, elle souleva les draps pour regarder autour d'elle. Debout devant les arbres qui bordaient le chemin, les cochers lui tournaient le dos.

D'une main tremblante, elle attrapa son baluchon et sauta à bas de la charrette le plus discrètement possible. La piste, trop étroite pour mériter le nom de route, était bordée de bois touffus de chaque côté. Bien entendu, lord John avait choisi une propriété isolée pour enfermer son neveu.

Une odeur âcre l'avertit qu'elle devait se dépêcher de s'éloigner pendant que les deux hommes étaient occupés.

À pas de loup, elle pénétra dans le sous-bois et se tapit derrière un rocher moussu en retrait du chemin.

— Quand je pense à ce Monks, quel sale type, tout de même ! s'exclama le vieux charretier en assenant une tape sur l'épaule de son compère.

— Ouais ! acquiesça le plus jeune, que se soulager n'avait pas rendu plus loquace, en reboutonnant son pantalon.

— Ah, ben, quand on parle du loup...

Terrifiée, Grace entendit le tonnerre d'un galop. Grands dieux, on avait dû découvrir son évasion, sinon pourquoi une telle hâte ? Si les cochers n'avaient pas eu besoin de s'arrêter, et si elle n'avait pas eu la bonne idée de descendre, son sort était scellé !

En cette fin de printemps, les feuillages commençaient à s'étoffer. Il fallait espérer qu'ils soient suffisamment épais pour la dissimuler.

— Vous avez pas vu une fille ? aboya Monks du plus loin qu'il put.

— Une fille ? Non, on a vu personne, monsieur Monks. Y a jamais personne sur cette route, elle va nulle part, sauf chez sa Seigneurie. Qu'est-ce qu'une fille viendrait faire ici ?

— Pauvre idiot ! jura Monks en poussant son cheval jusqu'à la charrette pour jeter à terre le tas de linge sale.

— Hé, du calme ! Qui c'est qui va ramasser tout ça ?

— La ferme ! Si vous rencontrez une pisseuse, mettez-lui la main dessus et prévenez-moi aussitôt. Elle est épaisse comme un cure-dent, avec des cheveux noirs et des roberts plutôt appétissants. Elle parle comme une dame, mais c'est une pute, et y a une belle récompense si vous la retrouvez.

— Ouais ! promit le plus jeune tandis que Monks tournait bride et repartait vers le domaine dans un nuage de poussière.

Le plus âgé commença à ramasser le linge.

— C'est vraiment un malade, ce Monks ! Qu'est-ce qu'une fille viendrait faire par ici ?

— Ouais ! acquiesça le taciturne en prenant place sur son siège.

— Y a jamais personne sur cette route, alors une fille, tu penses ! C'est pas la peine de saliver sur sa récompense et de perdre son temps à zieuter. Autant chercher une aiguille dans une botte de foin ! Allez, on y va !

Tandis que le chariot s'éloignait en cahotant, Grace s'efforça de calmer les battements désordonnés de son cœur. Il s'en était fallu de quelques secondes qu'elle ne soit découverte. Si les charretiers n'avaient pas abusé du cidre, ou si Monks avait eu l'idée de fouiller le bois, elle était perdue...

Évidemment, il ne pouvait pas deviner qu'elle s'était enfuie avec les cochers. Elle aurait pu prendre n'importe quelle direction une fois dehors.

Elle ne put retenir un sourire triomphant. La brute sadique était sans doute encore plus effrayée qu'elle ! Expliquer à lord John que sa prisonnière s'était évadée ne serait pas une partie de plaisir, et elle n'aurait pas aimé être à sa place.

Il n'avait rien dit de son autre captif. Matthew était-il toujours en vie ? Pourvu que son affolement ne soit pas motivé par la mort du marquis ! Elle se refusait à seulement envisager cette possibilité. Il s'agissait peut-être d'une superstition ridicule, mais elle avait l'impression que si son bien-aimé n'était plus de ce monde, elle le sentirait, d'une façon ou d'une autre.

Quand elle fut certaine que Monks ne reviendrait pas, elle quitta enfin sa cachette. Les arbres bruissaient de chants d'oiseaux, il faisait chaud, et elle était en nage sous sa robe de laine. Quant à la carriole, cela faisait longtemps qu'elle avait disparu.

Elle voulait atteindre un village avant la nuit. Dans la foule, elle pourrait facilement se perdre tandis que dans cet endroit perdu, elle était visible comme le nez au milieu de la figure.

Et Monks pouvait toujours revenir...

Elle but quelques gorgées d'eau tiédie et se mit en marche d'un bon pas sur le chemin désert.

# 24

Lentement, Matthew souleva les paupières. Elles étaient plus lourdes que le plomb, et la lumière du jour lui déchira douloureusement la tête. Avec une longue plainte, il s'empressa de refermer les yeux.

Il savait où il était. Comme il s'y était attendu, on l'avait ligoté sur sa table de torture. Le soleil inondait la pièce, l'après-midi n'était donc pas trop avancé.

Avant de sombrer dans l'inconscience, il avait copieusement vomi sur les pieds de Filey. Ensuite, il n'avait que de vagues souvenirs de poussées de douleur fulgurantes et de mains rudes qui le secouaient sans ménagement.

Il avait oublié combien son allergie à cette herbe des marais pouvait être violente. Il était encore secoué d'un tremblement convulsif et les liens qui maintenaient ses bras, ses jambes et son torse irritaient sa peau rendue anormalement sensible.

Tous ces maux n'étaient pourtant rien en comparaison de la question qui le taraudait : Grace était-elle parvenue à s'échapper ? Avant de s'évanouir, il l'avait vue courir vers la charrette, mais était-elle en sécurité, désormais ?

N'avait-elle pas rencontré d'autres dangers ?

Il avait conscience, en mettant au point l'évasion de la jeune femme, qu'il n'en connaîtrait probablement jamais l'issue, mais il ne s'était pas rendu compte alors que cette ignorance le rongerait jusqu'à son dernier souffle.

Pendant six mois...

Peut-être moins, à en juger par son état. Sa tête lui semblait sur le point d'éclater, des spasmes tordaient ses entrailles, un goût de bile desséchait sa bouche et ses lèvres parcheminées. Il mourait de soif.

Le bon sens et l'expérience lui répétaient que tous ses maux finiraient par passer, mais son instinct animal lui dictait le contraire et il n'avait qu'une seule envie : se rouler en boule dans un coin sombre pour y attendre la mort.

Ses vêtements empestaient la sueur et le vomi. Depuis combien de temps était-il là ? Depuis le matin, ou depuis plusieurs jours ?

Son seul espoir était que sa bien-aimée ait réussi à s'échapper, et qu'elle ait fui loin de ce domaine et de tout ce qui s'y rattachait, à commencer par lui.

— Je sais que tu ne dors pas, mon cher neveu.

Cette fois-ci, lorsque Matthew ouvrit les yeux, il fit l'effort de les garder ouverts.

Avait-il dormi, ou lord John l'observait-il depuis le début ?

— Mon oncle ! s'écria-t-il, stupéfait d'être encore capable d'articuler un seul mot. Puis-je avoir de l'eau ?

— Dans un instant. J'ai à te parler toutes affaires cessantes.

Lui parler ? Le marquis s'était attendu à être battu comme plâtre. Son tuteur avait-il peur pour la santé de son prisonnier ?

Peu à peu, le jeune homme recouvrait sa lucidité habituelle. Le soleil avait tourné, l'après-midi devait être bien avancé. Mais de quel jour s'agissait-il ?

Ses mains se crispèrent sur les liens qui emprisonnaient ses poignets. Tout son orgueil se cabrait devant le spectacle qu'il devait offrir. Ses habits souillés ne lui rappelaient que trop ses véritables crises de folie, et il aurait préféré affronter cet entretien avec des vêtements propres.

— Je ne me sens pas d'humeur à bavarder, répliqua-t-il d'une voix neutre.

C'était une réponse puérile, mais elle irriterait son oncle, et irriter lord John l'amusait beaucoup.

Celui-ci contourna la table pour venir à son chevet, et le tapotement de la canne retentit douloureusement dans la tête de Matthew, qui lui fut reconnaissant de masquer la lumière qui blessait ses yeux gonflés.

— C'est dommage. Moi, au contraire, j'ai envie de parler, rétorqua lord John en portant ostensiblement à ses narines un mouchoir orné de dentelle.

Comme toujours lorsque son oncle était là, on avait fermé toutes les portes et fenêtres, et la chaleur étouffante rendait plus pénible encore l'odeur pestilentielle qui régnait dans la pièce.

— Pour ne rien vous cacher, je n'attendais pas si tôt le plaisir de votre visite, observa Matthew avec amabilité. Vous avez dû battre tous les records de vitesse depuis Londres.

— J'étais à Bath quand j'ai reçu le message de Monks. Ce voyage m'a ennuyé, mais il n'était pas bien long. Décidément, tu seras toujours une cause de contrariétés, mon garçon. Où est ta putain ? Ajouta-t-il, abandonnant soudain sa fausse amabilité.

— Mme Paget ?

Matthew ferma les yeux pour dissimuler sa joie. Elle avait réussi ! Grace était libre.

Feindre l'étonnement constituait la meilleure défense. Après tout, sa maladie et l'évasion de sa compagne n'étaient pas obligatoirement liées.

— Je ne sais pas. En haut, je suppose, à moins qu'elle ne se promène dans les bois. Allez la chercher, je vous en prie. J'aimerais l'avoir près de moi.

— Justement, moi aussi. J'ai une armée de domestiques qui passent toute la propriété au peigne fin mais jusqu'à maintenant, nous n'en avons pas trouvé trace.

— Je vous aiderais volontiers mais, comme vous pouvez le constater, ma liberté de mouvement se trouve quelque peu limitée. Peut-être a-t-elle été effrayée par mon indisposition et est-elle allée se cacher ?

Savoir Grace hors du domaine avait rendu au marquis toute son énergie, et il commençait presque à s'amuser, malgré la douleur et l'inconfort de sa position.

— À moins que ton « indisposition » n'ait été une ruse pour distraire tes gardiens et permettre à ta putain de s'échapper.

— Quelle idée ! Croyez-vous vraiment que j'aurais pu feindre ce que j'ai enduré ? Demandez donc ce qu'ils en pensent à Monks et à Filey ! Maintenant, si Mme Paget a saisi cette opportunité, je ne peux pas la blâmer. J'en serais désolé, d'ailleurs, car elle va me manquer, ajouta-t-il hypocritement.

— Dis-moi ce que vous avez mijoté, ta catin et toi, et je serai indulgent. Je te la ramènerai même pour réchauffer ton lit après lui avoir fait comprendre quelle sottise elle a faite.

— Vous voyez des conspirations partout, mon cher oncle. Vous savez bien que je suis sujet à ce genre de crises, et que je tenais à garder cette dame près de moi.

— Peu importe. J'ai envoyé chercher les *Bow Street Runners*. Ils finiront bien par mettre la main sur ta petite chérie. Tu connais leur efficacité.

Matthew n'était pas le seul à aimer les plaisanteries faciles. Les *Street Runners* avaient eu tôt fait de le retrouver après sa seconde tentative d'évasion.

Maintenant qu'ils étaient à ses trousses, la capacité de Grace à disparaître prenait une importance primordiale. Une telle beauté pouvait-elle passer inaperçue ? Pour sa part, il en doutait fort, et une inquiétude mortelle commençait à le gagner. Quand il l'avait vue pour la première fois, malade, apeurée, avec ses pauvres vêtements usés et froissés, il était immédiatement tombé sous son charme.

Lord John n'avait qu'à décrire une femme dont le visage avait l'éclat et la douceur de la perle, une femme habillée en pauvresse mais au langage et aux manières de duchesse... Pour les *Runners*, ce serait une affaire de quelques jours.

En voulant la sauver, il l'avait condamnée à une mort certaine. Ici au moins, il aurait pu essayer de la protéger...

— J'espère que vous la retrouverez, mentit-il effrontément. Elle me manque déjà.

— Cela ne devrait pas être trop difficile. Cette catin ne passe pas inaperçue. Elle ne ressemble pas aux filles de son espèce. Je dois avouer qu'elle m'intrigue. Si j'arrive à surmonter ma répugnance à passer après toi, je l'essaierais bien avant de te la ramener.

Malgré la rage qui l'étouffait, Matthew ne cilla pas.

Lord John leva sa canne pour faire miroiter le pommeau d'ambre dans les derniers rayons de soleil. Quand Matthew était enfant, son oncle l'avait souvent frappé avec cette canne sous des prétextes futiles ou sans raison aucune. Un instant, le jeune homme se demanda s'il comptait recommencer, mais lord John se contenta d'observer pensivement la mouche dans sa prison translucide.

— Dès que tu as l'occasion de jouer les chevaliers au grand cœur, tu te conduis toujours comme le dernier des imbéciles. Tu tiens ça de ton père, qui avait l'étoffe d'un médecin de campagne mais certainement pas d'un pair du royaume. Vous n'étiez à la hauteur de votre titre ni l'un ni l'autre.

La jalousie maladive de son tuteur envers son frère aîné constituait pour Matthew une question trop familière pour ne pas engendrer la lassitude.

— Je ne sais pas où se trouve Mme Paget. Ma crise est passée, maintenant, et, comme vous l'avez si gentiment fait remarquer, j'ai besoin de me laver et de me changer, mon oncle.

— C'est une excellente idée, mais je n'en ai pas tout à fait terminé avec toi. Où est cette putain ?

— Je vous l'ai déjà dit, je n'en sais rien.

— Ce n'est pas la réponse que j'attends !

La canne se leva et s'abattit violemment sur les côtes de Matthew.

La douleur lui coupa le souffle. Un voile noir strié d'éclairs fulgurants lui masqua la vue. Son corps se tendit dans un sursaut désespéré, mais les liens qui le maintenaient étaient solides et rendaient impossible toute tentative de fuite.

Peut-être avait-il perdu conscience pendant quelques secondes, il l'ignorait. Quand il rouvrit les yeux, lord John l'observait aussi froidement qu'il avait contemplé la mouche dans sa prison ambrée.

— Ce n'est pas en me tuant que vous arriverez à vos fins, haleta Matthew.

— Tu sais à quoi t'en tenir, voyons ! Tu n'ignores pas que je suis capable d'infliger les pires souffrances avec des séquelles minimales, dit lord John d'un ton glacial. Tu auras des ecchymoses, mais elles guériront rapidement. Pour la troisième fois, où est cette catin ?

— Je n'en sais rien !

Cette fois-ci, Matthew s'était préparé à recevoir le coup. Du moins le croyait-il jusqu'à ce que la douleur vienne lui couper le souffle. Tous ses muscles se tendirent pour retenir le hurlement qui montait du plus profond de ses entrailles. Si les violences continuaient, il finirait par crier, malgré sa détermination, mais il tenait à offrir le plus tard possible cette satisfaction à son oncle.

— Vous savez…

Il s'arrêta pour reprendre sa respiration. Après une crise aussi forte, il n'était pas en état de résister très longtemps. Son oncle devait bien s'en rendre compte mais il mettait cependant un point d'honneur à lui tenir tête le plus longtemps possible.

— Vous avez certainement remarqué que les coups n'avaient pas prise sur moi, mon oncle. Vous avez déjà essayé. Même si je savais où se trouve Mme Paget, je serais de moins en moins enclin à vous le révéler…

— Oui, je n'ignore pas à quel point tu peux te montrer têtu, même sous la torture, acquiesça lord John en lui assenant un coup encore plus violent que les précédents.

— Je vous ai dit que je n'en savais rien ! hurla Matthew en se tordant dans ses liens.

— C'est exact, mais je ne te crois pas.

— Je ne sais pas où elle est, espèce de vieux salaud !

— Surveille ton langage, mon garçon.

Matthew n'était plus que douleur. Il n'avait plus la force de poursuivre ses vaines tentatives pour se libérer, et même respirer lui demandait trop d'efforts.

À travers une brume sanglante, la voix glaciale de son oncle lui parvenait faiblement.

— Tu ne seras pas difficile à faire céder, mon cher neveu. Tu as toujours été d'une sensiblerie ridicule, et tu détestes voir souffrir les autres. Surtout ceux que tu aimes.

— Que voulez-vous dire ?

— Je me demande combien de temps tu continueras de jouer les martyrs quand tu entendras ton chien hurler à la mort.

Depuis onze ans qu'il était prisonnier, il avait vu ses gardiens reculer les limites de la cruauté, mais la dernière idée de lord John dépassait tout ce qu'il avait jamais pu imaginer. S'il lui restait encore un semblant d'humanité, son oncle ne pouvait pas envisager de torturer Wolfram.

— Aucun être humain, même vous, ne peut s'abaisser à martyriser un animal, mon oncle.

— Ce ne sera pas moi le responsable, mais toi. Si tu ne me dis pas où est cette fille, tu en supporteras les conséquences. Je ne suis pas tombé de la dernière pluie, et je ne crois pas au hasard.

— Vous ne pouvez pas faire une chose pareille ! Cette bête ne vous a jamais fait le moindre mal.

— Les guerres font toujours des victimes innocentes.

— Ne faites pas ça. Pour l'amour de Dieu, ne faites pas ça !

Matthew n'avait plus supplié son tuteur depuis qu'il avait compris l'étendue de sa méchanceté, et il n'était alors qu'un enfant.

— Dis-moi où est la fille et je te donne ma parole de ne pas faire de mal à ton chien. J'aurais pensé que tu avais compris ce qu'il en coûtait de me défier quand j'ai fait déporter ta gouvernante et son mari.

Justement, il avait très bien retenu la leçon. Il avait compris que cette vie ne valait pas la peine d'être vécue et il était prêt à faire tout ce qui était en son pouvoir pour quitter cette vallée de larmes et enlever à son oncle la fortune des Lansdowne.

Six mois, il devait tenir six mois...

Grace ne saurait jamais quel sacrifice elle lui avait demandé.

Le chiot maladroit qui était arrivé sept ans plus tôt s'était toujours montré un compagnon fidèle et confiant et voilà que Matthew devait trahir cette confiance, puisqu'il ne pouvait pas trahir la femme qu'il aimait.

— Je ne sais pas où se trouve Mme Paget.

— Je suis certain que voir Filey et Monks à la besogne sur ton chien ravivera ta mémoire. Tu connais leur goût pour le travail bien fait.

Lord John donna un bref coup de canne sur le sol, et la porte s'ouvrit sur Filey, qui arborait un bandage flambant neuf.

— Milord ?

Matthew aspira goulûment l'air frais, tandis que son tuteur relevait le col de son manteau.

— Allez me chercher le chien.

— Tout de suite, milord. Il est quelque part dans les bois. Il m'a mordu pendant que je maintenais...

que je m'occupais de lord Sheene, mais j'y ai mis une balle dans la queue avant qu'il se carapate.

— Tu as fait du mal à mon chien, ordure ?

Dans sa fureur, le marquis tira si fort sur ses liens que les courroies de cuir lui entaillèrent la peau.

— Ouais, et je l'ai pas raté, milord.

L'évidente satisfaction de cette brute épaisse ne fit qu'endurcir le marquis dans son intention de le tuer dès qu'il en aurait l'occasion, mais aucune vengeance ne pourrait empêcher cette abomination. Mieux valait que son chien meure avant que Filey le retrouve.

— Si l'animal est mort, vous m'en verrez mécontent, Filey. Très mécontent, siffla lord John, visiblement très contrarié.

— C'était juste pour rire, milord, bafouilla la brute, soudain pâle comme un linge.

— Tu rôtiras en Enfer, salaud ! lança Matthew avant de se tourner vers son oncle. Laissez-moi me lever pour chercher Wolfram. Vous ne pouvez pas le laisser seul dans les bois s'il est blessé.

— Mais bien sûr que si ! Maintenant, si tu me dis où se trouve la catin, je t'amènerai ton chien pour que tu puisses lui prodiguer tes soins.

— Elle a de la famille à Bristol, je suppose qu'elle la rejoindra. Elle ne m'a rien dit. Elle a dû tenter sa chance quand elle a vu le portail ouvert, murmura Matthew en priant pour que Grace s'en soit tenue à leur décision de prendre la direction de Wells, puis de Londres.

Perplexe, lord John se demandait visiblement si son neveu disait vrai.

— C'est là que Filey et Monks l'ont trouvée, vous n'avez qu'à vérifier.

— Bristol ? C'est possible. Elle cherchera un endroit où elle peut se fondre dans la populace. Et une femme comme elle peut toujours y gagner un peu d'argent en se mettant sur le dos.

— Ce n'est pas une putain !

— À son arrivée, peut-être pas, mais maintenant, grâce à toi, c'en est une.

— Pour Bristol, je sais pas, milord. Si je me souviens bien, elle a dit qu'elle était perdue quand on l'a enlevée, expliqua Filey en se grattant la tête de sa main libre.

— Elle a de la famille là-bas, c'est tout ce qu'elle m'a dit, reprit Matthew. Maintenant, détachez-moi, que je puisse aller chercher mon chien !

— Tu as eu une nouvelle crise de folie, tu ne peux pas partir à l'aventure. Nous devons t'enfermer, pour le bien de tous, sourit cyniquement son oncle. Tu te souviens de tes précédentes crises, n'est-ce pas ?

— Je ne suis pas fou. J'ai eu une indisposition passagère, et c'est terminé maintenant, vous le savez aussi bien que moi.

— Comment en être certain ? J'ai envoyé chercher le Dr Granger, il nous donnera son diagnostic.

Le Dr Granger était le plus cruel des deux médecins que son oncle avait achetés pour le déclarer fou. Pendant trois terribles années, le jeune homme avait enduré ses brutalités, ses purges et ses saignées répétées, et c'était un miracle qu'il y ait survécu.

— Filey, envoyez des hommes à la recherche du chien. S'il est mort, je vous en tiendrai pour responsable. Il nous sera utile si lord Sheene nous a menti et que nous devons employer des arguments plus convaincants pour lui arracher la vérité.

— Oui, milord, s'inclina piteusement la brute.

— Prenez ensuite deux hommes et partez pour Bristol avec Monks. Si elle est allée dans cette direction, quelqu'un l'aura croisée sur la route. Cherchez s'il y a des Paget dans la ville. Fouillez le quartier où vous l'avez rencontrée. Si vous n'avez pas retrouvé sa trace demain soir, laissez les deux hommes continuer les recherches et revenez ici. Quel est son nom de jeune fille ? questionna lord John en se tournant vers son neveu.

— Je n'en ai pas la moindre idée.

— Peu importe, accorda son tuteur, qui pour une fois paraissait le croire sur parole, nous avons suffisamment de renseignements. Je reviendrai bientôt, mon cher enfant.

Matthew mourait de soif et d'envie de se rincer la bouche pour se débarrasser du goût de vomi.

— Vous n'allez pas me laisser comme ça ?

— Pour le moment, si, rétorqua lord John avec indifférence. Filey, vous savez ce qu'il vous reste à faire…

Ils l'abandonnèrent bouillant de rage, impuissant, dans cette pièce mal aérée. Il ne pouvait rien faire ni pour Wolfram, ni pour Grace, ni pour lui-même.

Il ne lui restait plus qu'à mourir.


Le crépuscule tombait et Grace n'avait toujours pas rencontré âme qui vive lorsque le chemin déboucha sur une patte-d'oie. Elle déchiffra à grand-peine les lettres à moitié effacées indiquant les différentes directions et faillit hurler de joie.

Matthew ne s'était jamais montré très précis sur la localisation du domaine, et elle était inconsciente quand elle était arrivée, mais elle savait exactement où elle se trouvait, ou du moins où elle allait.

L'un des panneaux indiquait la direction d'un village à quelques lieues d'ici dont le nom lui était presque aussi familier que le sien.

Purdy St Margaret...

Son cousin, le révérend Vere Marlow, était pasteur à Purdy St Margaret !

Pour la première fois depuis des mois, bien avant même la maladie de Josiah, la jeune femme reprit espoir. Elle oublia sa fatigue, ses pieds meurtris et ses vêtements raidis par la sueur et la poussière.

Si elle parvenait à rejoindre Vere, elle serait en sécurité. Une fois chez son cousin, elle pourrait trouver de l'aide et aider son bien-aimé.

Un jappement joyeux la fit sursauter. Dans le rougeoiement du soleil couchant, elle distingua la silhouette d'un animal.

Wolfram ?

Que faisait-il ici ? Comment s'était-il échappé ?

Elle se souvint alors que, dans la confusion qui avait suivi le malaise du marquis, le portail était resté ouvert jusqu'au départ de la charrette. À moins qu'il se soit esquivé quand Monks s'était lancé à sa poursuite... Il avait dû retrouver sa trace là où elle était descendue.

— Wolfram ! Mon bon chien !

Elle s'agenouilla pour caresser l'animal qui lui fit fête, lui léchant le visage et les mains en gémissant de plaisir. Il était hors d'haleine et couvert de poussière, mais visiblement heureux de la retrouver. La laisse qu'elle avait confectionnée pendait encore à son cou.

— Oh, oui, mon chien ! Mais qu'est-ce que tu as là ?

Le dogue avait fait un bond de côté quand elle avait touché son arrière-train. Grace regarda sa main. Ses doigts étaient rouges de sang.

— Wolfram ?

Que s'était-il passé après son départ ? Y avait-il eu une bagarre ? Matthew avait-il été blessé ? Ou tué ? Il lui avait juré que son oncle ferait tout pour le garder en vie, mais comment savoir ce qui pouvait arriver pendant une crise aussi grave ?

Elle voulait croire qu'il était toujours de ce monde sinon, où trouverait-elle la force de continuer ?

Wolfram geignit et se serra contre elle lorsque, avec mille précautions, elle examina sa blessure. Autant qu'elle pouvait en juger, elle n'était pas trop grave et il ne semblait pas avoir perdu trop de sang.

— Mon pauvre chéri ! Nous allons trouver de l'aide et te soigner, ne t'inquiète pas ! commença-t-elle en passant les bras autour de l'encolure du chien, autant pour se réconforter elle-même que pour le rassurer.

Son cœur se serra en pensant à Matthew. Elle aurait donné tout l'or du monde pour se trouver encore une fois dans ses bras, pour entendre sa belle voix de baryton chuchoter son nom. Il lui avait manqué dès l'instant où elle lui avait fait ses adieux mais maintenant, seule au bord de cette route isolée, elle mesurait dans toute sa cruauté la réalité de son absence.

Pour se donner un peu de courage, elle enfouit le visage dans la fourrure de Wolfram. Elle ne pleura pas. Elle avait déjà pleuré plus que de raison, et cela ne lui avait servi à rien. Elle passa ainsi un long moment à prier pour son amant et pour elle-même, afin de trouver la force d'accomplir la tâche immense qui l'attendait.

Quand elle se releva, malgré sa fatigue et ses jambes flageolantes, elle avait retrouvé toute sa combativité et elle était bien décidée à délivrer Matthew – ou à mourir si elle échouait.

Le bruit de la porte d'entrée tira le marquis d'un sommeil agité. L'obscurité était profonde, on devait être au beau milieu de la nuit.

— Vous avez trouvé Wolfram ? Il va bien ?

Il voulut s'asseoir, mais il avait oublié les liens de cuir qui le maintenaient allongé. Il mourait de soif. Peu avant le coucher du soleil, son oncle avait envoyé Mme Filey lui donner un peu d'eau. Le breuvage frais lui avait paru le plus délicieux des nectars, mais le soulagement qu'il avait apporté à sa gorge desséchée était déjà loin.

Lord John l'ignora superbement, trop occupé à donner ses instructions aux domestiques qui allumaient les lampes.

— Détachez-le, mais gardez-le à l'œil.

Matthew feignit l'apathie jusqu'à ce qu'il soit sur pieds mais, dès qu'il se trouva libre, il fut pris d'une fureur belliqueuse. S'il avait pu atteindre son tuteur, il aurait été capable de l'étrangler sur place, tant sa rage était grande – et malgré la promesse faite à Grace.

Il ne pouvait tout de même pas attendre docilement qu'on décide de son sort, comme un agneau attendant le couteau du boucher ! Il en allait de sa fierté.

Sa crise, les coups reçus et les longues heures qu'il avait passées attaché sur cette table l'avaient affaibli et endolori. Il eut tout juste le temps d'envoyer son poing dans la figure d'un des séides de son oncle avant qu'on ne l'immobilise avec une aisance humiliante.

— Ces gamineries sont parfaitement inutiles, mon garçon, le tança lord John, que ce soudain accès d'agressivité n'inquiétait pas le moins du monde.

— Si je parviens à vous tuer, ce ne sera pas inutile du tout !

— Juste au moment où je viens t'apporter la récompense de ta bonne volonté ? Voyons ! Si tu consens à te calmer un instant, je t'autoriserai à prendre un bain et à changer de vêtements. Et Mme Filey est en train de te préparer un bon repas.

Matthew s'appliqua à ne montrer ni surprise ni curiosité. Même affaibli et vaincu, il ne se rendrait pas.

— Tu n'as pas envie de savoir pourquoi ?

Le marquis garda un silence méprisant.

— Ta petite pute a été aperçue dans un village sur la route de Bristol. Filey est revenu m'apporter l'information tandis que les autres continuaient les recherches. Ils la rattraperont avant qu'elle atteigne la ville.

Non !

Son cri d'angoisse avait dû rester bloqué au fond de sa gorge.

Son tuteur disait-il vrai ou s'agissait-il d'une ruse pour lui soutirer d'autres renseignements sur la jeune femme ? Bristol et Wells se trouvaient dans des directions opposées. Avait-elle décidé à la dernière minute qu'elle trouverait une meilleure protection dans la grande ville ?

Mon Dieu, s'ils rattrapaient Grace, leur dernier espoir s'évanouirait.

# 25

Grace plongea dans une profonde révérence devant Francis Rutherford, duc de Kermonde. La dernière fois qu'elle avait pénétré dans la grande bibliothèque lambrissée de chêne du château de Fallon Court, elle avait onze ans, et elle en avait quinze lors de sa dernière rencontre avec le duc. Elle était venue avec toute sa famille assister aux fêtes qu'il donnait pour son cinquantième anniversaire.

Se souvenait-il encore d'elle et, si oui, daignerait-il lui parler ? Il lui avait toujours témoigné beaucoup de gentillesse chaque fois qu'elle était venue le trouver, mais elle était alors l'enfant choyée de son meilleur ami. Recevrait-il avec la même bienveillance une veuve indigente venue lui demander son aide dans une situation désespérée ? Elle aurait tout donné pour avoir autre chose à porter que ses pauvres vêtements de deuil fanés qui proclamaient sa pauvreté et la mettaient en situation de faiblesse.

Mais qu'importait son apparence, après tout, quand le sort de Matthew était en jeu ? Mieux valait oublier cet orgueil qui lui avait interdit de venir chercher plus tôt de l'aide auprès de sa famille.

À ses côtés, son cousin Vere, qui avait demandé cette audience sans prévenir le duc de l'arrivée de

Grace la veille à son presbytère, s'inclinait profondément en serrant sur sa maigre poitrine une mallette pleine de documents.

Elle n'était pas convaincue que faire ce genre de surprise à l'un des hommes les plus puissants du royaume soit une bonne idée, mais elle était trop effrayée, trop fatiguée et trop inquiète sur le sort de Matthew pour discuter. Wolfram boitait de façon prononcée quand elle avait enfin atteint Purdy St Margaret, et il avait besoin de soins.

Heureusement, sa blessure n'était pas profonde, mais le chien était à bout de forces et l'absence de son maître le rendait très nerveux. Ils l'avaient enfermé dans l'écurie avant de partir pour le château, et il s'était mis à hurler à la mort dès qu'elle avait tourné les talons.

— Révérend Marlow ? De quoi s'agit-il ?

Le duc s'était arrêté devant eux, et la jeune femme sentit son regard s'attarder sur elle.

— Bonjour, oncle Francis, salua-t-elle avec calme en se relevant.

Que son parrain ose seulement la renvoyer ! Elle était une Marlow, et son sang était aussi ancien que le sien, même si sa bourse était vide.

— Mais c'est... Grands dieux ! Notre petite Grace ! J'aurais reconnu ce regard entre mille ! Cela fait bien dix ans... Tu es devenue une vraie beauté, ma chérie ! Viens vite me saluer comme il faut ! intima-t-il en lui ouvrant les bras avec un rire ravi.

Grace s'était préparée à toutes sortes de réactions, depuis la curiosité pleine de méfiance jusqu'à l'expulsion immédiate, mais certainement pas à cette chaleureuse bienvenue.

Refoulant ses larmes, elle se jeta dans ses bras grands ouverts. Elle avait toujours adoré son parrain qui, pendant toute son enfance, lui rendait souvent visite et lui apportait des cadeaux extraordinaires. Il l'avait toujours traitée comme une fille adorée, et ils s'amusaient beaucoup ensemble. Sa femme était morte jeune sans lui donner d'enfants, et il ne s'était jamais remarié.

— Oncle Francis ! Vous m'avez tant manqué !

Il la soumit à un feu roulant de questions, auquel elle s'efforça de répondre de son mieux tout en évitant les trop longues explications. Le moindre retard prolongeait d'autant les épreuves qu'endurait Matthew. Était-il seulement encore en vie ? La dernière vision qu'elle avait eue de lui, se tordant de douleur, la bave aux lèvres, ne cessait de la hanter. Le but de cette rencontre avec son parrain n'était pas uniquement d'échanger des nouvelles, même si elle n'avait pu s'empêcher de poser la question qui la tenaillait depuis si longtemps.

— Oncle Francis, comment vont mes parents ?

Quand il avait cessé de s'excuser pour l'accident qui l'avait empêché d'arriver à temps à Bristol, Vere lui avait dit le peu qu'il savait, mais cela faisait des années qu'il n'avait pas vu le comte et la comtesse de Wyndhurst, tandis que le duc et son père étaient amis depuis l'enfance.

— Tu sais ce qui est arrivé à ton frère ?

Avec son long nez, sa chevelure auburn et ses yeux bleus, Kermonde lui avait toujours fait penser à un renard, dont il possédait l'intelligence acérée.

— Oui, je l'ai lu dans les journaux.

— Depuis, tes parents ne vont pas très bien. Ta mère a abandonné toute vie sociale et mène une existence de malade recluse dans sa chambre. Quant à ton père, il s'est jeté dans le travail parlementaire avec une ardeur qui m'inquiète. Je suis sincèrement convaincu qu'ils seraient heureux de te voir, mon petit.

— Non, je ne crois pas, même si cela ne m'empêche pas de beaucoup penser à eux.

— Depuis la mort de Philip, ton père a beaucoup réfléchi, tu sais, en particulier à la façon dont il t'a traitée.

— Milord, Grace a appelé mon attention sur une question urgente que vous seul pouvez résoudre, intervint Vere, rompant le lourd silence qui s'était installé.

— Tu as besoin d'aide, mon petit ? Mes coffres te sont ouverts.

Si seulement ses besoins pouvaient être aussi simples ! Elle demandait bien plus que de l'or. Pour sauver Matthew, elle voulait mettre dans la balance le nom, l'influence et peut-être la réputation de Kermonde.

— Ce n'est pas pour moi que j'ai besoin d'aide, mais pour un homme qui subit une des pires injustices qui soit.

— Je t'écoute...

Tout à coup, son bienveillant parrain avait cédé la place au puissant duc de Kermonde. Tant mieux. C'était l'homme de pouvoir dont elle avait besoin. Les crimes de lord John étaient passibles du gibet mais c'était un homme d'influence, qui ne se laisserait pas abattre facilement. Peut-être sa puissante famille, perdue de vue depuis si longtemps, pourrait-elle aider Grace à sauver celui qu'elle aimait.

Même s'il était perdu pour elle...

— J'ai ici des papiers qui corroborent toute l'histoire, expliqua Vere en ouvrant la mallette. C'est pour cette raison que j'ai préféré amener Grace avec moi même si, après les épreuves qu'elle a endurées, elle a besoin de repos.

— Je n'ai pas besoin de repos, j'ai besoin de justice ! coupa la jeune femme, que la fâcheuse tendance de son cousin à la materner agaçait un peu.

Il n'avait que six ans de plus qu'elle, mais il avait déjà des manies de vieillard. Une fois de plus, elle se demanda comment elle pourrait vivre avec lui, sa virago de femme et sa bruyante progéniture. Et qu'allait-elle faire de Wolfram ? Sarah, l'épouse de Vere, avait déjà proclamé haut et fort son mécontentement de voir ce grand animal courir partout dans sa maison.

Mais elle n'avait nulle part où aller...

Pour l'heure, son avenir n'était pas la question la plus urgente à résoudre. Ce qui passait avant tout, c'était le sort de Matthew.

— Vous m'intriguez beaucoup. Racontez-moi ça, je vous prie, ordonna Kermonde.

Son parrain l'écouta sans faire de commentaires avant de se plonger dans les documents qu'elle avait apportés pour prouver la bonne santé mentale de Matthew, des brouillons d'articles pour des revues scientifiques, une correspondance en plusieurs langues avec des botanistes des quatre coins d'Europe et des lettres de lord John. L'oncle de Matthew s'était montré très prudent par écrit, mais ses missives démontraient amplement son avidité et sa cruauté. Elles donnaient surtout les noms des médecins qui s'étaient occupés de son neveu, les traitements qu'il avait subis, et d'autres détails qui confirmaient son récit.

L'après-midi touchait à sa fin lorsque Kermonde termina sa lecture. Vere, qui était retourné au presbytère après le déjeuner, revenait tout juste, et Grace attendait avec anxiété le verdict de son parrain.

— J'ose à peine y croire, conclut le duc en retirant ses lunettes.

— Tout est vrai, pourtant.

— Je n'en doute pas, la rassura-t-il. Je connais l'écriture de John Lansdowne, qui se montre beaucoup dans le monde depuis qu'il est devenu le tuteur de son neveu. Je l'avais toujours pris pour un homme de bon sens mais maintenant, j'aurais envie de le voir se balancer au bout d'une corde.

— Vous me croyez, alors ? s'étonna-t-elle, elle qui s'était apprêtée à plaider et argumenter.

— Bien entendu, mon petit.

— Et vous allez m'aider à libérer lord Sheene ?

— Certainement. Cette abomination doit à tout prix cesser, mais cela prendra sans doute plus de temps que tu le souhaiterais. Il va falloir rassembler des preuves incontestables et ensuite les apporter aux autorités.

— Cela ne suffit pas ?

— Malheureusement, non, même si tu as bien fait d'apporter ces documents.

— Combien de temps vous faudra-t-il ? Nous n'en avons pas beaucoup devant nous.

— Plusieurs mois, probablement.

— Des mois ! se récria-t-elle, sa joie et son bel enthousiasme envolés.

Dans six mois, Matthew ne serait plus tenu par le serment qu'il lui avait fait. Il voudrait tirer vengeance de ses bourreaux et mettrait fin à sa captivité par le seul moyen à sa disposition : sa propre mort...

— Patience, mon petit. Lord John a des amis haut placés, même s'ils sont moins nombreux qu'il le croit. Le dossier doit être inattaquable avant que j'entame une action officielle. C'est la seule chance de Sheene. Si nous allons trop vite et que nous échouons, il sera tenu pour fou jusqu'à la fin de ses jours.

— Je ne pourrai jamais le supporter, murmura-t-elle en espérant que le duc ne tirerait pas de conclusions hâtives de son impatience.

Elle tenait à donner l'impression que son amitié pour le marquis n'était jamais allée au-delà de ce que permettait la décence.

— L'avidité de lord John est compréhensible, même si elle est immorale. Les Lansdowne ont toujours été immensément riches. Nous n'avons pas droit à l'erreur. Il nous faut réussir ou ne rien tenter du tout. Pour l'instant, nous savons où se trouve le marquis et ce que projette lord John. Si nous laissons filtrer nos intentions, il peut parfaitement emmener Sheene, le faire enfermer sous un faux nom dans n'importe quel asile public, et nous ne le retrouverons jamais.

— Lord Sheene souffre depuis si longtemps !

S'il le fallait, Grace était prête à s'agenouiller comme une suppliante devant son parrain. Son amour pour Matthew comptait plus que sa fierté. Devant la mine pensive du vieux renard, elle se demanda si elle ne s'était pas montrée trop passionnée dans son plaidoyer.

Chaque jour qui passait rapprochait son bien-aimé d'une issue fatale. Aurait-il la force de rester en vie pour elle ?

— Je me souviens très bien du père du marquis, un homme aussi futé qu'une armée de singes. Je ne suis pas étonné que son fils ait hérité de son intelligence. Quel dommage qu'il ait disparu si jeune, avec sa femme ! Je suis allé à leurs obsèques, et je me souviens que le petit y avait fait une très belle allocution. Il devait avoir une dizaine d'années à l'époque, cela doit lui en faire vingt-cinq environ maintenant. Un beau garçon...

De nouveau, il considéra sa filleule d'un air pensif. Elle n'avait pas suffisamment dissimulé son intérêt pour son compagnon de captivité. Comment l'aurait-elle pu, d'ailleurs, alors qu'elle se consumait d'amour et de crainte pour lui ? Il en allait de sa réputation cependant, et elle ne voulait surtout pas qu'un soupçon de scandale vienne faire du tort à la cause de Matthew. Personne ne devait jamais savoir avec quel plaisir Grace Marlow s'était prostituée à un dément...

— Oncle Francis, si je tiens tellement à aider lord Sheene, c'est parce qu'il m'est insupportable de voir quelqu'un maltraité et emprisonné. Mon mari n'est mort que depuis quelques semaines.

— Mais ton mari était beaucoup plus âgé que toi, n'est-ce pas ? Je suis très touché par tout ce qui est arrivé au jeune Sheene. J'aurais dû m'intéresser à son sort mais son oncle avait une réputation sans tache, et je n'avais jamais rien entendu contre lui. Le bruit a ensuite couru que le gamin était sujet à des crises de folie, et je n'y ai plus pensé. Je m'honorais de mon amitié avec le défunt marquis et si je peux épargner à son fils de nouvelles souffrances, ce serait bien le moins que je puisse faire.

— Comment comptez-vous procéder ? intervint Vere, dont elle avait fini par oublier la présence.

— Je vais aller à Londres et mettre sur l'affaire quelques hommes habiles et discrets, capables de réunir les informations dont nous avons besoin sans alerter lord John.

— Quand partons-nous ? demanda Grace, enfin soulagée.

— Grace, je ne peux pas t'emmener avec moi.

— Mais je suis la seule capable...

— Si tout ce que tu m'as dit est vrai, comme je le pense, tu cours un grave danger. Lord John a déjà menacé ta vie, tu ne peux pas aller baguenauder dans Londres au vu et au su de tous. Si tu es aperçue en ma compagnie, il comprendra que les jeux sont faits. Je suppose qu'il ne connaît pas ta famille...

— Lord John est convaincu que je suis une fille de joie qui travaille sur les quais de Bristol.

Son parrain parut quelque peu surpris. Il n'était certainement pas habitué à une telle liberté de langage de la part d'une femme, du moins une dame de la bonne société. Comment aurait-il deviné à quel point la vie l'avait changée, lui qui avait gardé d'elle le souvenir d'une jeune fille très protégée ?

— En tout cas, il est essentiel qu'il continue d'ignorer l'endroit où tu te trouves et les gens que tu fréquentes. Je te tiendrai au courant, mais je veux que tu restes ici.

— À Fallon Court ?

— Ce n'est pas la peine de vous déranger. Ma cousine s'apprêtait à s'installer au presbytère quand est survenu ce malheureux incident, intervint Vere.

— Elle sera mieux protégée ici. Mes deux tantes occupent l'aile de la tour, les convenances seront donc sauves. John Lansdowne n'oserait jamais venir t'enlever dans une résidence ducale, à supposer qu'il ait l'idée de chercher de ce côté. Il recherche Grace Paget, une veuve sans le sou, et certainement pas lady Grace Elizabeth Marlow, fille unique du comte de Wyndhurst !

Cela faisait des années que personne ne l'avait appelée par son véritable nom. Il sonnait familièrement à ses oreilles mais il lui semblait appartenir à une autre personne, à une créature raffinée bien éloignée de la très terrienne Grace Paget, qui élevait des moutons et soignait son mari malade.

— Je suis sûr que ma cousine saura vous remercier pour votre bonté.

Kermonde avait exprimé sa volonté et elle serait exécutée.

— Nous allons devoir nous occuper de ta garde-robe, reprit le duc, ignorant la remarque du pasteur.

— Ce n'est pas la peine de vous donner tant de mal pour moi. Personne ne me verra.

— Ces guenilles ne sont même pas bonnes pour les travaux ménagers. Mes filles de cuisine sont mieux habillées ! Tu serais la risée de toute la domesticité.

— Mais je suis en deuil ! protesta-t-elle avec une insolente hypocrisie.

À peine deux jours plus tôt, elle reposait nue et comblée dans les bras de Matthew...

— Commande quelques vêtements noirs si tu y tiens, mais veille à acheter aussi quelques jolies robes. Il me semble que tu as assez fait pénitence au cours des neuf années passées. Il est grand temps que tu reprennes ta place dans le monde, mon petit.

Il aurait été malvenu de discuter alors qu'on lui témoignait tant de gentillesse. Avec son parrain à ses côtés, elle avait de bonnes chances de sauver l'homme qu'elle aimait.

— Pars avec Vere chercher tes bagages au presbytère. Nous dînons à sept heures. Amenez votre femme, Marlow.

— Je vous remercie, votre Grâce. Mme Marlow sera très honorée.

— Je partirai pour Londres dès demain. Adopte un profil bas. Fais sentir que ton récent veuvage exige qu'on te laisse en paix. Je dirai aux tantes de ne pas te déranger. Elles seraient capables de faire parler une chaise si on les laissait faire !

Grace se rappelait vaguement deux vieilles dames qui ne s'arrêtaient jamais de commérer, sauf le temps d'engloutir des monceaux de pâtisseries.

— Je ne pourrai jamais assez vous remercier de tout ce que vous faites pour moi, oncle Francis.

— Allons, allons, mon petit. J'ai souvent pensé à toi ces dernières années. On ne m'enlèvera pas de l'idée que si ton père ne s'était pas montré aussi intraitable, tu serais revenue à de meilleurs sentiments et tu aurais fini par faire un mariage convenant à ton rang. Je ferais sauter tes enfants sur mes genoux au lieu de partir secourir ton malheureux ami !

— Ce n'est pas...

L'air sceptique de son parrain l'arrêta au milieu de sa phrase. Le duc avait visiblement très bien saisi toutes les implications de son récit et elle se souvint tout à coup qu'à la Chambre des Lords, il était la terreur de ses adversaires.

— Comme vous voudrez, acquiesça-t-elle, docile, avant de suivre Vere.

# 26

Au bout de quinze jours, Grace était morte d'inquiétude au sujet de Matthew. Quand il lui avait exposé son plan, elle ne s'était pas rendu compte à quel point le manque de nouvelles serait éprouvant.

S'était-il remis de la maladie qu'il avait lui-même provoquée ? Était-il seulement encore en vie ? Son oncle l'avait-il puni pour ce qu'il avait sans doute aussitôt reconnu comme un complot ? Ses geôliers l'avaient déjà battu et torturé à plusieurs reprises, le corps de Matthew en témoignait avec assez d'éloquence.

Lord John était-il toujours à sa recherche ? Il n'était pas homme à abandonner aisément, surtout lorsque sa réputation et sa sécurité étaient en jeu. Et tant que Grace serait en liberté, les deux se voyaient compromises.

Matthew se languissait-il d'elle comme elle se languissait de lui, ou souffrait-il trop ? Et si l'allergie avait réveillé sa folie ?

C'était ce qu'elle redoutait le plus. Seule une volonté de fer l'avait guéri de la démence, et elle ne pouvait supporter l'idée qu'il pouvait à nouveau perdre la tête, peut-être définitivement cette fois.

Dans la luxueuse retraite de sa chambre à coucher, elle pleurait tous les soirs. Elle se sentait si seule et Matthew lui manquait tant qu'elle aurait voulu mourir.

Le reverrait-elle un jour ?

Et si tout ce qu'elle avait entrepris n'aboutissait à rien ?

Rester optimiste était plus facile dans la journée, où la compagnie affectueuse de Wolfram maintenait un lien avec son amant mais la nuit, il était bien plus difficile de garder espoir. Elle aurait eu tort de sous-estimer l'intelligence et le manque de scrupules de lord John, et la bataille était loin d'être gagnée.

Le sommeil était encore pire que l'insomnie. Son bien-aimé hantait ses rêves, des rêves où elle le voyait affamé et maltraité, des rêves où il ne lui faisait plus confiance, où il lui reprochait de l'avoir abandonné.

Les rêves où il lui faisait l'amour étaient pires encore. Que sa virilité conquérante révèle toute sa puissance ou qu'il l'aime avec lenteur, le désir la submergeait, et puis...

Et puis, plus rien.

Elle se réveillait en larmes, seule dans son lit.

Une semaine après son évasion, elle eut la certitude de ne pas être enceinte. Même si elle avait depuis longtemps renoncé à avoir des enfants, elle pleura toute la journée dans sa chambre. Ses règles avaient du retard et, malgré elle, elle avait commencé à espérer...

Une grossesse l'aurait certes mise dans une situation difficile, mais c'était encore un lien avec l'homme aimé qui se rompait, et la déception n'en fut que plus cruelle.

Kermonde était à Londres et, même si elle savait qu'il travaillait pour Matthew, l'attente était difficile à supporter. Il lui écrivait régulièrement, le plus souvent par l'intermédiaire de son secrétaire. Elle venait de recevoir une lettre, avec des nouvelles assez importantes pour être rédigées de sa main.

Pour la première fois depuis son arrivée à Fallon Court, elle sourit en lisant le vélin couvert d'une écriture fine et serrée. C'était une journée magnifique, et elle ne l'avait pas encore remarqué. Pendant la quinzaine écoulée, alors qu'elle vivait claquemurée dans son chagrin et son angoisse, l'été était arrivé. Les rayons du soleil jetaient des éclats argentés dans le ruisseau qui courait au fond du parc et les oiseaux chantaient dans le feuillage où bruissait une brise légère.

Que le monde était beau !

Les pratiques du Dr Granger, l'un des médecins de Matthew, avaient été démasquées, et il était en fuite. Le duc avait envoyé ses hommes passer le pays au peigne fin pour le retrouver et lui faire avouer qu'il avait été soudoyé pour déclarer Matthew fou et incapable de gérer ses affaires.

Enfin un espoir !

En souriant, elle reprit la lettre posée sur sa jolie robe fleurie. La couturière du village avait fait des miracles et lui avait confectionné une garde-robe plus élaborée que tout ce qu'elle avait eu l'occasion de porter depuis qu'elle avait quitté Marlow Hall – exception faite, bien sûr, des tenues osées qu'elle avait arborées pendant sa séquestration.

Elle se souvint avec un certain amusement de la petite flamme qui s'était allumée dans le regard mordoré de Matthew lorsqu'elle avait étrenné la première. Par la suite, c'était devenu un jeu, dans un endroit où jouer constituait un acte de courage, un geste de défi contre l'adversité.

— Je vous demande pardon, milady.

— Oui. Qu'y a-t-il, Iris ?

— Vous avez un visiteur, indiqua la femme de chambre en plongeant dans une profonde révérence.

— Un visiteur ? Mon cousin, sans doute ?

Pourvu qu'il ne soit rien arrivé de grave ! Vere avait déjà quatre enfants et Sarah en attendait un cinquième, ce qui la rendait encore plus acariâtre qu'à l'accoutumée. C'était pour cette raison, autant que pour des questions de sécurité, que Grace évitait de leur rendre visite au presbytère.

— Non, ton père, corrigea une voix qu'elle n'avait pas entendue depuis des années, tandis qu'un homme de haute taille, tout de noir vêtu, se profilait derrière la soubrette.

Grace porta une main tremblante à son cœur qui battait la chamade. Que signifiait sa venue ? Venait-il lui demander de quitter la demeure de son parrain ?

Elle n'était pas disposée à entendre ses reproches et ne le serait jamais.

— Le comte de Wyndhurst, milady ! annonça la domestique.

La dernière fois que Grace avait vu son père, il était dans une fureur noire. C'était alors un personnage impressionnant et, au fil des années, le souvenir de cet horrible après-midi avait chassé celui d'autres moments pleins d'affection, de tendresse et de générosité. Elle avait été une petite fille trop gâtée, qui avait appris trop tard à réfléchir aux conséquences de ses actes.

L'homme qui se tenait à présent devant elle n'avait plus rien de commun avec l'ogre de ses cauchemars. Le comte s'aidait maintenant d'une canne pour marcher, son visage était strié de rides, et il y avait plus de sel que de poivre dans son abondante chevelure.

Son père se tenait devant elle, mais elle ne le reconnaissait pas vraiment, même si elle aperçut sur ses lèvres, l'espace d'un instant, le petit sourire ironique qui lui était si familier.

Elle se leva, prête à la confrontation. Elle avait parfaitement le droit d'être là, que cela lui plaise ou non. Pourtant, derrière sa conviction d'être dans son bon droit, elle ne pouvait pas étouffer le chagrin, la culpabilité et le ressentiment qu'elle ressassait depuis tant d'années. Ni l'amour qu'elle ressentait toujours, en dépit de tout...

Pendant un long moment, père et fille se mesurèrent du regard. Trois pas à peine les séparaient, mais ils se révélaient aussi infranchissables que le gouffre le plus profond.

— Tu ne salues pas ton père ?
— Bonjour, milord, concéda-t-elle d'une voix mal assurée en le gratifiant d'une parfaite révérence.

Quand elle se releva, elle fut surprise de voir des larmes dans les yeux outremer, pareils aux siens.

— Milord ? C'est tout ce que tu as trouvé, Grace ? Après tout ce temps ?

La main posée sur le pommeau d'argent tremblait et elle se rendit compte que cette canne n'était pas une coquetterie, mais une nécessité.

— Je ne sais pas ce que vous souhaitez, balbutia-t-elle.
— Pour commencer, un salut plus chaleureux que celui-ci.
— Comme vous voudrez.

Elle s'approcha d'un pas hésitant et n'eut pas besoin de se hausser sur la pointe des pieds pour déposer un baiser hâtif sur sa joue. À une époque, elle se serait jetée à son cou avec enthousiasme, mais cette époque était révolue.

— Je suis heureuse de vous voir, père.

Elle ne mentait pas, même si le trouver tellement changé lui déchirait le cœur. L'homme qu'elle avait devant elle était différent de celui dont elle gardait le souvenir, il lui avait suffi d'un instant pour le comprendre. Qu'il soit disposé à rencontrer sa vagabonde de fille n'était pas le moins remarquable.

— Oncle Francis vous a prévenu que j'étais ici ?

Elle se demanda comment il la trouvait. Sous l'œil inquisiteur de son père, elle était heureuse de sa nouvelle garde-robe. Au moins, elle ne ressemblait plus à une mendiante, comme à son arrivée à Fallon Court.

— Non, c'est Vere qui m'a écrit pour m'informer de ta présence, et je lui en serai toujours reconnaissant. Je me suis mis en route dès que j'ai reçu sa lettre. Cela fait cinq ans que je te cherche, mon enfant...

Décidément, elle ne comprenait plus rien. Quand il l'avait chassée, il lui avait interdit sa maison pour toujours, elle n'avait jamais eu le moindre doute à ce sujet.

Était-ce la mort de Philip qui l'avait changé à ce point ? Même si ni lui ni elle n'avait le courage de prononcer le nom de son frère, ce fantôme impétueux les hantait l'un et l'autre.

Son père venait pourtant de dire qu'il la cherchait depuis cinq ans, or il y a cinq ans Philip était bien vivant et courait avec insouciance à sa perte en écumant tous les tripots de Londres.

Si le comte revenait vers sa fille, ce n'était donc pas pour compenser la perte de son fils unique, mais bien pour elle-même.

— Vous aviez dit que vous ne vouliez plus jamais me revoir, rappela-t-elle non sans amertume.

Son mariage avait été une folie, et elle avait fait peu de cas de sa famille, elle en convenait et le regrettait amèrement. Cependant, la violente réaction de son père bien-aimé avait causé une blessure qui ne s'était jamais refermée.

— J'ai dit beaucoup de choses ce jour-là, se justifia-t-il en blêmissant. Je les pensais à l'époque mais je n'ai pas tardé à regretter mon intransigeance. Il ne m'a pas fallu un an pour aller à York trouver Paget et lui proposer de vous aider tous les deux. Je lui ai offert une situation sur l'un de nos domaines pour que vous puissiez au moins vivre dans un confort relatif, mais il m'a opposé un refus catégorique.

Son père avait donc ravalé sa fierté au point de tendre la main à Josiah ? Décidément, le monde ne tournait pas comme elle l'avait toujours pensé.

— Tu n'as pas demandé à me voir ? s'indigna-t-elle, reprenant malgré elle le tutoiement de sa jeunesse.

— Ton mari m'avait expliqué que tu avais à jamais renoncé à ta famille pour vivre avec lui une vie meilleure. Il m'a assuré que tu méprisais les Marlow et tout ce que nous représentions.

— Et tu l'as cru ?

— Je n'avais pas de raison de ne pas le croire. Tu ne nous avais jamais écrit et tu n'avais pas cherché à nous voir depuis ton mariage.

— Tu me l'avais interdit.

L'ombre du sourire qui s'esquissa sur les lèvres du comte rappela enfin à Grace le père qu'elle avait connu, l'homme dont elle goûtait tant l'humour pince-sans-rire.

— Tu n'as jamais été un modèle d'obéissance, quel dommage que cette fois-ci tu ne m'aies pas désobéi !

— Je pensais que tu me détestais.

— J'étais furieux, déçu, choqué, mais je n'ai jamais cessé de regretter la rupture avec toi. Tu as toujours été ma préférée, tu sais.

Oui, elle le savait, et elle avait à tort présumé que l'indulgence de son père finirait par lui faire accepter son regrettable mariage.

C'était chose faite, apparemment.

Josiah ne lui avait jamais dit que le comte avait voulu faire la paix. Sans doute son mari craignait-il qu'elle l'abandonne pour reprendre son ancienne vie. Peut-être s'en seraient-ils trouvés mieux l'un et l'autre... Ils n'avaient jamais connu un seul instant de bonheur véritable pendant toute la durée de leur mariage. Sa rencontre avec Matthew lui avait révélé toute la vacuité sentimentale et physique de sa vie avec le vieux libraire.

— Il y a cinq ans, j'ai de nouveau voulu faire amende honorable, en espérant que ta rancœur se serait apaisée avec le temps, mais tu avais disparu. La boutique d'York tombait en ruine et tes voisins ne savaient pas où tu étais allée. Je t'ai cherchée partout, mes hommes ont passé au peigne fin toutes les librairies d'Angleterre. J'ai même envoyé des émissaires en Amérique.

— J'étais à Ripon jusqu'à ces dernières semaines.

— À Ripon ?

Le comte, devenu blême, vacilla sur ses jambes comme si on l'avait frappé.

— Tu ne te sens pas bien ? s'inquiéta Grace, qui n'osait pas le soutenir.

— Pendant tout ce temps, tu étais à peine à trente lieues de Marlow Hall ?

— Oui. J'élevais des moutons. Tu vois mes mains ?

— Doux Jésus ! Ma fille a des mains de paysanne ! Toi qui as été élevée pour devenir duchesse ! Qu'ai-je donc fait ? Pourras-tu seulement me pardonner un jour, mon enfant ?

Même s'il avait retrouvé son équilibre, son père restait d'une pâleur de marbre, et sa voix tremblait d'émotion. Grace ne pouvait pas supporter de voir le comte dans cet état. D'elle ou de lui, qui était le plus coupable, dans le fond ?

— Je pense que c'est à toi de me pardonner, père.

Cette fois-ci, elle n'avait pas eu besoin de se forcer pour prononcer le mot.

— Oh, Grace, ma petite fille, je te pardonne de tout mon cœur, comme j'espère que tu me pardonneras un jour. Je me suis conduit comme un imbécile, mais j'espère que le temps aura fait de moi un homme meilleur. J'espère qu'il m'aura appris la sagesse. Veux-tu rentrer à la maison avec moi, ma douce ?

Grace se rendit compte avec stupéfaction qu'il craignait encore un refus de sa part. Le comte de Wyndhurst qu'elle avait connu avait toujours fait preuve d'une assurance qui frisait l'arrogance et n'avait même jamais envisagé qu'on désobéisse à ses ordres.

Leurs relations futures dépendaient de sa réponse, elle en avait conscience. Un sourire rassurerait immédiatement son père, mais elle ne se sentait pas capable de fournir cet effort.

Le comte avait commis des erreurs, elle aussi. Tous deux les avaient payées très cher...

— J'en serais ravie, père, accorda-t-elle, tout son calme et toute sa confiance retrouvés.

La chambre était plongée dans l'obscurité lorsque Grace y entra. Peut-être sa mère était-elle endormie, bien qu'on soit en plein milieu de l'après-midi. Pendant leur long voyage du Somerset jusqu'ici, son père lui avait appris que la comtesse ne quittait presque plus sa chambre. Où était donc la femme pleine de vie et de dynamisme dont elle avait gardé le souvenir ?

Tout doucement, elle ferma la porte derrière elle et aussitôt, l'atmosphère confinée de la chambre lui rappela lord John. Le cœur battant à tout rompre, le souffle court, elle lutta contre la panique qui la suffoquait, jusqu'à ce que l'arôme familier de rose et d'encaustique vienne dissiper son affolement.

Ces parfums qui évoquaient son enfance lui amenèrent les larmes aux yeux. Comme elle était loin maintenant de cette petite fille innocente et gâtée !

Il faisait trop sombre pour distinguer le splendide décor de marqueterie incrusté sur les panneaux de la porte, mais elle en connaissait par cœur les flûtes, les violons et les guirlandes, tout comme elle connaissait les fleurs roses et bleues du tapis ou les draperies de soie bleue du ciel de lit.

— Qui est là ?

Même la voix de sa mère avait changé. Tremblante et haut perchée, c'était celle d'une vieille femme effrayée, alors que la comtesse avait à peine atteint la cinquantaine.

— Qui est là ? C'est vous, Élise ? Si vous êtes venue m'habiller pour le dîner, c'est inutile. Je suis trop fatiguée pour descendre ce soir.

Depuis la mort de Philip, sa mère ne prenait plus ses repas dans la salle à manger, son père le lui avait expliqué avec des larmes dans la voix. Accablée de chagrin, la jeune femme était incapable d'articuler le moindre mot.

— Élise ?

— Ce n'est pas ta femme de chambre, maman.

La silhouette couchée dans la pénombre garda une immobilité de statue, et le silence se fit si profond qu'il en devenait presque palpable.

— Grace ? murmura-t-elle si faiblement que sa voix était presque inaudible.

— Oui, maman, c'est Grace.

— Ma petite fille... C'est un rêve, n'est-ce pas ?

— Non, je suis réellement ici.

Les mots avaient peine à sortir de sa bouche, mais l'étrange paralysie qui clouait Grace au sol se dissipa tout à coup et elle se précipita au chevet du lit.

— Je suis là, maman !

— Ce n'est pas possible !

Sa mère se pencha pour caresser du bout des doigts le visage de la jeune femme, comme si elle ne pourrait pas croire à la présence de sa fille tant qu'elle ne l'aurait pas touchée.

Quand Grace sentit sur son visage les doigts de la comtesse, elle sut qu'elle était enfin rentrée chez elle.

Même dans la pénombre, elle voyait à quel point sa mère avait vieilli. Les longues mèches de cheveux qui s'échappaient de son bonnet de dentelle étaient grises et le beau visage maintenant couvert de rides s'était affaissé. Les neuf dernières années n'avaient pas été tendres pour la comtesse de Wyndhurst, et il restait peu de chose de la beauté qui avait régné sur Marlow Hall et sur toute la société du comté.

— J'ai cru ne jamais te revoir, chuchota la comtesse d'une voix brisée.

— Moi aussi.

— Pourquoi n'es-tu pas venue quand Philip est mort ? J'avais besoin de toi, et tu n'étais pas là.

Pourquoi n'était-elle pas venue ? Josiah le lui aurait interdit, mais elle aurait pu lui désobéir. Elle l'avait tant de fois défié en silence que s'opposer franchement à lui n'aurait pas rendu leurs relations pires qu'elles n'étaient. Elle était persuadée que son père la haïssait mais elle aurait pu trouver le courage d'affronter sa colère, ou du moins essayer.

Elle avait été lâche, lâche et cruelle.

— Je regrette...

— Philip me manque tant, soupira la comtesse, les joues ruisselantes de larmes. Tu m'as manqué, toi aussi.

— Je le sais, maman, je le sais, murmura Grace en s'asseyant sur le bord du lit.

Sa mère paraissait si fragile dans ce grand lit, comme un petit moineau égaré... Avec beaucoup de tendresse, la jeune femme passa le bras autour des frêles épaules et attira sa mère tout contre elle.

Après un moment d'hésitation, comme si elle avait perdu l'habitude du contact, la comtesse s'abandonna tout contre sa fille et fondit en larmes.

Grace resserra son étreinte. Elle avait tant de choses à lui dire, il y avait tant de choses qu'elle voulait savoir... Mais il était encore trop tôt. Ce dont sa mère avait besoin pour l'instant, c'était de réconfort et de silence.

Lorsque la comtesse sécha enfin ses larmes, la jeune femme lut sur son visage, derrière la fatigue et la tristesse, une paix nouvelle.

— Ouvre les rideaux, s'il te plaît. Je veux voir le visage de ma fille.

Grace repoussa allègrement les lourdes tentures, pour que la lumière pénètre à flots dans la pièce et en bannisse à jamais les ténèbres.

# 27

La voiture du duc de Kermonde cahotait vers le domaine que Grace avait fui quatre mois plus tôt. Le visage masqué d'un loup noir, Grace, assise en face de son parrain, triturait nerveusement un bouton de son élégant costume de voyage vert bouteille. À ses côtés, son père contemplait sans le voir le paysage éclairé par les derniers rayons du crépuscule.

Le cœur de la jeune femme battait avec tant de violence qu'elle pouvait à peine respirer. Que s'était-il passé depuis qu'elle avait vu Matthew pour la dernière fois ? Allait-il bien ? L'avait-on fait souffrir ? Était-il seulement en vie ? Mon Dieu, pourvu qu'ils n'arrivent pas trop tard ! Il avait pu se passer tant de choses en quatre mois...

Quand les envoyés de son parrain avaient enfin mis la main sur le Dr Granger, le gredin leur avait confirmé sa récente visite à Matthew. Le reste de son témoignage n'était pas fait pour les rassurer, et elle avait failli s'étouffer de rage impuissante en le lisant.

Le charlatan se vantait des coups, des purges et des saignées qu'il avait administrés au marquis pendant son adolescence. L'image du dos martyrisé de son bien-aimé ne cessait de la hanter et connaître le détail des tourments qu'il avait subis avait achevé de lui ôter le sommeil.

Le Dr Granger prétendait avoir simplement examiné son patient lors de sa dernière visite, mais Monks et Filey pouvaient tout à fait avoir appliqué les méthodes du praticien corrompu sur ordre de lord John.

Elle avait supplié le duc d'envoyer quelqu'un espionner le domaine, mais Kermonde s'y était refusé. Si jamais lord John avait le moindre soupçon concernant cette surveillance, il pouvait emmener Matthew dans un endroit où il serait impossible de le secourir.

— Un peu de calme, mon petit. Tout se passera bien, tu verras, la rassura son père en refermant sur la sienne sa grande main gantée.

— Je l'espère.

Il y avait peu de temps encore, elle aurait haussé les épaules si on lui avait dit que le comte la soutiendrait dans sa croisade, mais tant de choses avaient changé, à commencer par sa situation. La pauvre petite veuve sans le sou et sans amis s'était effacée devant la riche héritière lady Grace Marlow. Même le nom de ce pauvre Josiah était tombé dans l'oubli, comme s'il essuyait dans la mort le même échec que de son vivant.

Mais le fantôme de Josiah n'était qu'une ombre sans consistance. Que pesaient ses murmures inaudibles face à l'inquiétude mortelle qu'elle éprouvait pour Matthew ?

— Grace, je préférerais vraiment que tu attendes dans la voiture. Tu y seras en sécurité, expliqua Kermonde.

Ils en avaient discuté pendant des semaines, mais la jeune femme était demeurée inflexible. Après tous ces mois passés à attendre des nouvelles indirectes, elle avait besoin de voir Matthew. Pour seule concession, elle avait accepté de rester masquée et de ne pas prononcer une parole. Personne ne devait savoir que lady Grace Marlow avait été prise pour une vulgaire prostituée.

— Francis, laisse-la tranquille. Nous avons plus d'hommes que Wellington à la bataille de Vitoria et tu sais bien qu'elle n'en fait jamais qu'à sa tête, de toute façon.

Une douzaine de cavaliers et deux berlines pleines d'hommes en armes suivaient la voiture de Kermonde. Dans un autre équipage, deux médecins de la cour dépêchés par le roi George devaient examiner le prisonnier. Le souverain était entré dans une fureur mémorable lorsqu'il avait appris le sort de Matthew. Le défunt marquis de Sheene avait compté parmi ses amis les plus intimes et l'avait aidé à constituer ses collections d'œuvres d'art. Il était de surcroît passionné de botanique et les brillantes communications du jeune homme à diverses sociétés savantes avaient éveillé son intérêt. Grace ne se féliciterait jamais assez de les avoir subtilisées.

Voir son père prendre ouvertement sa défense la touchait au plus profond mais ne suffisait pas à calmer son angoisse. Malgré son bonheur d'avoir retrouvé ses parents, au cours de ces quatre mois, Matthew n'avait jamais quitté ses pensées. Elle avait désespérément besoin de le voir, de croiser son regard mordoré, d'entendre sa belle voix de baryton légèrement ironique, de le toucher... Seule sa présence pourrait chasser les démons qui l'assaillaient et qui lui murmuraient qu'il était trop tard pour le sauver.

Elle était à bout de nerfs et de fatigue. Pouvaient-ils encore échouer si près du but ?

Rassemblant tout son courage, elle se redressa fièrement. Pour celui qu'elle aimait, pour elle-même, elle se devait d'être forte jusqu'au bout. De se montrer digne de lui...

Le portail du domaine était en vue maintenant, il était temps de se préparer à ce qui les attendait.

— Où est la putain ?

Le marquis ne se donna même pas la peine de lever la tête pour répondre à son oncle. Il n'en pouvait plus de répéter « Je ne sais pas » comme un automate. Il se laissa aller dans ses fers, tirant sur ses bras pour soulager ses jambes endolories.

Il était si fatigué...

Dans un moment, ils déverrouilleraient les chaînes qui le maintenaient contre le mur, mais ce serait pour le ligoter sur la table où il pourrait s'assoupir quelques heures. Depuis l'évasion de Grace, c'était devenu une routine.

Le principal était qu'elle soit parvenue à s'échapper. Son oncle la recherchait toujours mais, après tout ce temps, il devait avoir perdu tout espoir de la retrouver.

La savoir en sécurité constituait sa seule consolation. Elle avait déjoué toutes les poursuites. Même les légendaires *Bow Street Runners* avaient dû s'avouer vaincus. Et, Dieu merci, une fois dehors, elle s'était rendu compte qu'elle ne pouvait rien pour lui. L'idée qu'elle puisse se livrer à une tentative aussi folle que vaine pour le délivrer, et risquer ainsi de se jeter dans la gueule du loup, l'avait rendu malade d'angoisse.

— Tu te conduis comme un idiot, mon garçon.

En quatre mois, Matthew avait appris à ne plus vivre que pour les deux petites heures, une le matin, une l'après-midi, où on le laissait prendre un peu d'exercice à l'extérieur. C'étaient, avec les trois repas de la journée, ses seuls instants de liberté. Il faisait ce qu'il devait pour reprendre des forces car, dans huit semaines et deux jours, la promesse faite à Grace arriverait à expiration. Il tuerait son oncle et se moquait de ce qui se passerait ensuite.

— Cette putain t'a oublié, elle a pris un autre amant, reprit lord John en frappant nonchalamment le sol de sa canne.

Le marquis avait beau tenter de se persuader qu'il ne souhaitait rien d'autre, qu'elle trouve quelqu'un pour prendre soin d'elle et la protéger, une jalousie féroce le dévorait. Celui qui pouvait la prendre dans ses bras, toucher sa chair délicate et l'amener à crier de plaisir était le plus heureux des mortels.

Il n'avait sans doute pas suffisamment caché ses sentiments, car son oncle éclata d'un rire sonore.

— Elle est si bien que ça ? Douce comme le miel et prompte à ouvrir les jambes...

Ce genre de saillies était devenu si habituel que Matthew n'y prêtait plus la moindre attention.

— Quand nous la retrouverons, je l'essaierai moi-même avant de la livrer à Monks et à Filey. Et à mes autres hommes ensuite. Je te laisserai peut-être regarder. Pour te rappeler de bons souvenirs... Je te laisserai peut-être même en reprendre une portion avant que nous lui réglions son compte.

Si la haine avait pu tuer, lord John serait tombé raide mort, mais si le marquis montrait la moindre velléité de révolte, son tuteur ne le libérerait jamais. Or il devait être libre pour tuer...

D'expérience, il savait que cet interrogatoire pouvait continuer pendant des heures. Son oncle venait de temps en temps au domaine pour l'interroger même s'il avait dû se rendre compte que rien, ni la fatigue, ni la douleur, ni la colère, ne lui ferait dire ce qu'il savait.

— Il y a bien entendu un autre moyen, mon cher neveu, reprit lord John comme s'il discutait de la pluie et du beau temps. Dis-moi où elle est allée et tu la retrouveras dans ton lit en moins de temps qu'il ne faut pour le dire.

— Je ne sais pas où elle est, articula péniblement le marquis.

Sa longue chevelure en désordre retomba sur son visage lorsqu'il changea de position pour soulager ses bras. Depuis quatre mois, lui qui avait toujours pris grand soin de son apparence avait tout juste l'autorisation de faire un brin de toilette dans une bassine d'eau et de se raser une fois de temps en temps. Pour Matthew, s'habiller en gentleman constituait le seul geste d'homme libre à sa portée et il en avait fait un défi aux démons de la folie, de la captivité et du désespoir.

— Quel dommage que nous n'ayons jamais retrouvé ton chien. Il t'aurait amené à de meilleurs sentiments, remarqua négligemment lord John.

Le souvenir de Wolfram ranima la fureur du jeune homme. Il supposait que l'animal avait trouvé refuge dans un fourré pour s'y vider de son sang et y mourir. C'était certes préférable aux tortures que lui réservait John Lansdowne, mais sa perte n'en était pas moins cruelle pour lui. Il était cependant trop tôt pour se laisser aller à la colère. La colère était mauvaise conseillère, et pour vaincre son oncle, il avait besoin de tout son sang-froid. Maintenant que Grace était en sécurité, il n'avait plus qu'un seul but : la mort de son tuteur.

Les pas qui retentirent dans le hall n'attirèrent pas son attention. Ses geôliers devaient revenir de leur ronde quotidienne. Leur maître leur ordonnerait-il de le battre ? Depuis l'évasion de Grace, lord John lui avait rarement infligé des sévices mais il sentait ce soir-là une frustration qui pouvait le conduire à toutes les brutalités.

— Libérez immédiatement cet homme !

Il releva la tête, stupéfait.

Que se passait-il donc ?

Qui étaient tous ces étrangers ? Que faisaient-ils ici ? Il ne connaissait pas celui qui s'était d'autorité placé au centre de la pièce, mais il aurait reconnu entre mille la mince silhouette vêtue de vert bouteille qui fendait le groupe d'hommes en armes pour se précipiter vers lui et le soutenir tandis qu'un parfum délicat de rose et de lavande venait lui chatouiller les narines...

Grace...

Incrédule, il considérait comme s'il s'agissait d'un fantôme la femme masquée dont la bouche dessinait un radieux sourire. Derrière le loup de velours, les grands yeux outremer brillaient de larmes contenues.

— Tu es vivant, tu es vivant, murmurait-elle comme une incantation.

Elle paraissait aux anges...

Si seulement il avait pu partager sa joie !

— Mais... que fais-tu là ?

Qu'est-ce qui lui avait pris de venir se jeter dans la gueule du loup ? Elle n'avait donc aucune conscience du danger ? Cela faisait quatre mois qu'il souffrait le martyre, et tout cela pour rien !

Le bras de Grace se resserra autour de sa taille et, malgré sa peur, il y puisa un immense réconfort.

Mais pourquoi était-elle revenue ? Pourquoi mettait-elle sa vie en danger ? Pourquoi ?

Elle se pressait à son côté et, malgré sa colère, il sentait la vie réchauffer ses membres pour la première fois depuis le départ de la jeune femme.

— Je suis venue te délivrer, chuchota-t-elle. Regarde !

Perplexe, il ouvrit les yeux. Tout ce qu'il voyait, c'était le visage de sa bien-aimée, pâle comme un linge derrière le masque. À regret, il porta son attention vers les autres personnes présentes dans la pièce.

Contre le mur du fond, Monks et Filey étaient tenus en respect par les pistolets de quatre colosses. Les cheveux en désordre et le visage en sang, Monks, qui avait dû opposer une vive résistance, était enchaîné tandis que Filey, toujours aussi veule, avait les mains libres. Quatre domestiques en livrée les accompagnaient.

Le cavalier aux cheveux gris qui avait ordonné qu'on le libère avait un visage vaguement familier. À ses côtés se tenait un gentilhomme de belle prestance qui ressemblait étrangement à Grace. Deux hommes entre deux âges – des médecins, probablement – restaient un peu à l'écart.

— Votre Grâce ? s'exclama lord John, à qui la stupéfaction avait fait perdre son flegme habituel. Que signifie cette irruption ?

— Détachez lord Sheene !

— Vous n'avez aucun droit ici ! Votre Grâce, lord Wyndhurst, je proteste contre cette intrusion !

Matthew allait de surprise en surprise. Que faisait ici le comte de Wyndhurst ? Était-il parent avec

Grace ? Et le duc ? Elle lui avait confié qu'elle venait d'une bonne famille mais les deux visiteurs comptaient parmi les plus hauts personnages du royaume.

— Protestez tant que vous voudrez. J'ai demandé qu'on libère cet homme ! répéta le duc en désignant Monks et Filey.

Filey fourragea dans sa poche, en sortit une clef et claudiqua en direction de Grace et de Matthew. L'odeur fétide de son haleine et de sa sueur suffoqua le marquis pendant qu'il déverrouillait les chaînes qui le maintenaient contre le mur.

Apeurée, révoltée ou révulsée, sa compagne s'était serrée contre lui à l'approche de la brute.

Pourquoi tous ces gens lui venaient-ils en aide ? Une douleur aiguë lui signala que le sang recommençait à circuler dans ses membres endoloris. La tête lui tournait, ses jambes ne le soutenaient pas et, sans le bras secourable de la jeune femme, il serait tombé. La pauvre chancelait sous son poids lorsque le comte de Wyndhurst leur vint en aide.

— Courage ! Nous allons vous tirer de là !

Matthew n'avait jamais rencontré le comte, et il se demanda ce qu'il avait fait pour mériter cet encouragement affectueux. Il remercia d'un signe de tête et tenta de retrouver un semblant d'équilibre.

— Oh, Matthew ! Qu'ont-ils fait ? murmura Grace d'une voix blanche.

— Vous nous avez promis de garder le silence, madame ! intervint le duc.

Le marquis vit le visage aimé blêmir sous le loup de velours. Pourquoi devait-elle garder le silence ? Pourquoi portait-elle un masque ? Que lui étaient ces hommes ?

Elle ne pouvait pas être la maîtresse du duc. Peut-être était-il naïf, mais il était convaincu qu'elle l'aimait toujours. Il l'entendait dans sa voix, il le voyait dans son regard, il le sentait dans la main qu'elle posait sur lui.

— Nous devons examiner notre patient, votre Grâce, milord, intervint l'un des médecins de son ton le plus solennel.

Le comte aida Matthew à retrouver son équilibre. Le jeune homme s'étira tandis que ses membres retrouvaient peu à peu leur souplesse.

— Le marquis est un fou dangereux, aboya lord John.

— C'est ridicule, le toisa le comte. Il est aussi sensé que moi, cela se voit au premier coup d'œil.

— Je ne vois pas ce qui vous donne qualité pour en juger ! rétorqua lord John. J'insiste pour que ce fou dangereux soit immédiatement entravé !

— Vous n'avez pas à insister pour quoi que ce soit, milord ! coupa sèchement le duc. Je suis ici par ordre du roi, et votre arrestation fait partie de mon mandat.

— J'aimerais bien savoir pour quel motif !

— Enlèvement, séquestration, escroquerie, vol, voies de fait… Et cette liste n'est pas exhaustive.

— Sur les accusations d'une catin ? J'ignore comment elle a rallié à ses mensonges de si hauts personnages, mais je suis prêt à prouver mon innocence, si jamais ces ridicules accusations devaient arriver devant une Cour de justice, ce dont je doute.

— Le témoignage de cette dame ne sera pas nécessaire. Le Dr Granger et le Dr Boyd sont sous les verrous, et nous avons des preuves de votre malhonnêteté. Nous avons également lord Sheene, maintenant.

— Qui a été reconnu fou !

Même s'il était décidé à se battre bec et ongles, lord John était blanc comme un linge. Pour la première fois de sa vie, Matthew vit quelques gouttes de sueur perler au front de son tuteur.

— Le marquis a été éprouvé par les fièvres quand il était enfant et injustement emprisonné depuis. Ces messieurs sont les médecins personnels du roi. Ils vont nous donner leur diagnostic mais, comme le comte de Wyndhurst, je ne vois aucun signe de folie. Je vois par contre de solides présomptions de séquestration et de voies de fait.

— Il n'y a aucun crime là-dessous ! J'ai toujours exercé ma tutelle au mieux des intérêts de mon malheureux neveu !

Matthew était plus assuré sur ses jambes maintenant, mais il gardait le bras autour des épaules de Grace. Qui pouvait savoir si on n'allait pas la lui arracher ? Ces inconnus étaient venus lui apporter l'ahurissante promesse de la liberté, mais il était encore trop tôt pour savoir s'ils allaient finalement l'emporter.

Il était temps pour lui d'intervenir cependant. Il était resté spectateur assez longtemps.

— Je ne suis pas fou et vous le savez parfaitement, mon oncle. Au cours de toutes ces années, vous vous êtes surtout montré soucieux de mettre la main sur la fortune des Lansdowne.

— Ne menez pas une bataille perdue d'avance, lord John, reprit le duc. Suivez-nous sans opposer de résistance, pour le bien de votre famille. La partie est finie, vous pouvez me croire. Si vous vous rendez, je vous donne ma parole de faire tout ce qui est en mon pouvoir pour aider votre femme et vos filles.

— Allez au diable ! Je ne veux pas être jugé comme un vulgaire criminel !

Les mains de lord John tremblaient si violemment que sa canne roula sur le sol.

— Vous ne pourrez pas l'éviter, puisque vous êtes un vulgaire criminel !

— Alors, ce sera en Enfer que j'affronterai les juges !

Sans quitter le duc des yeux, lord John recula vers son neveu et sortit de sa poche un petit pistolet à manche de nacre.

Immédiatement, Matthew fit à Grace un rempart de son corps, bien que l'arme ne soit pas dirigée dans leur direction. Par-dessus l'épaule de son tuteur, il vit que l'escorte se tenait prête à toute éventualité. Ces hommes avaient l'apparence de soldats de métier et avaient l'habitude de ce genre de situations, mais, dans cet espace confiné, la violence pouvait vite prendre des proportions difficiles à endiguer.

— Vous avez perdu, Lansdowne. Reconnaissez-le ! répéta calmement le duc.

— Je n'ai pas perdu ! Je n'ai jamais perdu ! C'est moi qui aurais dû devenir marquis de Sheene, et pas toi, espèce de dégénéré ! hurla-t-il en s'élançant vers son neveu.

Comment reconnaître dans ce désespéré tremblant comme une feuille le tyran sûr de lui qui lui avait volé sa jeunesse ? Le monstre sans scrupule qu'il avait toujours été sous son vernis d'homme du monde éclatait enfin aux yeux de tous. Les yeux injectés de sang, il cracha à la figure de son neveu, qui s'essuya le visage sans détourner une seconde le regard du pistolet.

— Posez votre arme ! ordonna le duc.

— Je vous en prie, Lansdowne ! intervint le comte, les yeux rivés sur l'arme. Vous allez trop loin.

— Attention ! hurla Grace en se penchant. Attention !

Matthew s'empressa de la mettre à l'abri.

— La partie est finie, mon oncle, à quoi vous servirait de commettre d'autres crimes ? Pensez à vos filles, à votre femme...

— Épargne-moi tes sermons, mon garçon, ricana lord John en armant son pistolet. Tu as toujours eu l'étoffe d'un pasteur. Comme si tu savais ce qu'il faut à un homme, un vrai !

— Je sais qu'un homme, un vrai, ne conduit pas sa famille à la ruine pour flatter sa vanité. Un homme, un vrai, accepte les conséquences de ses actes. Vous avez voulu aller très loin et la chute est rude. Vous ne pouvez vous en prendre qu'à vous-même, rétorqua posément Matthew, ignorant la pique, comme il l'avait toujours fait.

— Pour l'amour du ciel, épargne-moi tes sermons et ta morale, espèce de cloporte prétentieux ! Si tu t'imagines m'avoir vaincu, tu te trompes ! Personne n'a jamais vaincu John Lansdowne. Mon seul regret, c'est de ne pas avoir baisé ta putain avant de la tuer quand j'en avais la possibilité.

Avant que qui que ce soit ait le temps d'intervenir, il leva le pistolet à sa tempe et fit feu. Le coup retentit de façon assourdissante dans toute la pièce avant que le corps ne s'affaisse lentement sur le sol.

Dans son dos, Matthew sentit le visage de Grace s'appuyer contre lui. L'homme qui pendant onze ans l'avait tant fait souffrir venait de mourir. Il aurait dû triompher, mais tout ce qu'il éprouvait devant ce corps inerte baignant dans une mare de sang, c'était une lasse indifférence.

L'un des médecins s'agenouilla à côté de lord John, lui souleva la tête et confirma la mort.

— Il sera resté lâche jusqu'au bout. Vous n'êtes pas touché, milord ? questionna Grace d'une voix tremblante en se dirigeant vers son père.

La chaleur de sa présence manqua immédiatement à Matthew. Son absence le ramenait aux longs mois de solitude qu'il venait de vivre et il la suivit d'un regard plein de nostalgie.

Cet instant de distraction dura quelques secondes de trop.

Monks avait échappé à ses gardiens et bondi en avant.

— Matthew ! hurla Grace.

Le jeune homme plongea pour la mettre en sécurité, mais il était trop tard.

Le gredin avait déjà passé le bras au-dessus de sa tête, et ses menottes se refermèrent brutalement autour du cou gracile de la jeune femme.

# 28

— Je peux lui tordre le cou aussi facilement qu'à une poule, grogna Monks en tirant sur la chaîne.

Terrifiée, Grace cherchait le regard de Matthew, dont le sang s'était figé dans les veines. Pourquoi n'avait-il pas vu venir le coup ? Il aurait pourtant dû se douter que ses geôliers saisiraient la moindre occasion d'échapper à la justice. Mais qu'est-ce qui avait pris à la jeune femme de venir ici ? Son cœur débordait d'amour, mais il maudissait son intrépidité.

— Il en est capable, prévint-il en faisant signe aux hommes d'armes de ne pas bouger.

Il suffisait d'un geste intempestif pour que Grace passe de vie à trépas.

— Restez où vous êtes ! intima le duc à ses hommes.

— C'est ça, soyez bien sages ! Que personne ne me suive, martela Monks en faisant pivoter sa prisonnière pour s'en faire un bouclier.

— Et la dame ? questionna le duc.

— C'est pas une dame, c'est une pute ! ricana le gredin.

— Non !

— Ferme-la, sale putain ! Si vous essayez pas de m'arrêter, je la libérerai.

C'était un mensonge éhonté. Il était fou de rage et n'avait plus rien à perdre. S'il était pris, la potence l'attendait. Qu'importait un meurtre de plus ou de moins ?

— Si vous relâchez la jeune femme, je vous donne ma parole que nous vous laisserons partir librement, intervint Matthew, ignorant le geste de protestation de Kermonde et jouant le tout pour le tout.

La vie de Grace était plus importante que le châtiment ou la vengeance.

— C'est ça ! Cause toujours, mon petit marquis ! Je préfère garder la fille comme monnaie d'échange, figure-toi ! Tu la retrouveras à l'entrée dans une demi-heure.

Morte, bien entendu. Et si sa bien-aimée n'était plus de ce monde, à quoi servait la liberté ?

Cette tragique comédie avait assez duré.

— Lâchez-la, Monks, adjura-t-il en arrachant le pistolet d'un des hommes d'armes.

— Vous n'allez pas prendre le risque de toucher votre petite chérie, ironisa la brute.

— Je ne la toucherai pas.

D'une main étonnamment sûre, il arma le pistolet et visa la canaille entre les deux yeux.

— Ne faites pas l'idiot ! Vous allez la tuer ! protesta lord Wyndhurst.

Cela faisait des années que le marquis n'avait pas touché une arme, mais le poids du pistolet lui était toujours aussi familier. Enfant, il promettait de devenir un tireur d'élite. Il espérait que les longues heures de désœuvrement passées à lancer des petits cailloux avaient suffisamment exercé son œil. C'était peut-être un entraînement sommaire, mais il ne doutait pas de lui.

Il aimait trop Grace pour échouer.

— Matthew, je t'en prie ! supplia la jeune femme avant que la brute resserre la chaîne autour de son cou.

Il le paierait, avec tout le reste...

— Ne bouge surtout pas.

Un seul geste, même imperceptible, pouvait tout compromettre.

Monks était beaucoup plus grand qu'elle et ne faisait pas une cible si difficile. Le jeune homme prit une profonde inspiration et récita en silence une courte prière.

— Tu te pousses du col, mon petit marquis ! ricana le gredin. Tu n'es pas plus capable de me tuer que d'aller en Amérique à la nage !

— Justement, j'ai toujours adoré la natation.

Sans la moindre hésitation, il appuya sur la gâchette. La balle vint se ficher entre les sourcils broussailleux de Monks, dont les yeux s'agrandirent de stupéfaction avant de se figer dans la mort.

Dans sa chute, la brute entraîna sa prisonnière, qui hurla de terreur. Ce cri brisa le sortilège qui paralysait toute l'assistance. Wyndhurst fut le premier à se précipiter vers la jeune femme.

— Tu n'as rien, mon enfant ?

— Non, non, tout va bien, balbutia-t-elle.

— Eh ben, j'aurais jamais cru ça possible ! éructa Filey en considérant le marquis d'un œil effaré.

Maintenant qu'il savait Grace indemne, Matthew se détendit un peu et abaissa son arme. Jamais il ne se féliciterait assez d'avoir suivi les leçons de son père et de s'être entraîné avec tout ce qui lui tombait sous la main.

Il n'avait jamais tué qui que ce soit, et il s'attendait à éprouver davantage d'émotion... Tout ce qu'il ressentait devant le cadavre de Monks, qu'il avait tant haï, c'était une vague satisfaction.

Comme toujours, son regard retourna vers Grace. Pâle et défaite, elle s'était réfugiée dans les bras du comte de Wyndhurst.

Une fois de plus, il fut frappé par la ressemblance entre le comte et la jeune femme. Pourquoi se tournait-elle vers un autre si elle avait besoin de réconfort, alors qu'il se languissait de la prendre dans ses bras ?

— Eh bien, c'est la balle la mieux placée que j'aie jamais vue, jeune homme ! s'exclama le duc. Je vous tire mon chapeau !

— Je ne pouvais pas laisser cette brute lui faire du mal.

Avec un soupir de soulagement, il posa le pistolet sur la table où il avait si souvent été ligoté. Personne ne l'attacherait plus jamais, réalisa-t-il tout à coup. Étrangement, cette pensée ne le toucha pas vraiment, comme s'il s'agissait de quelqu'un d'autre.

Son oncle était mort, Monks était mort, Filey allait répondre de ses actes devant la justice, il aurait dû chanter d'allégresse. Quand il imaginait sa libération, il se voyait fou de joie et pourtant, il ne ressentait aucune émotion.

— Emmenez cette canaille, ordonna le duc. La justice statuera sur son cas.

— Je suis qu'un pauvre bougre, Votre Grâce ! J'ai fait qu'obéir à lord John ! gémit Filey, plus veule que jamais, qui ne paraissait pas se soucier outre mesure du décès de son maître et de son compère.

— C'est faux ! intervint Matthew. Il est coupable et je tiens à ce qu'il soit puni.

Il s'était toujours juré de tuer ce fripon, pour ce qu'il avait fait à Grace et pour tout le reste, mais la soif de vengeance qui le rongeait s'était évanouie. Les juges décideraient du sort de Filey et, si les preuves contre lord John étaient aussi convaincantes que le proclamait le duc, cette canaille finirait sur le gibet.

Tout ce qui intéressait Matthew, c'était Grace. S'il s'était écouté, il l'aurait arrachée aux bras du comte et l'aurait tout de suite emmenée avec lui.

— On étouffe ici ! Newby, ouvrez les fenêtres ! Fenwick, trouvez des vêtements convenables pour lord Sheene, il ne peut tout de même pas arriver à Windsor en bras de chemise ! Il se lavera et se rasera à l'étape, pendant que nous changerons de chevaux.

Windsor ? Qu'iraient-ils faire à Windsor ?

— Quels sont vos projets, votre Grâce ?

— Je vous les expliquerai en route. Nous ne pouvons pas nous attarder, sa Majesté nous attend. Jones, Perrett, emportez ces cadavres. Qu'on nous laisse seuls, lord Sheene, lord Wyndhurst, cette dame et moi !

Tandis que les domestiques s'activaient, Matthew s'efforçait d'assimiler cette effarante nouvelle. Ses ennemis étaient défaits et il était libre ! Son cauchemar était terminé.

— Comment pourrai-je jamais vous remercier de votre intervention, monsieur ? questionna-t-il en s'avançant vers le duc, la main tendue. Puis-je savoir le nom de mon bienfaiteur ?

— Mais bien entendu.

— Lord Sheene...

Grace s'avançait vers lui, en restant cependant à une distance respectable. Que signifiait donc cette façon solennelle de s'adresser à lui ? Devant les domestiques, il comprenait qu'elle devait sauver les apparences pour préserver sa réputation, mais le duc et le comte devaient connaître sa véritable identité.

À quoi jouait-elle donc ?

— Lord Sheene, permettez-moi de vous présenter mon parrain, le duc de Kermonde.

Kermonde, le vieil ami de son père, était le parrain de la jeune femme ? Jamais il n'aurait pensé qu'elle avait des relations aussi haut placées.

— Et mon père, le comte de Wyndhurst.

Muet de stupeur, Matthew pouvait à peine en croire ses oreilles. De toutes les surprises que lui avait réservées cette nuit riche en rebondissements, celle-ci était la plus effarante. Sa petite veuve indigente appartenait à l'une des plus anciennes et des plus puissantes familles d'Angleterre !

— Vous vous sentez bien ? Il est inutile de faire évaluer votre santé mentale, un homme qui tire aussi bien ne peut pas être dérangé ! Les deux médecins que nous avons amenés auront tout le temps de vous examiner pendant le voyage.

Matthew n'avait que faire des médecins, du roi ou de Dieu le père. Une seule personne au monde l'intéressait, et c'était Grace, Grace qui s'éloignait déjà de lui pour retourner vers son père, Grace qui l'avait brièvement touché quand il était encore enchaîné, et qui se montrait bien distante depuis.

Il n'y comprenait plus rien. Il était libre, elle était revenue, alors pourquoi diable n'était-elle pas dans ses bras ?

— Grace ?

— Vous devez bien vous rendre compte que lady Grace ne peut pas rester, intervint le duc de Kermonde. Le scandale serait trop grand si son nom était mêlé à cette affaire.

Elle s'arrêta pour lui adresser un petit signe de tête, mais le masque rendait indéchiffrable le peu qu'il voyait de son visage. Un filet de sang perla soudain à son cou, lui rappelant combien il avait été près de la perdre.

D'où venait alors ce sentiment qu'il était justement en train de la perdre ?

— Au revoir, lord Sheene.

— Mais enfin, Grace, tu ne peux tout de même pas partir comme ça !

— Il le faut. Je suis venue pour vous délivrer et veiller à ce que justice soit faite. Maintenant que vous êtes libre, notre relation est terminée. Je vous souhaite tous les bonheurs possibles, milord.

— Grace ! Attends ! Qu'est-ce que tu fais ? s'exclama-t-il en la rattrapant sur le seuil de la porte.

— Je vous rends au monde, milord, lâcha-t-elle avec un sourire triste. Un monde où nous ne pouvons être ensemble.

— Ce n'est pas vrai ! Qu'ai-je à faire de la liberté si je ne la partage pas avec toi ?

Tremblant comme une feuille, elle le regardait en silence. Si elle partageait sa souffrance, et elle la partageait visiblement, pourquoi agissait-elle ainsi ?

— Je t'en supplie, Matthew, ne rends pas les choses encore plus difficiles qu'elles ne sont. J'ai toujours su, dès l'instant où je t'ai rencontré, qu'il ne pouvait rien y avoir de plus entre nous. Laisse-moi partir, je t'en prie.

— Grace, attends ! supplia le marquis tandis que le comte entraînait sa fille.

Il ne pouvait pas la laisser partir, c'était impossible. Forçant ses membres courbatus, il allait se lancer à sa poursuite lorsque Kermonde l'arrêta.

— Laissez-la. Ce n'est pas le moment.

Ce n'était peut-être pas le moment, mais il n'y en aurait peut-être jamais d'autre. Après s'être dégagé, il se précipita à sa suite.

Grace était heureuse de pouvoir s'accrocher au bras de son père. Elle n'était pas encore remise de la terreur éprouvée quand Monks l'avait attrapée et lui avait passé cette chaîne autour du cou.

Elle avait à peine eu conscience de l'exploit de Matthew, aussitôt suivi de cet instant de cauchemar, quand leur geôlier l'avait entraînée dans sa chute, l'étranglant à moitié.

Elle avait senti cette nuit les doigts glacés de la mort effleurer son front. Monks voulait la tuer, elle n'en avait pas douté une seconde.

Et pourtant, faire ses adieux à celui qu'elle aimait s'était révélé une épreuve autrement plus pénible.

Cette nuit, elle l'avait vu pour la dernière fois. Comme elle se l'était juré quatre mois plus tôt, elle l'avait délivré de son oncle. Il lui restait à le délivrer d'elle, et c'était au-dessus de ses forces.

Son horrible masque était tout humide des larmes qui embuaient ses yeux, mais elle n'avait pas besoin de voir où elle allait. Sans Matthew, elle ne voulait aller nulle part.

— Tu en as trop subi ce soir, mon enfant. Kermonde avait raison, tu n'aurais pas dû venir, marmonna son père en la soutenant.

— Je me devais d'être là.

— Grace, attends !

L'angoisse lui serrait la gorge. Matthew était un lutteur acharné. Pendant onze ans, il s'était battu sans relâche pour sa santé mentale, pour sa liberté et pour son honneur. Même si c'était un combat perdu d'avance, il ferait tout pour la garder.

Comment imaginer qu'il se contenterait d'un signe de tête pour adieu ?

— Ramène-moi à la maison, papa.

— Juste un mot, Grace ! Tu peux tout de même m'accorder un mot !

Elle avait oublié de quelle autorité et de quelle vivacité il était capable. La main qui se refermait déjà sur son épaule était implacable.

Oui, elle le lui devait bien. Lâchant son bras, son père s'écarta discrètement.

Le beau visage de Matthew était tendu par la colère et l'incompréhension. Elle parcourait d'un regard avide le visage aimé pour tenter d'y déceler les changements survenus ces quatre derniers mois. Ses traits naturellement anguleux s'étaient encore émaciés, ses cheveux tombaient maintenant sur ses épaules et il avait besoin de se raser.

— Lord Sheene, commença-t-elle en détournant les yeux, incapable de supporter la souffrance de son regard.

— Cela suffit ! Tu n'as pas oublié mon prénom, tout de même ! coupa-t-il en l'entraînant à l'écart.

— Je t'attends dans la voiture !

Voilà que son père l'abandonnait au moment où elle avait le plus besoin de lui. Pour une fois, elle aurait été heureuse de le voir jouer les tyrans et l'entraîner loin de ces souvenirs de captivité, de souffrance et de mort.

— Rejoins-moi quand tu es prête.

— Cette conversation est inutile, affirma-t-elle, des larmes dans la voix, en se tournant vers Matthew.

— Eh bien, nos avis diffèrent.

Ignorant sa répugnance, il l'entraîna de l'autre côté de la maison où ils étaient plus tranquilles.

— Que signifie cette comédie ?

— Tu n'as pas le temps de t'attarder. Il faut que tu partes tout de suite avec Kermonde. Le roi veut te voir !

— Le roi attendra. Il a attendu onze ans le plaisir de ma compagnie, il peut bien attendre une demi-heure de plus. Pourquoi t'enfuis-tu de cette façon ?

— Mon père...

— Il attendra, lui aussi. Grace, tu n'es pas heureuse de me voir ? chuchota-t-il en la prenant dans ses bras.

— Bien sûr que si !

Cela lui avait échappé avant qu'elle ait le temps de réfléchir. Pendant un instant, un instant de paradis, elle appuya la tête sur sa poitrine. Sous la chemise en lambeaux, elle entendait battre le cœur de son bien-aimé. Comme ses mains, ses caresses lui manquaient !

Allons, elle n'avait pas le droit de se laisser aller à ses sentiments...

— Laisse-moi partir, Matthew.

Elle avait voulu faire preuve d'autorité, lui montrer que sa résolution était irrévocable et mettre un point final à cette entrevue, mais sa voix n'était qu'un pauvre filet mal assuré.

— Cela fait une éternité que je me languis de toi. Laisse-moi te garder dans mes bras, Grace !

— Ce n'est pas possible, balbutia-t-elle, luttant contre les larmes, en s'écartant.

Elle pensa tout d'abord qu'il allait la retenir mais il leva les deux mains dans un geste plein de dérision. Le regard fauve qui avait hanté les longues nuits d'insomnie de la jeune femme était impénétrable. Il l'observait comme s'il cherchait à lire ses pensées. Peut-être y arriverait-il, après tout. Pendant le peu de temps qu'ils avaient passé ensemble, il avait si bien appris à la connaître !

— Tu ne veux pas enlever ce masque un instant ? Je n'ai eu que mes rêves pour me tenir compagnie ces derniers mois, et je voudrais voir ton visage.

— Mais, les domestiques...

Si elle enlevait le loup de velours, il verrait qu'elle avait pleuré.

— Comme tu voudras.

Il lui sourit, de ce sourire plein de chaleur et de tendresse qui l'aurait ressuscitée au milieu du désert et il prit sa main dans les siennes. Elle aurait dû la retirer, mais comment se priver de la chaleur de cette dernière caresse ?

— Kermonde a ordre de t'amener directement à Windsor.

— Très bien. Ce n'est pas comme ça que j'avais imaginé ce moment mais après tout, il y avait si peu de chances qu'il arrive...

À la profonde stupéfaction de Grace, il s'agenouilla devant elle sans lâcher sa main.

— Grace Paget, me ferez-vous l'incommensurable bonheur de devenir mon épouse ?

Il venait de lui offrir tout ce qu'elle désirait au monde, tout ce que ses principes lui interdisaient d'accepter.

Elle se dégagea d'un bond, comme si un serpent venait de la piquer.

— Je ne peux pas t'épouser, Matthew ! Ce serait malhonnête !

— C'est ma folie qui te fait peur ?

— Certainement pas ! Ne va surtout pas t'imaginer ça ! Tu n'es pas fou, tu as été malade et maintenant, tu es guéri.

Il eut un peu de mal à se relever et elle remarqua qu'il était encore plus maigre que lorsqu'elle l'avait rencontré. Connaissant son oncle, elle devinait qu'il avait passé ces quatre mois enchaîné. Il avait besoin de soins et de repos et il avait droit à un véritable bonheur, non à cette furtive rencontre avec une ancienne maîtresse.

— Tu m'as dit que tu m'aimais. C'était un mensonge, alors ? Tes sentiments ont-ils changé, Grace ? Les miens sont toujours les mêmes, je le jure devant Dieu. Je t'aime et je t'aimerai toujours.

— Arrête ! Par pitié, arrête !

Ils n'avaient aucun avenir ensemble, elle ne le savait que trop. Ne s'en rendait-il pas compte ?

Il paraissait stupéfait autant que blessé. Elle avait gâché ce qui aurait dû être le plus beau jour de sa vie. Son père avait raison, elle n'aurait jamais dû venir. C'était cruel et égoïste de sa part.

— Grace, est-ce que tu m'aimes ? insista-t-il avec cette franchise qui le faisait toujours aller droit au but.

Elle tremblait comme une feuille. Elle redoutait ce moment depuis leur premier baiser, mais la réalité était encore plus cruelle que dans son imagination.

— Grace ?

Il avait abdiqué tout orgueil mal placé, et elle lui devait la même honnêteté.

— Oui, Matthew, je t'aime.

— Pourquoi partir, alors ?

Kermonde, qui venait d'apparaître au coin de la maison, s'était arrêté en les voyant ensemble.

— Sheene, je ne peux plus retarder notre départ. Sa Majesté nous attend.

— Je vous demande une minute, monsieur.

En d'autres circonstances, Grace aurait éclaté de rire devant la surprise qui se peignit sur le visage de son parrain. Le duc de Kermonde n'était pas habitué à ce que les gens lui demandent, même avec courtoisie, de les laisser tranquilles.

— Juste une minute, dans ce cas.

De toute évidence, le duc entendait soixante secondes précises, et pas une de plus. Il s'écarta cependant suffisamment pour leur laisser l'illusion qu'ils étaient seuls, mais pas assez toutefois pour leur donner à penser qu'il attendrait un instant de plus.

— Alors explique-toi, Grace !

— Tu n'as encore rien vu, tu ne connais rien du monde. Tu crois m'aimer mais... Je suis la première femme avec qui tu as fait l'amour, chuchota-t-elle pour que le duc ne puisse pas l'entendre. Je suis pratiquement la seule femme que tu aies vue depuis onze ans. N'importe qui se tromperait sur ses sentiments. Tu es un homme d'honneur, et tu veux te conduire en gentleman mais quand tu auras retrouvé la position qui est la tienne de droit, tu regretteras tes engagements. Tu les regretteras encore plus quand tu tomberas amoureux d'une femme digne de partager ta vie.

— Pas comme la fille du comte de Wyndhurst, je suppose ! lança-t-il, véritablement furieux cette fois-ci.

— Pas comme Grace Paget, cette pauvre veuve qui a été ta maîtresse.

— Tu penses que je suis trop bête pour reconnaître mes sentiments et trop faible pour y rester fidèle ?

— Non, certainement pas, mais ce que nous avons partagé faisait partie de ta captivité. Il est temps pour toi de commencer ta vie d'homme libre et je ne peux avoir aucun rôle dans cette vie.

— Ma vie, c'est toi.

— Lord Sheene, il est temps de partir. J'insiste ! intervint Kermonde.

— Tu viens ? demanda Matthew en lui offrant le bras comme il l'avait si souvent fait quand elle partageait sa chambre.

— J'ai promis à mon père d'éviter le scandale. Pour lui, pour ma famille, personne ne doit soupçonner que nous avons été amants. Tu vas partir avec mon parrain et je vais rentrer à Marlow Hall, dans le Yorkshire.

— J'irai t'y rejoindre dès que j'aurai vu le roi.

— Non. Tu dois rester à Londres et prouver ta bonne santé mentale. Tu dois prendre dans le monde la place qui revient au marquis de Sheene. Tu dois montrer aux yeux de tous qu'il n'y a pas la moindre trace de folie chez toi.

Il restait à Grace le plus difficile : dire ces mots qui refusaient de passer ses lèvres, des mots d'autant plus cruels qu'ils étaient vrais.

— C'est fini, Matthew. Il n'y a plus rien entre nous. Nous allons nous quitter ici et maintenant.

— Cette réponse ne me suffit pas, insista le marquis en lutteur obstiné qu'il était.

— Lord Sheene ! appela Kermonde d'un ton péremptoire.

— J'arrive...

Il ne bougea bien entendu pas d'un pouce mais prit la main de Grace, qui n'osa pas la lui retirer. S'il l'embrassait, elle s'effondrerait, elle le savait.

— Si j'accepte cette épreuve pendant un an, est-ce que tu croiras enfin à mon amour ?

— Un an ?

Elle ne s'était pas attendue à marchander. Elle n'avait jamais su à quoi s'attendre, d'ailleurs. Matthew n'était pas le genre d'homme à acquiescer docilement avant de partir sur la pointe des pieds.

— Un an, oui. C'est suffisant pour te convaincre ?

— On t'a déjà volé une grande partie de ta vie, ne perds pas encore un an en marchandages stériles.

— Mais c'est toi qui marchandes et poses des conditions, Grace. Je t'épouserais demain si cela ne tenait qu'à moi. Je n'ai pas le moindre doute, tant que tu m'aimes aussi.

— Sheene ! gronda Kermonde, à bout de patience.

— Grace ? insista Matthew, sans prêter attention au duc.

Il devait s'en aller. Les hommes les plus puissants du royaume s'étaient mobilisés pour servir ses intérêts, elle ne pouvait pas le mettre en difficulté avec eux.

— Si dans un an tu es dans les mêmes dispositions, renouvelle ta demande. Mais ne te considère lié en aucune façon. Je te l'ai dit, Matthew, tu es libre. Libéré de ton oncle, de tes liens et de moi. Si tu penses à moi avec un peu de reconnaissance de temps en temps, cela me suffira.

C'était un mensonge éhonté, un de plus, et il n'en croyait visiblement pas un mot.

— À l'année prochaine, dans ce cas !

— Mais nous n'aurons aucun contact !

Pendant qu'elle s'étiolerait dans la solitude du Yorkshire, il découvrirait le monde et s'apercevrait rapidement qu'il était beaucoup mieux sans Grace Paget.

— Entendu. Je n'essaierai pas de te voir, et je ne t'écrirai même pas. Tu as douze mois pour porter le deuil de Josiah et décider ce que tu veux. J'accepte tes conditions mais ne t'imagine surtout pas que nous en avons fini l'un avec l'autre. Ce ne sera jamais fini entre nous, Grace.

Il leva la main de sa compagne et, avant qu'elle ait eu le temps de protester, lui enleva son gant.

Elle ne put voir son visage, caché par sa longue chevelure, lorsqu'il se pencha sur sa main. Quand il pressa les lèvres sur sa paume, elle ne put réprimer un frisson de plaisir. Comment ne pas se remémorer les nuits où sa bouche honorait chaque pouce de sa chair ? Tout son corps se souvenait de la façon dont il la possédait, et réclamait qu'il la prenne encore une fois.

Les larmes brouillaient sa vue lorsqu'elle le regarda s'incliner cérémonieusement. Comme elle l'aimait ! Jamais elle n'aimerait un autre homme.

Droit comme un « i », avec une assurance qu'elle ne lui avait encore jamais vue, il tourna les talons et alla enfin rejoindre le duc. C'était un homme prêt à relever tous les défis, prêt à saisir le monde à bras-le-corps et à le conquérir.

C'est seulement lorsque l'équipage de Kermonde s'ébranla à grand fracas de fouet et de sabots qu'elle s'aperçut qu'il avait gardé son gant.

# 29

Une flaque de soleil réchauffait l'embrasure de la fenêtre où Grace s'était assoupie, dans le jardin d'hiver de Marlow Hall.

Ce décor chinois était propice à l'évasion. Cela faisait maintenant près d'un an qu'elle n'avait pas vu Matthew, mais elle faisait toujours le même rêve, un rêve où il l'attirait contre lui, où son long corps vigoureux se mêlait au sien, un rêve où sa belle voix grave lui murmurait des mots d'amour.

Elle avait les joues humides de larmes. Après ce songe délicieux, revenir à la triste réalité et à la solitude de sa nouvelle vie était toujours affreusement cruel ! Son chagrin ne s'était pas apaisé, loin de là...

À regret, elle ouvrit les yeux.

Matthew était devant elle, un coffret d'acajou sous le bras. Les images torrides de son rêve défilèrent devant ses yeux, lui mettant le feu aux joues.

Depuis combien de temps l'observait-il ainsi ?

Au cours des longs mois de leur séparation, elle avait fini par oublier à quel point il était séduisant. Une légère brise agitait ses cheveux sombres maintenant coupés à la dernière mode. Avec un pincement au cœur, elle se remémora les longues boucles soyeuses qui avaient caressé son poignet quand il lui avait baisé la main, le soir de leurs adieux. Cet homme élégant saurait-il l'étreindre avec la même passion désespérée ?

Depuis des mois, elle ne pensait qu'à lui, elle ne rêvait que de lui, elle se languissait de lui et maintenant qu'il était là, il lui semblait étranger.

Mal à l'aise, elle se redressa sur les coussins de la banquette. Elle n'était pas à son avantage, encore tout ensommeillée, probablement décoiffée, vulnérable. Pourquoi venait-il ainsi à l'improviste ? Hâtivement, elle passa la main sur ses joues pour effacer les traces de larmes et se força à sourire.

— Matthew !

Les dragons rugissants qui ornaient les portes laquées l'encadraient telles des figures héraldiques mais c'était plutôt lui qui semblait prêt à cracher le feu. Son visage sévère restait de marbre, et son regard impénétrable.

Il ne lui rendit pas son sourire.

Que se passait-il donc ? Il paraissait furieux, agressif même, mais comme toujours parfaitement maître de lui.

— Matthew ? Que fais-tu ici ?

Il n'avait pas du tout le comportement d'un amoureux venu faire sa demande en mariage, et c'était bien normal, après tout. Comment pouvait-elle encore s'imaginer que la dernière coqueluche de la capitale voulait toujours d'elle ? Il avait eu une année entière pour s'apercevoir que les charmes de Grace Paget n'étaient pas uniques…

Sans doute était-il venu l'informer qu'il avait rencontré l'âme sœur ? Si c'était le cas, elle lui devait un accueil aimable et un adieu sans rancune ni regrets inutiles, même s'il lui brisait le cœur en mille morceaux.

Elle savait que ce moment viendrait et elle s'y était préparée mais rien cependant ne pouvait arrêter le froid glacial qui figeait son sang dans ses veines, comme si la mort venait s'emparer d'elle.

Grâce aux journaux et aux lettres des amies de sa mère, elle avait suivi avec avidité ses premiers pas dans la bonne société. Depuis son retour triomphal au sein de l'aristocratie, il ne se passait pas une semaine sans que les gazettes bruissent des fiançailles du marquis de Sheene avec une nouvelle beauté bien sous tous rapports.

Il avait dû finir par arrêter son choix. Sinon qu'est-ce qui pouvait bien justifier cette visite inopinée ?

Comment ne pas envier l'heureuse inconnue dont Matthew avait décidé de faire la marquise de Sheene ?

Quoi qu'il en soit, qu'il se dépêche de lui annoncer la fatale nouvelle, et qu'il écourte cette torture...

— Grace...

Il avait prononcé son nom d'une voix rauque, étranglée, qu'elle ne lui connaissait pas encore. La gorge sèche, la jeune femme sentit monter en elle une fièvre lancinante.

Sans la quitter des yeux, il posa le coffret sur un guéridon avant de retourner verrouiller les portes.

Aucun doute sur ses intentions n'était plus permis et le sang de Grace circula plus vite dans ses veines. Le jardin d'hiver était surélevé par rapport au reste de la maison et les fenêtres s'ouvraient bien au-dessus du niveau des yeux. Une fois les portes closes, c'était l'écrin idéal pour s'adonner à des ébats intimes et passionnés.

Et c'était visiblement l'intimité que recherchait Matthew...

Ce n'était pas la colère qui durcissait ses traits, elle le comprenait maintenant, mais le désir qui le consumait.

Elle aurait dû protester, le questionner, réclamer des explications mais le besoin lancinant qui enflammait tout son être la clouait sur son siège, sans force et sans voix.

Le pouls de Grace s'emballa quand elle le vit lever la main pour défaire sa cravate et la jeter négligemment sur le sol. Son rêve interrompu avait excité ses appétits et une douce tiédeur envahit le cœur de sa féminité. Elle était prête.

Le regard brûlant de Matthew fixait l'endroit où se croisaient les jambes de la jeune femme sous la fine robe de mousseline bleu pâle.

Elle connaissait ce regard et savait ce qu'il promettait.

Il lui promettait un abandon total et un plaisir sans mélange. Peut-être lui promettait-il aussi l'amour ?

La redingote bleu nuit impeccablement coupée partit rejoindre la cravate sur le sol. Il n'était plus vêtu que d'un gilet de satin crème, d'une fine chemise blanche et de culottes de peau rentrées dans ses hautes bottes de cavalier. Il avait pris du poids pendant leur séparation et il ne paraissait plus trop maigre pour sa haute taille, même s'il avait toujours été mince.

Elle détailla avec avidité les larges épaules, le torse athlétique, les hanches étroites et s'empourpra lorsque son regard s'arrêta sur le renflement qui gonflait de façon éloquente son pantalon.

Elle ne pouvait plus douter de son désir pour elle, maintenant.

Tandis que son gilet allait rejoindre ses autres vêtements sur le sol, il franchit en deux pas l'espace qui les séparait encore et posa un genou sur les coussins de soie brodée. Tendu comme la corde d'un arc, il paraissait à bout.

Elle n'aurait su dire qui fit le premier geste. Tout ce qu'elle savait, c'était qu'elle était dans ses bras. Faisant fi de toute pudeur, elle se redressa sur les genoux pour mieux se presser contre le mât rigide. Pendant un instant qui parut à Grace une éternité, il la regarda comme s'il voulait lire sur son visage la réponse à toutes ses questions, puis sa bouche s'abattit sur celle de sa compagne, ses bras se refermèrent sur elle, et ils sombrèrent dans un tourbillon de passion.

Cela faisait un an qu'elle attendait ce moment. Elle ne pouvait vivre que s'il était près d'elle. Sans lui, le monde n'était pour elle que froid, grisaille et solitude.

Sa langue s'enroula autour de celle de Matthew et elle se perdit dans ce baiser fougueux. Cette étreinte était plus brutale que tendre, mais elle s'en moquait. Tout ce qu'elle voulait, c'était les mains de Matthew sur sa chair.

— Si tu savais comme tu m'as manqué !
— Toi aussi, tu m'as tellement manqué !

Tremblant d'une passion désespérée, il prit à nouveau sa bouche pour un baiser passionné, possessif, impérieux. À travers la chemise de batiste, elle retrouvait le dos puissant et les bras vigoureux qui avaient hanté ses songes. Fébrilement, il couvrait de baisers brûlants son visage, ses yeux, son cou. Bientôt, il relèverait ses jupes, écarterait ses jambes et la prendrait.

Elle n'en pouvait plus d'attendre, elle frémissait d'impatience sous ses lèvres...

En gémissant, elle se lova contre lui et son sexe lui parut encore plus grand, plus chaud et puissant que dans ses souvenirs.

Avec une lenteur affolante, Matthew glissa la main jusqu'à ses seins gonflés, joua un instant avec la lisière brodée de son corsage, puis s'insinua sous le tissu léger pour se refermer sur l'un des globes d'albâtre dont la pointe se dressa aussitôt.

Elle gémissait tandis qu'il agaçait le téton, le titillait, le serrait entre ses doigts. Chacun de ses gestes allumait un brasier au creux de ses reins et le temps qu'il passe à l'autre sein, elle se tordait de plaisir sur les coussins.

Quand il se pencha au-dessus d'elle pour lui écarter doucement les cuisses et l'emprisonner dans son étreinte, elle huma le parfum familier de cuir, d'ambre et de citron qu'elle avait si souvent cherché à retrouver. Quand il la renversa sur la banquette enivrée de désir, elle perdit la conscience de tout ce qui les entourait.

Alors, remontant ses jupes jusqu'à la taille, il posa la main sur son mont de Vénus, et elle se cabra sous la caresse, chaude et moite sous ses doigts. Ses sous-vêtements rejoignirent sur le sol les habits de Matthew tandis que, tremblant d'impatience, il se débarrassait de ses culottes.

Il s'apprêtait à la faire sienne, sur cette banquette de la maison de son père, sans considération de convenances ou de morale.

— Nous ne devrions pas…, murmura-t-elle tout en levant les jambes pour mieux accueillir son partenaire.

— J'ai fermé la porte à clef, personne ne peut nous voir.

Les mots devinrent dérisoires lorsque son membre viril vint effleurer le sexe de la jeune femme qui, pendant quelques délicieuses secondes, résista à cette intrusion. Elle était moite de désir et d'impatience, mais cela faisait des mois qu'elle n'avait pas accueilli l'homme qu'elle aimait et leurs corps devaient faire de nouveau connaissance. Avec une assurance qui lui coupa le souffle, il insista, fléchit les hanches et la pénétra de toute sa puissance.

Elle se cambra sous l'assaut, tellement plus intense que le plus brûlant de ses rêves solitaires, tandis qu'il criait son nom avant d'enfouir son visage au creux de son épaule.

Il fallut un peu de temps à Grace pour que son corps s'habitue à ce contact si intime avec son partenaire. Ils avaient été séparés si longtemps !

Elle sentit les larmes lui monter aux yeux. Matthew lui appartenait à nouveau, même si ce n'était que pour quelques instants.

Tendrement, elle l'attira plus près et caressa ses cheveux humides de sueur, mettant dans ce geste tout l'amour qu'elle n'osait dire.

Elle l'aimait. Pourquoi devait-il la quitter ?

Cette douceur ne pouvait pas durer. Lorsque le jeune homme commença à aller et venir profondément en elle, elle gémit et ondula des hanches pour venir à sa rencontre...

Elle l'attendait depuis si longtemps ! Tout à coup, un spasme la secoua et, pendant une petite éternité, tout se brouilla autour d'elle. Seules existaient les vagues voluptueuses où elle se perdait corps et âme...

Toute frémissante encore, elle caressa avec délices le dos et les hanches de son compagnon, cherchant à retenir les ondes de plaisir qui s'atténuaient peu à peu.

La douleur de l'absence avait aiguisé ses sens et rendait la jouissance plus intense, plus profonde encore.

Matthew, quant à lui, n'était pas encore satisfait. Perdue dans sa jouissance, elle n'avait même pas remarqué qu'il ne l'avait pas suivie.

L'écho de son plaisir résonnait encore dans sa chair quand un nouvel orgasme l'ébranla. Elle mordit sa main pour étouffer un cri et eut soudain l'impression d'être prise dans un tourbillon de flammes, comme si les dragons gravés sur les portes avaient instillé aux amants leur souffle ardent.

Mais ce n'était toujours pas suffisant pour Matthew. Cette fois-ci, elle cria lorsqu'il caressa le bouton humide, entre ses cuisses. Elle se cambra pour l'embrasser avec passion. Son cœur débordait de tendresse pour cet homme qu'elle aimait tant, mais il n'y avait pas la moindre trace de douceur dans ce baiser.

Une nouvelle vague la submergea. Le temps s'arrêta tandis qu'elle se perdait à nouveau, et elle s'agrippa à Matthew qui, enfin, s'abandonnait...

Elle ferma les yeux et laissa la tempête s'apaiser, les vagues refluer lentement, savourant le poids de son bien-aimé sur son corps.

Ils restèrent longtemps ainsi, comme deux vaisseaux échoués sur le rivage, puis elle le sentit se retirer et se redresser. Il s'adossa contre le mur orné de boiseries et l'attira contre lui.

Son cœur battait follement sous la joue de Grace pendant qu'il cherchait à reprendre son souffle. Il l'avait prise comme si le monde devait finir ce jour même, et lui avait donné du plaisir comme jamais auparavant.

Elle leva la tête pour le regarder. Sa bouche sensuelle esquissait l'ombre d'un sourire. Il avait l'air calme, en paix avec lui-même et le monde, le désir qui le dévorait enfin apaisé – même si les derniers feux en brillaient encore dans ses yeux.

Grace se laissa aller contre lui et attendit que les battements désordonnés de son cœur se calment. Matthew avait épuisé toute la sensualité dont elle était capable. Son bas-ventre frémissait encore de la fougue de cette étreinte.

Peut-être s'était-elle assoupie ? Son compagnon, lui, s'était endormi, assis bien droit contre le mur, les jambes allongées sur la banquette.

Tandis qu'elle émergeait lentement de ce tourbillon de volupté, la conscience du monde extérieur lui revint peu à peu, avec la chaleur du soleil, le grincement des volets à la brise et le cancanement des canards sur l'étang.

Pourquoi le marquis avait-il quitté Londres ? Qu'était-il venu chercher dans les landes désolées du Yorkshire ?

Certainement pas une brève étreinte avec la première femme consentante ! La capitale ne devait pas manquer de dames prêtes à accorder leurs faveurs au célèbre marquis de Sheene. En un an, Matthew était devenu la coqueluche des gazettes et de la bonne société.

Il avait vécu tant de changements au cours de l'année écoulée ! Il avait dû tout d'abord affronter le scandale qu'avaient causé la mort de lord John et la révélation de ses crimes. Les formalités légales pour le déclarer sain d'esprit avaient été abrégées, mais faire admettre sa bonne santé physique et mentale par la société avait pris un peu plus de temps. Le procès de Filey et des deux médecins corrompus avait considérablement aidé à cette reconnaissance publique. Le soutien indéfectible qu'il avait pendant tout ce temps apporté à sa tante et à ses cousines, qui avaient dû affronter la ruine et les médisances, lui avait gagné l'estime générale, et le retour triomphal des domestiques qui avaient pris tant de risques pour leur maître était venu clore de façon heureuse cette période éprouvante.

Et maintenant ? Avait-il entrepris ce long voyage pour lui annoncer qu'il avait choisi une autre femme pour partager sa vie ?

Quelque chose dans l'ardeur désespérée avec laquelle il l'avait possédée semblait indiquer qu'il s'était langui d'elle autant qu'elle de lui.

Peut-être péchait-elle par naïveté, mais elle ne pouvait pas s'empêcher de penser qu'il lui appartenait toujours.

Il venait de la renverser sur une banquette pour la prendre comme s'il ne pouvait pas attendre une minute de plus. Quelle preuve supplémentaire demander ?

Elle sourit lorsque, avec un soupir, il resserra le bras autour de sa taille pour l'attirer plus près. Il était là, et cela lui suffisait pour l'heure.


— Je me plais à penser que je t'ai manqué, murmura-t-il d'une voix encore tout ensommeillée.

Grace émergea de sa bienheureuse apathie. Cette fois-ci, c'était elle qui avait dû s'endormir.

Combien de temps avaient-ils passé dans cette communion béate ? Un long moment, suffisamment longtemps en tout cas pour que le soleil disparaisse derrière la colline.

— Tu as de bonnes raisons d'être flatté. Je t'ai laissé me prendre comme la première traînée venue, s'amusa-t-elle en caressant le bras vigoureux qui enserrait sa taille.

— Alors viens ici, ma petite traînée chérie, chuchota-t-il en l'attirant dans un long baiser passionné.

Un baiser qui avait le goût du plaisir, le goût de l'amour...

Comment croire qu'il ne l'aimait plus ?

Lorsqu'ils se séparèrent, elle rabaissa ses jupes en se demandant ce que penserait la bonne société du comté s'ils voyaient dans quel état se trouvait la d'ordinaire très convenable et très gracieuse lady Grace Marlow.

— J'ai quelque chose pour toi.

Matthew passa ses culottes et alla chercher, avec un soin qu'elle ne put s'empêcher de remarquer, la cassette qu'il avait laissée sur un guéridon.

— Nous aurons tout le temps plus tard, remarqua-t-il d'un air coquin devant le regard appréciateur que jetait Grace sur son athlétique anatomie. J'ai à te parler.

— Plus tard ?

C'était la première fois qu'il lui laissait entendre que cette rencontre aurait une suite.

— Oui, tout à l'heure, répéta-t-il d'un air distrait, sans paraître se rendre compte que ces mots tout simples venaient de changer les perspectives de sa compagne. C'est pour toi...

Grace se moquait des cadeaux. Ce qu'elle désirait, c'était l'assurance qu'il était revenu pour de bon mais visiblement, le contenu de cette boîte revêtait une grande importance pour lui.

— Qu'est-ce ?

Il sourit.

— Ouvre, tu verras. Le verrou est sur le côté. C'est moi qui l'ai dessiné et j'en suis assez content.

Jamais elle ne l'avait vu aussi détendu, aussi sûr de lui. Débarrassé des fantômes du passé, il était devenu un autre homme.

— Oh, Matthew ! s'écria-t-elle, émue aux larmes, après avoir soulevé le couvercle et une protection de verre dépoli.

— Je l'ai appelée Grace, j'espère que tu n'y vois pas d'inconvénient.

C'était la première fois qu'il montrait une certaine timidité. Chez un homme qui venait de lui faire l'amour comme un guerrier après la victoire, ce manque d'assurance ne laissait pas de l'étonner.

— C'est ta rose !
— Non, c'est la tienne.

Un parfum délicat emplit la pièce. Grace éleva la fleur à la lumière et effleura les pétales soyeux. Ce rose profond était ravissant. C'était la plus belle rose qu'elle ait jamais vue. Comment croire que les plants qu'il soignait avec tant d'amour avaient donné cette merveille ?

— C'est un véritable miracle. Elle est parfaite !

Le véritable miracle, c'était lui. Un homme capable de créer tant de beauté ne pouvait qu'être exceptionnel.

Le sourire de Matthew s'élargit. Avait-il craint qu'elle méprise son présent ? Restait à savoir s'il s'agissait d'un gage pour l'avenir ou d'un cadeau de séparation.

— J'y ai travaillé chaque fois que j'ai pu. Cette année a été un peu agitée.

C'était une litote, il suffisait de lire les rubriques mondaines des gazettes pour s'en convaincre. Depuis sa libération, tout Londres s'arrachait le marquis de Sheene. Partout où il allait, il était accueilli en héros. Elle avait lu avec avidité le récit des honneurs dont on l'avait comblé, son amitié avec le roi, les invitations des sociétés savantes les plus prestigieuses à rejoindre leurs rangs.

— J'ai effectué la plupart des expérimentations quand j'étais encore prisonnier, mais je n'en étais pas satisfait. C'est le premier bouton, Grace. Il a fleuri près d'un an après notre séparation et j'ai voulu y voir un signe.

— Et tu me l'as apporté...

Avec mille précautions, elle rangea la précieuse fleur dans le coffret où la plaque de verre maintenait une fraîcheur et une humidité suffisantes. Matthew avait toutes les raisons d'être fier du contenant comme du contenu.

La fleur n'était pas seule dans la cassette.

— Mon gant !

D'une main tremblante, elle prit dans un compartiment abrité de l'humidité le gant de chevreau vert tout usé et craquelé à force d'avoir été manipulé.

— Tu l'as gardé tout ce temps ?
— Bien sûr !
— Tu vas me faire pleurer...

Elle posa le coffret à côté d'elle mais garda le gant dans la main. Qu'essayait-il de lui dire ? Que signifiait cette rose ? Et pourquoi avait-il gardé ce gant ?

L'avait-il porté dans sa nouvelle vie comme les chevaliers d'antan portaient les couleurs de leur dame jusqu'à la bataille ?

— Tu pleures, mon amour, murmura-t-il en tendant la main pour essuyer une larme sur sa joue.

Le regard de Matthew était brûlant mais elle avait vécu trop d'incertitudes pour être sûre de son sens. Elle voulait une déclaration mais maintenant que le moment était venu, elle redoutait les mots qu'il allait prononcer et craignait qu'ils ne viennent fracasser tous ses rêves.

— Comment savais-tu où me trouver cet après-midi ? questionna-t-elle pour faire diversion.

— Ton père me l'a indiqué.

— Mon père ? Pourvu qu'il ne t'ait pas suivi !

— Cela m'étonnerait. C'est un homme intelligent et il a très bien compris que j'avais besoin d'un peu d'intimité. Il m'a très aimablement autorisé à courtiser sa fille.

— Eh bien, c'est ce que tu as fait avec beaucoup de conviction, s'amusa-t-elle. Serais-tu en train de me demander ma main ? ajouta-t-elle, brûlant ses vaisseaux.

— Bien sûr. Sinon, que ferais-je ici ?

Tendrement, il porta la main de sa compagne à ses lèvres et déposa un baiser sur la morsure qu'elle venait de se faire, tandis que le gant de chevreau tombait sur le sol.

— Tu as eu pour réfléchir l'année que tu m'avais demandée et tu sais bien que je t'ai été fidèle. Aucune autre femme ne peut prendre ta place dans mon cœur. Je t'aime, Grace. Est-ce que tu m'aimes, toi aussi ?

Le sang de Matthew s'était figé dans ses veines tandis qu'il attendait la réponse de la jeune femme. La dernière fois qu'il lui avait demandé de l'épouser, elle l'avait éconduit. Il ne pourrait pas supporter un second refus, il en était certain.

Elle paraissait hésiter. En tout cas, elle n'arborait pas le visage rayonnant d'une femme s'apprêtant à vivre un avenir radieux avec l'homme qu'elle aimait. Une angoisse comme il n'en avait jamais éprouvé lui serra le cœur. Pourvu qu'elle n'ait pas changé ! Elle l'avait accueilli avec tant de passion, comment croire qu'elle ne voulait plus de lui ?

Désir n'était pas forcément synonyme d'amour, comme une année dans la bonne société de la capitale le lui avait appris. Son incarcération injustifiée et sa miraculeuse libération lui avaient conféré auprès des dames de l'aristocratie l'aura d'un prince charmant et il avait perdu le compte des avances, licites ou non, qu'on lui avait faites.

— Tu es la seule à faire chanter mon cœur, mon amour !

— C'est ce que tu veux, tu en es bien certain ?

— J'ai su que tu étais faite pour moi lorsque je t'ai vue pour la première fois. La maladie, la souffrance et la solitude m'ont appris à ne pas douter de mes sentiments, ma chérie.

— Je n'ai pas un passé sans tache, tu sais. J'ai eu des torts, j'ai fait beaucoup de mal aux autres et à moi-même. Je ne suis pas irréprochable, je ne suis pas pure. Et il y a toutes les chances pour que… je ne puisse pas te donner d'héritier.

— Ton passé t'a faite la femme que tu es et pour rien au monde je ne voudrais te changer. Que nous ayons ou non des enfants est dans la main de Dieu. Est-ce que tu m'aimes, Grace ?

— Tu dois bien le savoir.

Il l'avait espéré mais il ne le savait pas avec certitude, surtout après cette séparation. Tant de choses pouvaient changer en un an ! Elle n'avait pas parlé d'amour au cours de leurs retrouvailles passionnées, et lui non plus. Il avait délibérément évité le sujet de peur de l'effrayer.

— Cela veut dire oui ? la pressa-t-il en serrant sa main à la briser.

— Bien entendu.

Le cœur de Matthew s'était mis à chanter, mais il était incapable d'articuler un mot.

— Grace ! murmura-t-il enfin, avant de la prendre dans ses bras pour l'embrasser avec passion, et toute l'ardeur dont il était capable.

Jamais il ne serait rassasié d'elle, elle habitait tout son être. Cette année sans elle n'avait été qu'un calvaire, malgré les succès qu'il avait remportés. Elle seule donnait un sens à tout ce qu'il entreprenait. Sans elle, il n'était rien. Il était perdu, pris au piège plus encore que dans sa prison.

Elle lui rendit son baiser avec une passion égale à la sienne et il se résolut enfin à admettre qu'elle partageait ses sentiments.

Lorsqu'ils se séparèrent, les joues de Grace étaient couvertes de larmes qui n'étaient pas seulement les siennes.

— Je suis si heureuse ! s'écria-t-elle avec un petit rire brisé.

Il lui répondit dans un soupir de soulagement :

— Moi aussi !

Le regard outremer le scrutait comme si elle pouvait lire en lui à livre ouvert. Si c'était le cas, elle devait savoir qu'un seul mot était gravé dans son cœur : Grace, et qu'il y resterait jusqu'au jour de sa mort.

Peut-être l'avait-elle vu, car son sourire éclatant illumina son visage de madone.

— Cette histoire mérite une fin heureuse. Nous allons faire de notre mieux pour la lui donner.

— Viens, ma chérie, nous avons un mariage à préparer.

Quand elle prit la main qu'il lui tendait, Matthew sut que les chaînes qui avaient si longtemps entravé son cœur étaient enfin tombées.

L'amour l'avait libéré.

*Découvrez les prochaines nouveautés
des différentes collections J'ai lu pour elle*

## Le 6 mars

**Inédit**  ***Abandonnées au pied de l'autel - 2 -
Le scandale de l'année*** ❧  **Laura Lee Guhrke**
Au premier regard, Julia a su qu'Aidan Carr, le duc de Trathen, avait en lui l'âme d'un diable, qui brûlait de la posséder. Alors, quand treize ans plus tard la jeune femme cherche un prétexte compromettant pour obtenir son divorce, Aidan semble incarner la réponse à toutes ses prières...

**Inédit**  ***Scandale en satin*** ❧  **Loretta Chase**
Sous ses grands yeux bleus d'apparence innocents, Sophy Noirot est en réalité une vraie friponne, dont les principaux atouts sont le sens du scandale et de la réclame. Quoi de mieux quand on tient une boutique de robes pour se faire connaître ? Et bientôt, elle croise le chemin du comte de Longmore...

***Les Highlanders du Nouveau Monde - 1 - Sur le fil de l'épée***
❧ **Pamela Clare**
1755. Exilé au Nouveau Monde avec ses deux frères, Iain MacKinnon est enrôlé de force dans l'armée anglaise. Un jour, il sauve la vie d'une certaine Annie Burn. Écossaise, elle voit en lui un ennemi. Pourtant, aux confins de cette terre sauvage, elle va accepter sa protection, et plus encore.

**Le 20 mars**

> Inédit  *Les chevaliers des Highlands - 1 - Le chef*
> **Monica McCarty**

Chef de l'un des plus puissants clans d'Écosse, Tor MacLeod ne se laisse dominer par personne. Pas même par sa jeune épouse, Christina, qui lui a été donnée pour former une alliance contre les Anglais, qui tentent d'envahir le pays. Et si Tor se détourne de Christina, elle, de son côté, espère bien le conquérir…

> Inédit  *Les Frazier - 1 - Amante ou épouse ?*
> **Jade Lee**

Fille d'actrice, Scher Martin n'a jamais réalisé son rêve le plus cher : fonder un foyer. Désabusée, elle accepte de devenir la maîtresse du vicomte Blackthorn. Mais quand le cousin de ce dernier lui propose le mariage, Scher comprend qu'elle devra faire un choix entre devenir une femme respectable ou une amante scandaleuse…

*La ronde des saisons - 3 - Un diable en hiver*
**Lisa Kleypas**

Après ses amies Annabelle et Lillian, c'est au tour de la timide Evangeline Jenner de se trouver un mari. Et quel mari ! Lord Saint-Vincent est un débauché notoire et un aristocrate plein de morgue, qui vient de trahir son meilleur ami en tentant d'enlever sa riche fiancée. Et c'est pour échapper aux griffes de sa famille qu'Evangeline va signer un pacte avec ce diable d'homme.

**Le 6 mars**

# PROMESSES

> Inédit   *Friday Harbor - 1 - La route de l'arc-en-ciel*
> 
> ✠ **Lisa Kleypas**
>
> Artiste de talent, Lucy Marinn voit son univers s'effondrer quand son petit ami lui annonce qu'il la quitte… pour convoler avec sa propre sœur ! Lucy fuit au bord de la mer. Elle y fait la rencontre d'un charmant étranger. Sam Nolan. Une belle amitié naît entre eux, mais leur attirance devient bientôt irrépressible…

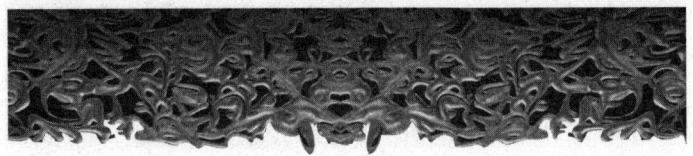

**Le 20 mars**

# CRÉPUSCULE

### Inédit — *Les ombres de la nuit - 8 - Le démon des ténèbres*
### ଔ Kresley Cole

Sur une île mystérieuse, les humains détiennent captives toutes sortes de créatures, utilisées à des fins scientifiques. Carrow est l'une d'elles. Pour retrouver sa liberté, la sorcière accepte le marché que lui proposent ses bourreaux : partir à la recherche d'un être rare et d'une violence inouïe, mi-démon, mi-vampire… Malkom Slaine.

### Inédit — *La chronique des Anciens - 1 - Le baiser du dragon*
### ଔ Thea Harrison

Mi-humaine, mi-dragonne, Pia Giovanni a été choisie pour une mission ultra dangereuse : dérober un élément du trésor de Dragos Cuelebre, le dragon le plus redoutable au monde. Simple pion dans la guerre qui oppose le roi Faë à Dragos, Pia va bientôt subir la colère de la ténébreuse créature…

**Le 20 mars**

---

*Inédit* — **Les anges gardiens - 1 - Témoin en détresse**
❧ **Roxanne St. Claire**

Témoin d'un meurtre, nul doute que Samantha Fairchild sera la prochaine cible du tueur qu'elle a aperçu. En désespoir de cause, elle fait appel à la journaliste et détective Vivi Angelino, sans savoir que cette dernière va charger son frère, Zach, de la protéger. Ironie du sort : Sam a connu quelques nuits torrides avec cet ex-membre des forces spéciales. Une mission l'avait appelé ailleurs et il avait disparu du jour au lendemain.
Mais la jeune femme a mis le doigt sur une conspiration qui va les mener dans les bas-fonds de Boston. Pour doubler le tueur à gages qui les traque, ces deux-là vont devoir apprendre à se faire confiance.

---

*Inédit* — **Scandale meurtrier** ❧ **Pamela Clare**

Chargée de couvrir le meurtre d'une adolescente, la journaliste Tessa Novak apprend qu'un mystérieux homme a été repéré aux abords de la scène du crime. Elle voit immédiatement en lui un suspect et le traque sans relâche. Fausse piste : il s'agit de Julian Darcangelo. Cet agent du FBI sous couverture est sur la piste du véritable tueur, un trafiquant des plus dangereux. Mais les accusations de Tessa ont déjà attiré l'attention sur eux : trop tard pour faire marche arrière, il leur faudra avancer main dans la main… ou mourir.

***Et toujours la reine du roman sentimental :***

# Barbara Cartland

« Les romans de Barbara Cartland nous transportent dans un monde passé, mais si proche de nous en ce qui concerne les sentiments.
L'amour y est un protagoniste à part entière : un amour parfois contrarié, qui souvent arrive de façon imprévue.
Grâce à son style, Barbara Cartland nous apprend que les rêves peuvent toujours se réaliser et qu'il ne faut jamais désespérer. »
*Angela Fracchiolla, lectrice, Italie*

**Le 6 mars**
*L'artiste*

**10224**

*Composition*
**FACOMPO**

*Achevé d'imprimer en Italie
par GRAFICA VENETA
Le 21 janvier 2013.*

Dépôt légal : janvier 2013
EAN 9782290059692
L21EPSN001045N001

**ÉDITIONS J'AI LU**
87, quai Panhard-et-Levassor, 75013 Paris

*Diffusion France et étranger : Flammarion*